原采蘋評伝

楊花飛ぶ

小谷喜久江

九夏社

イメージイラスト：相原にこ
装丁：新昭彦（ツーフィッシュ）

楊花飛ぶ　原采蘋評伝

はじめに

此《ここ》より去りて　悠々又東に向う
神交千里《しんこうせんり》　夢に相通ず
家は元より天末《てんまつ》　帰るは何《いず》れの日ぞ
跡《あと》は楊花《ようか》の風に倚《よ》りて飛ぶに似たり

ここを去り、ゆっくりとまた東に向かいます。心が結ばれていればたとえ千里離れていても、夢でまた会うことができるでしょう。私の家は遠く離れており、何時故郷に帰ることができるかわかりません。私の足跡は柳の綿毛が風に乗って飛んでゆくのに似ています。


文政十一年（一八二八）四月、女性漢詩人原采蘋《はらさいひん》が、江戸に向かう途中、静岡県加古川の友人と別れるときに詠んだ詩である。

幕末前夜の江戸後期、原采蘋は六十二年の人生の大半を、楊花のように、あるいは浮草のように漂泊の旅を続け、山口県萩市で客死した。

江戸時代は「女子才なければ、便《すなわ》ちこれ徳（女性に才能がなければこれこそ徳である）」と言われた時代であった。そんな時代背景のなか、九州秋月藩の儒学者の娘原采蘋は、当時の一流男性漢詩人に混じって詩酒を交わし、全国を旅して回った。その際には男装で、腰には太刀をさしていたとも伝わる。

また、漢詩人としての実力と共に采蘋の酒豪ぶりは有名で、こちらの方面でも数々の逸話を残している。

これから本文内で詳しく述べていくことになるが、采蘋がこのような人生を送ることになった背景には、父である原古処の存在が大きくのしかかっている。

そんな原采蘋の生涯を、主に残された詩から追ったものが本書である。

しかし、原采蘋と聞いても多くの人には女性か男性かの区別もままならないし、「何と読めばいいの?」という質問を受けるのが現状である。たとえ近世文学を学んでいる人でも、彼女の名前を知っている人はほんの一握りだけである。各地の学会や、海外の学会でも同様の反応を経験した。

この現状を変えたいと思った私は、まず、研究の成果を笠間書院から出版し(『女性漢詩人原采蘋　詩と生涯――考と自我の狭間で』)、彼女の存在を世に問うた。だが、この書籍は学術書であることと、金額も一万円以上するため、手軽に書店で求められるような本とは言いづらく、これもまた一般の読者を獲得するものとはならなかった。しかし、幸いにこの研究書は日本・アメリカの名だたる大学の図書館や研究所に所蔵されることになり、研究成果としてはそれなりの手ごたえがあったと感じている。

だが、もっと多くの人に原采蘋の存在を知ってもらいたいという思いも残っていた。そんな矢先に、本書出版のお話を、九夏社を立ち上げたばかりの伊藤社長からいただいた。笠間本を出版してほっと一息、フィンランドの娘の家で夏休み中にメールが届いたのであった。

そのような経緯もあり、笠間書院『女性漢詩人原采蘋　詩と生涯』の内容を中心としながら、より手に取りやすい単行本の形に落とし込んだものが本書である。ある意味では「笠間本」の普及版のような位置づけになるのかもしれない。

現在、原采蘋について知りたい場合は、原采蘋の伝記として昭和三十三年に謄写印刷された春山育次郎著『日本唯一の閨秀詩人原采蘋』を、徳田武氏が漢詩部分に現代語訳を付けて増訂したものがある。原本に比べて現代の一般読者に読みやすい文体で書かれており、また入手もしやすい。だが、拙著を除けば、ほかに最近出版されている原采蘋関連の書籍はあまりない。

本書によって、江戸時代末期に男性と肩を並べ、漢詩壇の花形として一世を風靡した原采蘋という女性の存在を多くの方に知ってもらい、彼女の魅力を再認識していただければ、著者としては望外の喜びである。

二〇一八年八月　房総にて　　小谷喜久江

目次

凡例

一、本書に採用した漢詩はできるだけ、本人による自筆本の詩集に拠った。自筆本のほか数種類の写本が存在するが、それぞれに字句の異同がみられるためである。自筆本にない漢詩は写本に拠った。

二、漢詩の訓読文は新字体に直し、仮名遣いも新仮名遣いにした。

三、引用文については、原文・訓読文は省き、原則現代語訳のみを掲載した。

第一章　少女時代

儒者の娘

原《はら》采蘋《さいひん》は、寛政十年（一七九八）四月、九州福岡の山間にある秋月藩という小藩の儒者、原《はら》古処《こしょ》とその妻雪《ゆき》の長女として生まれた。采蘋は号（ペンネームのようなもの）で、またの号を霞窓《かそう》とも名乗った。本名は猷《みち》である。采蘋には五歳上の兄瑛太郎《えいたろう》がおり、四年後には弟瑾次郎《きんじろう》が生まれた。

原家は、代々藩の学問所の教授をしてきた学者の家系である。父の古処は原担斎《たんさい》に弟子入りし、才能を認められて手塚家から養子として迎えられ、原家三代目を継いだ。

父、古処

采蘋の父である原古処は、十八歳のとき、福岡藩の儒者（漢学者）亀井《かめい》南冥《なんめい》が館長を務める藩校甘棠館《かんとうかん》に入門する。南冥は荻生《おぎゅう》徂徠《そらい》の学門を受け継いでおり、当時、九州で最も人気の塾であった。

荻生徂徠はそれまで江戸幕府が推奨していた学問である朱子学を批判し、古代中国の古典を読み解く方法論としての古文辞学（蘐園《けんえん》学派）を確立し、この学派は当時一世を風靡《ふうび》していた。

古処はわずか三年間の塾生活で、めきめきと頭角を現していった。後に「原詩亀文」といわれるようになったのは、原古処の詩と亀井《かめい》昭陽《しょうよう》の文章を南冥が認めたからである。亀井昭陽は南冥の息子で、古処とともに学んだ仲である。

福岡藩には西学問所の甘棠館のほかに、朱子学者貝原益軒《かいばらえきけん》の流れをくむ竹田定良《たけださだよし》を館長とする修《しゅう》猷館《ゆうかん》があった。甘棠館は寛政異学の禁を境に立場が悪くなり始め、寛政十年の亀井家の火災とともに焼失し、再建はされなかった。一方の東学問所修猷館のほうは、福岡県を代表する進学校である修猷館高校として現在も引き継がれている。

原家の家督を継ぐために三年で亀井塾をやめて秋月に戻った古処は、原家の家業である儒者を継ぎ、寛政八年（一七九六）には藩校稽古館《けいこかん》の助教となり、寛政十二年、教授となった。

古処の出世を後押ししたのは、藩学振興に力を尽くした八代秋月藩主黒田長舒《くろだながのぶ》である。長舒は、古処の私塾拡張を援助したり、二人の公子（息子）を連れて古処の私塾を訪れたりと、藩主としては異例ともいえる行動をとっていた。それだけ原古処の才能を買っていたのである。

采蘋が三歳（数え年）のとき、父は藩校の教授となり、九歳ごろには古処の私塾の評判を聞きつけて藩外からも塾生が集まるようになっていた。旧家屋が手狭になったため、藩主黒田長舒は古処のために新しい家を新築してくれた。このように原家に対する藩主の優遇もあり、采蘋はこのころ塾生から「采蘋さま」と呼ばれて幸せな子供時代を過ごしていた。

文化四年（一八〇七）、黒田長舒が病のため死去し（公表は翌年）、長韶《ながつぐ》が新藩主となった。新藩主になってからも原家の優遇は続き、家格は馬廻組に昇格し、百石が支給された。その二年後の文化七年には藩の要職であるお納戸頭に抜擢され、二十石が加増された。

お納戸頭となった古処は藩校の教授でもあったが、文化七年、新藩主に随行して江戸に向かった。この年に古処が江戸で交流した儒者は、佐賀藩の古賀精里《こがせいり》・穀堂《こくどう》父子、久留米藩の樺島石梁《かばしませきりょう》、広島藩の頼春風《らいしゅんぷう》・杏坪《きょうへい》兄弟らであった。

文化期の江戸は町人文化が花開いた時期で、人々は平和と文化を享受していた。平和が続き、商品経済が台頭するにつれ、武士の必須学問であった漢詩・漢学は、裕福な町人や一般の僧侶の間でも学ぶ人たちが増加した。そのため寺子屋や私塾が作られ、女子の就学者も見られるようになっていた。

亀井家との交流

原家と亀井家との交流は、古処が南冥の塾、甘棠館に入塾したときから始まり、以後采蘋の代まで続いた。それというのも、原家の娘采蘋と亀井家の娘少琴《しょうきん》は同じ年に生まれており、また南冥の息子昭陽と古処も年が近かったからである。

両家の交流は、娘同伴でお互いの家を行き来して行われた。それだけでなく、藩主黒田長舒は南冥を秋月藩に招聘して毎月講義をさせていた。このときの宿泊先が原家であったことからも、両家の交流が親密であったことがわかる。

交流の様子は、昭陽の手紙によって垣間見られる。それによれば、少琴は目の痛みで、妹の敬《たか》は頭痛で二人とも病床に伏しているので、少琴は父に「メノイタミマスユエテカミハアケマセン（目の痛みますゆえ手紙はあげません）」という伝言を頼んだ。さらに、南冥の精神状態もよくないので、采蘋に福岡に来てくれるよう妻も少琴も頼んでいるとある。亀井家の窮状を采蘋に救ってもらおうと考えたのである。わずか十一歳の采蘋がすでに人に頼られている様子が描かれている。

幼馴染、亀井少琴のこと

亀井少琴は昭陽の長子である。少琴が生まれたときの状況を、昭陽が原古処に手紙で報告している。そこには「益無き児《じ》生まれ出るに候。然りながら婉孌《えんれん》なり」とあり、無益な子が生まれたが、しかし素直でおとなしいとあり、長子が女の子であることの失望感と同時に、その愛らしさも付け加えている。

昭陽に長男が生まれたのは少琴八歳のときであったから、それまでは女の子の少琴も男子と変わらぬ教育を授けられたようだ。四歳から習字を習い、六歳で『孝経』の素読を覚え、七歳になると『論語』に進み、また『詩経』も読み始めたという。これらはいわゆる「四書五経」といわれる教科書で、儒家の子供として学ぶべき必須の科目である。

女の子である少琴に、昭陽が男子と変わらぬ教育を授けたのはなぜだろうか。そもそも江戸時代は儒教の教えによって女性の地位は低下し、女子が生まれると先のように「益無き児」などと言われるなど、男尊女卑の思想が蔓延していた。「男女七歳にして席を同じゅうせず」と教えられ、教育も男子と女子ははっきりと別れ、女子は和歌・和文・書・画などが主で、漢詩・漢文は男子の学問とされていた。

しかし、采蘋と少琴が生まれた寛政十年あたりから、秋月藩の藩学振興に伴う父古処の出世にあわせて、原家や亀井家でも娘に対する教育の状況は次第に変化していったと思われる。先ほども述べたように、文化期の江戸は町人文化が花開き、女性が学問をする機会も次第に増えていった。江戸の情報は地方の都市にも届いていたであろうから、昭陽も女子の教育の大切さは実感していたのだろう。

もう一つの理由として考えられるのは、古処の娘采蘋との交際である。二人は父親自慢の聡明な娘たちであり、互いに競争意識も芽生えていたことだろう。昭陽と古処は競って優秀な娘の教育に力を注いだと考えられる。

少琴は漢詩も詠んだが、むしろ書・画にその才能を発揮した。文化三年（一八〇六）に秋月藩主の黒田長舒が大宰府で開いた書画会に、わずか九歳の少琴の書が出品された。この結果、少琴は黒田長舒より縮緬《ちりめん》帯を賜っている。九歳の少琴にとって華やかなデビューであった。

少琴が十五歳になったとき、父昭陽は家を増築して自室を与え、中国の一番古い詩集『詩経』からその名をとって「窈窕邸《ようちょうきゆう》」と命名した。ただ、自室を与えられたものの、少琴はわずか三年間しかこの窈窕邸を使用しなかった。

少琴の結婚

文化十三年（一八一六）、少琴は父昭陽の門人で、またいとこにあたる三苫源吾《みとまげんご》（雷首《らいしゅ》）と結婚する。この前年に少琴は、これまで詠みためた漢詩を一冊にまとめ、『窈窕邸乙亥』として残した。独身時代の記念としてまとめたものと考えられるが、少琴の漢詩はこの後見当たらない。

少琴といえば必ず人々の口に上る詩がある。夫雷首と交わしたとされる詩であるが、江戸時代の女性の詩としては少々大胆な表現であるという理由からか、他者の作ともされている。ともかく、初々しい女性の気持ちを表現した詩として素晴らしいので、ここで紹介する。

扶桑第一梅　　扶桑《ふそう》第一の梅
今夜為君開　　今夜君が為に開く
欲知花真意　　花の真意を知らんと欲せば
三更踏月来　　三更《さんこう》の月を踏んで来《きた》れ

結婚後の少琴は、夫の実家がある伊原村に移り住んだ。翌年、末の弟の修三郎《しゆうさぶろう》が生まれたが、二人の弟がまだ小さく、父の助けができないため、少琴夫妻は父昭陽が住む百道新地に移り住んだ。ここでは父の著述の清書から弟の詩の添削など、実家の手伝いに追われ、忙しい日々を送っている。

夫の源吾は、祖父南冥の希望で亀井家本来の家業であった医業の再興を担うべく、医者として修業を積み、文政七年（一八二四）今宿に移り、亀井家を分家して医業と儒者の兼業を南冥以来復活させた。南冥は家業の再興を少琴夫妻に託したのである。この年、少琴夫妻には待望の長女紅染《こそめ》が誕生した。しかし残念ながら、紅染はわずか七歳でこの世を去った。

父や祖父の意向を素直に受け止め、家業再興のために忙しい日々を送った少琴の慰めは、絵を描くことであった。文政一年（一八一八）、漢詩人頼山陽《らいさんよう》が亀井家を訪問したときに、昭陽は遠方から来た客の前で少琴に席画を描かせた。山陽はこれに漢詩の賛を残している。

また文政六年には長崎奉行からの懇切な依頼が福岡藩に届き、少琴の書画各一枚、昭陽の書二枚を要請している。少琴の書画は、天保二年の画伝書『画乗要略』に紹介されたことや、また嘉永六年の美術番付『古今南画要覧』に作品が取り上げられたことで、画壇にその才能が認められることとなった。

この結果、少琴の日記「守舎日記」には、「書画依頼」という記録が頻繁に見えている。ある日、出入りしていた猪三という者が、大阪の絵師を案内し、少琴の詩書画三枚を頼んだことがあった。少琴はこれを不快に思い、病気を理由に断っている。日記には「嗚呼《ああ》、小人の非礼を悪《にく》む」と書いている。自らの作品が商売に利用されていることに対して嫌悪感を示しているのである。

同じようなことが、幕末の紀州藩藩儒の妻川合小梅《かわいこうめ》にもみられる。多くの絵を残した小梅も自らの作品が金銭売買されることに嫌悪感を持っていた。武家女性の気質が垣間見られる出来事である。

父古処の期待

このように、少琴に対する父昭陽の期待は男の兄弟以上に大きかったことがわかる。同じように原家でも、古処の采蘋に対する期待は並々ならぬものがあったようだ。このことは、古処が江戸から采蘋に送った手紙から察することができる。

……その代わりに稽古ごとに精を出していただきたい。書はもう少し上達したほうがよろしい。江戸の女たちには、お国のような悪筆愚筆無筆の者は見受けません。イワシ売りなどの女房は別ですが、御殿奉公をしているような女性たちは、おすえといわれる最下位の地位にいる女性たちでさえ、相当書が達者である。なにとぞ精を出していただきたい。〔以下紙幅の都合により手紙や日記等は原則現代語訳のみ掲載した。原文に興味のある方は拙著『女性漢詩人原采蘋　詩と生涯』（笠間書院）を参照のこと〕

この手紙は、古処が文化八年に藩主黒田長韶に同行して初めて江戸に滞在したときに送ったものである。文化八年といえば采蘋十四歳である。年ごろの娘を持つ親として、江戸の女子の教養の高さに驚き、お稽古ごとに精を出すよう勧告している。

初めて江戸の文化に接した古処の驚きは、文化八年閏二月の慈光院での書画会の様子を秋月藩士の長谷川源右衛門《はせがわげんえもん》と中村直記に送った手紙にも表れている。手紙は、文人大名として名が知られた前伊勢長島藩主増山雪斎《ましやませっさい》、田安家の儒者で琴の名手の宿谷喜太郎《やどやきたろう》、頼山陽の叔父の頼杏坪、画家の渡辺玄対《わたなべげんたい》らのほか、詩・書・画・楽に秀でた文人が一堂に会し、得意技を披露したこと、藩主自ら詩を披露する場に居合わせ皆が驚いている様子など、慈光院での書画会の華やかさを伝えている。

さらにその手紙の最後には、「奥にたそという側女がいて、これが才女でございます。歌も読書も大変上手でございます。詩を贈ったところ、和歌で返してくれました」とあり、江戸の雅会での文人たちのレベルの高さに加え、女性の能力の高さにも驚きを示している。

たそという女性は秋月藩の江戸藩邸の奥で働く側室であるが、このような女性が漢詩を理解し、それに対して和歌で返歌をしてくれたことはよほどの驚きがあったようだ。秋月の藩士に手紙で知らせていることからも、地元の文化レベルと江戸のそれとの違いを意識させる狙いがあったのかもしれない。

古処のこの経験は、早速娘の教育に反映した。二通目の手紙は文化九年、古処の二回目の江戸滞在のときに出されている。それには、「手習い見事に出来上がり候ば、出世も出来可く申し候（手習いが上手にできるようになれば、出世もできるでしょう）」とあり、出世の話が突然出てくるのだが、女性の出世とは何を想定していたのだろうか。おそらくは、漢詩人としての出世を考えていたのではないか。この後述べるように、文化七年と九年の間には秋月藩の政変が起こり、原家の家運もそれに伴い大きく変化していった。二通目の手紙にはそのことが反映されていると考えられる。

秋月藩の政変

約五か月間の一回目の江戸滞在中には書画会や詩会などを堪能し、文化八年五月に秋月に帰国した古処に、思わぬ事態が待ち受けていた。いわゆる「織部くずれ」あるいは「辛未の変」である。

政変が起きたのは文化八年十一月一日、秋月藩士間《あいだ》小四郎《こしろう》、手塚《てづか》安太夫《やすだゆう》以下七名が家老宮崎織《みやざきおり》部《べ》、渡辺帯刀《わたなべたてわき》の政策に不満を抱き、「御政道取り計らい宜しからず」として宗藩である福岡藩に出訴したのである。福岡藩は取り調べを開始し、その結果、宮崎織部は家老職、家禄を取り上げられ、福岡に送られた。渡辺も家老職を取り上げられ、五百石を減らされ、蟄居《ちっきょ》（外出禁止）となった。その他御用人、郡奉行以下十数名は断罪に処せられた。出訴をした七名は家禄を加増される結果となった。

この事件の背景には藩の財政難があり、文雅にうつつを抜かしている家老たちに憤懣の矛先が向けられたのもやむを得ないこととも思われるが、これを境に秋月藩の文化の盛りは急速に影を潜めた。

同年十二月十五日、事件の終結を聞いた古処は、秋月藩に退役を申し入れたが聞き入れられなかった。宮崎・渡辺両家老とは詩や和歌を楽しみ、また書画会においても常に行動を共にした仲であり、藩主を支えた友であった。

古処は両家老が去った秋月藩にこれ以上留まる気はなかったのだが、翌年も江戸行きを仰せつかることになった。その理由として考えられるのは、この文化九年の江戸参勤交代には「今般若狭《わかさ》様御同道にて御出府（この度は若狭様も同行して江戸にゆく）」とあることから、古処は若狭様の御付きで江戸行きを仰せつかったのではないだろうか。若狭様とは、古処を優遇した藩主黒田長舒の息子黒田巻阿《かんあ》のことで、側室の子であり藩主にはならなかったが、長舒は巻阿と蔵春の二公子を連れて古処の私塾を訪れていたこともあり、古処は巻阿が幼少のころから親しく面倒を見ていたと思われる。江戸からもたびたび詩を贈っていることから、後見人のような役割ではなかったかと思われる。

その巻阿が藩主に同道して江戸に行くとあれば、古処も断ることができなかったであろう。事実、古処の日記からは「巻阿公子に倍して九苞《きゅうほう》書楼に遊ぶ」とか、「巻阿公子に倍して隅田川に舟遊び」などの記述が見えることから、巻阿公子の御付きとして江戸随行を命じられたものと思われる。

さて、文化九年四月七日に江戸についた古処は、早速五月四日には采蘋に手紙を出している。これが前出の「二通目の手紙」である。この手紙では、八~九両の給金では生活が苦しく、身なりを整えることも難しいと財政の悪化した藩の窮状を訴えている。さらに手紙の最後に前出のように「手習いが上手にできるようになれば、出世もできるでしょう」と付け加えているのは、采蘋の出世を古処がこのときすでに望んでいたことを暗示している。古処の政変後の心境の変化が、娘の将来にも影響を及ぼしていることがわかる。

一度は辞職を願い出た古処であったが、江戸に来てみれば各藩邸で繰り広げられる詩会に頻繁に参加し、当時江戸の詩壇で活躍していた著名な漢詩人たちとの交流には事欠かなかった。

秋月上屋敷の隣には久留米藩の屋敷があり、ある日、その中にある樺島石梁（久留米藩藩校明善堂の教授）の書斎に人々が集まった。倉成龍渚《くらなりりゅうしょ》、大沼竹渓《おおぬまちくけい》、菊池五山《きくちござん》、三輪韋斎《みわいさい》、山田明月《やまだめいげつ》、湯川某、高田某といった当時の詩壇で活躍していたメンバーである。

また九月十五日には、豊前中津藩の儒者で藩校進修館の教授を務めた倉成龍渚の書斎、対鴎楼にて詩会が開かれた。この日の主賓は詩書画に傾倒した久留米藩家老有馬照長《ありまてるなが》であり、同じく久留米藩の樺島石梁、安元節原《やすもとせつげん》、悌季礼《ていきれい》、紀州藩の榊原滄洲《さかきばらそうしゅう》らが集まった。

十一月十九日の冬至には、嚶鳴館にて樺島石梁、大沼竹渓、悌季礼、菊池西皐《きくちせいこう》（紀州藩の儒者）、榊原草沢《そうたく》らと詩会に参加している。十一月二十一日にも大沼竹渓に誘われて小笠原子誠《おがさわらしせい》宅の湧翠軒での詩会に参加して幕臣たちと交流した。

このように、古処は詩会に頻繁に誘われている。亀井門でも詩才を認められていた古処にとって、江戸で活躍する儒者との詩のやり取りは、自らの才能を確かめる場となっただけでなく、多くの友人を作る機会にもなった。後に采蘋が漢詩人として全国を遊歴して回るとき、この人脈が大いに役立つことになる。

古処も処分を受ける

文化九年十一月、秋月藩は「御省略に付き学館御取止め」とし、藩校の停止を決めた。藩校の教授であった古処にとっては納得のいかない決定であり、藩主に対して再三抗議したと伝わる。その結果、帰国後の文化十年六月二十六日、古処はお納戸頭の退役を申し渡された。この日古処は自宅で長男瑛太郎と詩を賦していたが、そこに退役の報を聞きつけた門人たちが駆けつけたという。采蘋はこの原家一大事の報をどう受け止めたであろうか。

しかし、古処に対する処分はこれに留まることはなかった。政変終結後も火種はくすぶり続けており、同年八月四日、蟄居中の渡辺帯刀他六名が福岡の役人に投文したことが発覚する。八月八日には、六人は大島・玄界島・姫島にそれぞれ流罪となった。

古処も八月二十一日には「御詮議をもって家業ご免、平士仰せつけ」という藩からのお達しを受けた。家業である儒者の資格も免除され、平士として格下げされたのである。このことは、先の投文事件とも無関係ではないと推測されている。

これにより古処は再び隠居を申し入れ、九月二十四日には「願通隠居、家督被仰付」となり、隠居願いが通り、家督は長男瑛太郎が百石の馬廻組を相続することとなった。

財政難、寛政異学の禁などの複数要因が絡まって、八代藩主長舒を中心とした宮崎・渡辺・古処による秋月藩の文化奨励政策は終わりを告げた。秋月藩の学問は以後、古処の弟子であった吉田平《よしだへい》陽《よう》らの朱子学を中心とした実学へと移行していった。

采蘋の婚約の破談

采蘋に縁談があったのは、文化九年三月二日、すなわち采蘋十五歳のときである。古処の友人亀井昭陽が、手紙で采蘋の縁談についての詳細を知らせてきた。それには、

高輪から昨日連絡が来ました。……まずもって御目出度いことと存じます。さて、道（猷《みち》）様の縁談の儀に付いて、詳しく報告がなされた様子、承知いたしました。高輪は民平《たみへい》方にもすぐに申

し遣わしたようです。春蔵《しゅんぞう》方は父母と弟、老祖母の五人暮らしで、家禄は百石あると記憶しています。春蔵は俗人よりは嫁を貰わない考えなので、その父もそのように望んでいるようです。友(少琴)ももらわれましたが（少琴にも話がありましたが）、この子は他家に嫁ぐような気質ではありませんから、お断り申しました。向こう方は血類生計何事も申し分ない家柄ですので、友（少琴）ももしもらわれていれば、安心ですが、父が賛成しないものですから、お断りいたしました。嫁入りの儀は、春蔵がどのようにしたいのか、決まりましたら、そのようにしていただくよう、よろしくお願いいたします。しかし、仲人は甚だ不得意でございます。

とあり、福岡の藩医香江《こおのえ》春蔵との縁談についてのやり取りが書かれている。

亀井家と香江家は親しく、最初は少琴を嫁に欲しいと言われたようだが、昭陽によれば少琴は他人の家に収まるような気質ではないからと断ったという。春蔵は「俗人より嫁はとらない」ということで、医者か儒者の娘を望んだのであろう。

手紙によれば、春蔵の家は父母と弟、祖母の五人暮らしで、百石の禄を支給される家であり、血類生計何事も申し分ない家であるからと采蘋に勧めている。話はこの手紙の以前から進行していて、結婚式、また仲人のことまで話が進んでいたと考えられ、この時点で婚約は成立していたとみることもできる。しかし、この手紙の日付けの翌日に、古処は二回目の江戸に向けて出発している。

ここで問題となるのは、四月七日に江戸についた古処は五月四日に采蘋に手紙を出しており、「手習いが上手にできるようになれば、出世もできるでしょう」と手紙の最後に付け加えていることである。婚約の決まった娘に「出世もできるでしょう」と書くことは不自然に思える。古処が出発した三月三日から五月四日までの間に、何らかの変化があったと考えられる。

古処は文化十年五月二十四日には、二度目の江戸行きから秋月に帰着している。『日本唯一の閨秀詩人原采蘋』の著者春山育次郎氏は、古処の帰国後に婚約の破談があったと推測されているが、この間の事情ははっきりしない。

ともかく、采蘋の人生で記録に残る限りただ一度の縁談話は破談に終わった。しかし古処はこの後も采蘋の結婚話をあきらめたわけではなかった。それが判明するのは、七月三日の日付（何年かは不明）で亀井昭陽が養子縁組についての書簡を古処に送っているからである。その書簡には、昭陽に頼んだと思われる養子縁組が断られた旨が書かれている。おそらくこれを機に古処は采蘋の縁談をあきらめたものと思われる。

婚約や養子縁組が成立しなかった理由はさまざま取りざたされているが、確かなことはわからない。上記の亀井昭陽の手紙にも書かれているように、縁談の条件として「血類生計何事も申し分ない家」が重要視されていたことがわかる。

破談の理由として、采蘋の母親の家系に悪い病気の遺伝があったためとされる説と、古処の退役が理由とされる説が伝わっているが、どちらも当時としては縁談の条件には不利なことで、納得せざるを得ないのだが、真実はもはや闇の中である。

原家の家運

八代藩主黒田長舒によって優遇された原古処は、長舒の死後も新藩主によって引き続きお納戸頭の要職を任され、江戸に参勤したのだが、先に記したように、帰国してから起きた政変によって原家の家運は一気に下降線をたどることになった。三代続いた儒者の地位と、藩の要職お納戸頭の両方を解雇されたのである。そのため古処は隠居願いを提出し、長男の瑛太郎に家督を譲った。瑛太郎の役職は馬廻組という平士格であった。

古処にとって、儒者としての家系を維持できなかった屈辱は想像を絶するものであったに違いない。若き原古処が福岡藩の儒者亀井南冥の塾に入塾し、三年後に家督を相続するために帰郷することになったとき、南冥は古処に次のような詩の一句を送っていた。「墜《お》とす莫《なか》れ、模楷《もかい》三世の名を」と。つまり、三代まで続いた模範的な儒者の家名を落としてはならないと。

師南冥の教訓は深く古処の心に刻まれたことだろう。古処の努力は実を結び、藩校の教授、お納戸頭と上り詰め、藩主の信任を受けるまでになった。原家の家運はまさにこのとき絶頂期に達したのである。

その家名を自分の代で潰してはならないと心に決めた古処は、娘の采蘋に白羽の矢をたてた。長兄は才能はあったが病弱で、また弟も同じく病気がちであった。幸い采蘋の才能は師南冥も認めるほどであったため、後継者として采蘋を育てようと考えたのである。

第二章　修行時代

知識人の遊歴の流行

寛政二年（一七九〇）に発令された寛政異学の禁は、時の老中松平定信《まつだいらさだのぶ》によって幕府の学問を朱子学に統一し、そのほかの学問を禁止したものである。

江戸時代の初めに幕府統一のために導入された朱子学は林家によって代々受け継がれてきた。もともと幕臣や藩士のためのものだった儒学は学者の学問と化し、さまざまな学説や学派が打ち立てられていた。また平和が続くなかで、各藩の藩士は藩校の授業に身が入らない状態であった。

この状況を立て直すために幕府がとった政策が、寛政異学の禁であった。そのため幕府の学校昌平黌《しょうへいこう》では「学中に異学の書を読むを以て月報の半を削らる（学内で朱子学以外の本を読んだので月給の半分を削られる）」という処分まであった。

寛政の改革以降、朱子学以外の儒者は藩の仕事に就きにくい状況があった。また地方都市においても豪農や名主・医者などの裕福な教養人の間で学問の需要が高まりつつあったため、儒者のなかには藩儒としての窮屈な生活をきらい、自由に各地を遊歴して、詩を吟じ、書を講じ、詩の添削をしながら生計を立てる生き方を選択する人々が出始めた。江戸時代後期になって流行し始めた漢学者たちの遊歴は、地方に住む裕福な知識人階級によって支えられていたのである。

父母との遊歴

福岡藩の亀井家も秋月藩の原家も、荻生徂徠の古文辞学派であったため、少なからず異学の禁の余波をこうむっていた。秋月の政変後、長男に家督を譲った古処は、家塾を営みながら翌年から遊歴を開始する。

文化十一年（一八一四）三月、古処の師である亀井南冥が亡くなった。南冥の遺品として息子の昭陽から贈られた「東西南北人」の印を携えて古処は、まず長男の瑛太郎を伴って中国地方の遊歴に出かけた。古処はこの印を遊歴の際、常に携帯していたという。

次の年の文化十二年には、十八歳になった采蘋を伴い、両親そろって山口・広島の各地を遊歴した。初めての旅が七か月間に及んだことで、采蘋と母親の雪は郷愁をおぼえ、古処に帰郷を促したという。

山陽地方で詩社を開くよう友人から依頼を受けたため、古処は文化十三年に再び妻子を伴って旅に出かけた。一家は山口県豊浦で新年を迎え、采蘋は二十歳になった。そのときに詠んだ詩がある。

山駅風輕柳色春
短篷亭子挙杯辰
無端爲客逢新歳
始信東西南北人

山駅《さんえき》　風は軽し　柳色《りゅうしょく》の春
短篷亭子《たんほうていし》　杯を挙ぐるの辰《とき》
端《はし》無くも客となりて　新歳《しんさい》に逢い
始めて信ず　東西南北《とうざいなんぼく》の人

山間の宿場の正月は風も穏やかで、柳の葉に春を感じる。旅先の宿で早朝に新年の杯を交わす。図らずも客となって新年を迎え、初めて東西南北人の意味を知りました。

「東西南北人」とは一定の住居を持たない人のことで、采蘋は旅を続けるなかで、この言葉の意味を実感したとある。昭陽から古処に贈られた東西南北人の印は、古処の死後、采蘋に渡されることになる。この印はその後、長三洲氏に渡り、三洲氏没後はそのご子息が愛用しておられたが、現在は朝倉市秋月博物館（旧秋月郷土館）に寄贈されている。

豊浦での詩社の運営は二か月後に打ち切られ、古処を招聘した清末藩《きよすえ》（山口県下関市）の渡辺厚甫《わたなべこうほ》らは、同士と相談して下関の海鷗吟社に場所を移すことにした。こうした状況は、朱子学者でない儒者が詩社を運営することに対しても圧力がかかっていたことを表している。海鷗吟社で古処は『論語』や『孝経』などの講義を行い、一家は文化十四年八月中旬に秋月に帰った。

咸宜園訪問

その後、文化十四年九月には父に同伴して日田《ひた》（大分県日田市）で漢学塾咸宜園《かんぎえん》を開いていた広瀬淡窓《ひろせたんそう》を訪ねている。古処と広瀬淡窓は同じ亀井南冥に師事した仲である。咸宜園は全寮制の漢学塾で、全国から塾生が集まり、江戸時代の中では最大の規模を誇る塾となった。

文政三年（一八二〇）の四度目の旅でも、采蘋は再び父に従い日田の広瀬淡窓を訪ねた。このときは淡窓が咸宜園の高弟を集め、原父子のために雅会を開いてくれた。その様子が淡窓の日記『懐旧楼筆記』に次のように書かれている。

原震平（古処のこと）がその娘采蘋を連れて訪ねてきたので、宴会を開いた。集まった客は飯田《いいだ》呼伝《こでん》、佐藤玄献《さとうげんけん》、熊谷見順《くまがやけんじゅん》、僧虚白《きよはく》であった。呼伝は長門清末の藩士で、近ごろこの地にやってきて、我が家を訪ねてきた。采蘋はこのとき二十三・四歳であったろう。

日記はこのあと采蘋について、「幼ヨリ読書文芸ヲ学ヒ。尤詩ニ長セリ。其行事磊々落々トシテ。男子ニ異ナラス。又能ク豪飲セリ（幼いときより読書文芸を学び、最も詩に長《た》けている。その行動は堂々として、男子と少しも変わらない。またよく大酒を飲む）」と続く。このとき淡窓が見たのは、他の男子と同等に大酒を飲み、同等に詩を賦すことができる詩人として成長した采蘋であった。

後に亀井昭陽に入門することになる秀才中島米華《なかじまべいか》はこのとき二十歳の青年であったが、この席上、次のような詩を采蘋に贈った。

彤菅久知原氏賢　彤管《とうかん》　久しく知る原氏の賢なるを
今宵相過月臨莚　今宵《こよい》　相過りて　月　莚《えん》に臨《のぞ》む

嘗傳看雪評飛絮
更憶聞琴辨斷絃
囊裡有詩皆錦繡
樽前無語不虚玄
春闈若許通知字
一部新篇待汝編

嘗《かつ》て伝う　雪を看て飛絮《ひじょ》と評すを
更《さら》に憶う　琴を聞きて断絃《だんげん》と弁《べん》ぜしを
囊裡《のうり》に詩有りて皆錦繡《きんしゅう》なり
樽前《そんぜん》の語　虚玄《きょげん》ならざるは無し
春闈《しゅんけい》　若《も》し字を通知するを許さば
一部の新篇　汝が編むを待たん

原氏の賢女ぶりは久しく聞いております。今宵は月に臨む宴会でお目にかかりました。あなたを見て、かつて雪を見て飛んでいる柳絮に喩えた謝道蘊《しゃどううん》のこと、また琴を聞いてどの弦が切れたかを見ないで言い当てた蔡琰《さいえん》のことを思い出します。あなたの詩嚢には素晴らしい詩が詰まっております。また宴会での言葉は少しも嘘はありません。もしあなたと文通することを許して下さるのなら、あなたの新しい詩をぜひ読みたいものです。

咸宜園の秀才中島米華は、これまで読んだ中国の昔話に出てくる才女、謝道蘊や蔡琰に采蘋の姿を重ねあわせて見ていたことが詩に表現されている。このころ采蘋はすでに、学問を志す若者たちの憧れの的であったことがこの詩からも窺える。

采蘋は日田に遊んだときの様子を次のように詠んでいる。

遊日田　日田に遊ぶ

去年相追隨　去年《きよねん》　相追随《あいついずい》し
坦蕩月下船　坦蕩《たんとう》　月下の船
今年又來過　今年　また来りて過る
同嘯月明前　同じく嘯《うそぶ》く　月明の前
明月長如此　明月　長きこと此くの如し
個人心亦然　個人の心　また然り
豈無盈樽酒　豈《あに》　樽酒盈《そんしゆみつ》ること無《なか》らん
相對理五絃　相対し　五絃《ごげん》を理《おさ》む

去年、父に従って日田に遊んだときに、鏡面のような平らな川面を月下に船でゆったりと過ごしました。今年もまたここに来て、月明かりの前で詩歌を口ずさむ。満月の明かりは長い時間照らし続け、また個人の心も同じである。どうして樽酒が満たないことがありましょうか。相対して五弦の琴をおさらいしましょう。

九州文壇における認知

日田から耶馬渓《やばけい》を経て中津を訪ねた父子は、松下堂での歓迎会に招待された。席上で山川正功が采蘋に贈った詩がある。その詩は「最も賢い女性、名はお盈《みち》（采蘋の名前）。才女の名声あり」と始まり、「あなたの書は中国東晋の女流書家の筆跡を思わせ、すでに曹大家《そうたいこ》のような学者になろうとしている」と賛辞を贈っている。

二十三歳になった才媛の娘は、男性ばかりの九州文壇のなかで、行く先々でそのまれな才能と、おそらく花も匂うような女ざかりの美しさで人々の心をとりこにし、中国の古典に出てくる才媛と並び称されることたびたびであった。

というのも、この時期の漢詩人といえば男性のみの世界で、比較するとすれば中国の女性しかいなかったのである。そんななか采蘋はこの日本で、まさに大輪の花を咲かせようと修業を積んでいた。古処が連れ歩く采蘋を前にして、酒宴は大いに盛り上がった状況が窺い知れる。

その後、秋月に戻った采蘋は、家塾と天城詩社で父の手伝いをしながら、その合間を縫って二十五歳のときには父と福岡に遊んだ。そのときに詠んだ詩がある。

秋江夜泊

爲客天涯歳月過
孤舟夜泊大江阿
霜降岸樹葉微脱
風落長流水易波
明月偏從横笛苦
悲秋一傍遠人多
哀猿嘯起還郷夢
不是三聲涙已沱

客と為《な》りて　天涯《てんがい》　歳月過ぐ
孤舟《こしゅう》　夜泊す　大江《たいこう》の阿《くま》
霜降りて　岸樹《がんじゅ》　葉微《かす》かに脱し
風落ちて　長流《ちょうりゅう》　水波だち易《やす》し
明月　偏《ひと》えに横笛《おうてき》に従《よ》りて苦《さかん》なり
悲秋《ひしゅう》　一《いっ》に遠人《えんじん》に傍《そ》いて多し
哀猿嘯《あいえんうそぶ》き起こす　還郷《かんきょう》の夢
是れ三声《さんせい》ならずして　涙已《すで》に沱《た》なり

空の果てを旅人となって歳月が過ぎた。大きな河に一艘の船だけが夜に停泊し、霜が降って川岸の木は葉が少しずつ散りはじめている。風が川面に落ちてきて水は波立ち始める。満月の輝きは、横笛の音色と相まって、ますますさえわたっている。秋を愁える心は、すべて遠くから来た旅人であるという理由から、さらに募るようです。猿のかなしげな鳴き声に、故郷に帰る夢がつのり、三度その声を聞くまでもなく、涙はすでにあふれている。

前にも記したように、采蘋は二十歳のときに既に「東西南北人」の意味を実感している。以来、その印を携えた父に従って、山陽地方や九州各地を遊歴してきた。二十五歳になった采蘋は、既に中国の詩人杜甫《とほ》や李白《りはく》の詩を読んで勉強していたはずで、彼らの詩をふまえて旅人の郷愁をうまく詠いこんでいる。

采蘋はこの後も二十七歳まで父に同行して漢詩人としての修行を続けた。原古処も漢詩人として多くの詩を残しており、またその名は各地の儒者・漢詩人の間で知られていた。古処は江戸滞在中に当時活躍していた著名な儒者や漢詩人と交流していたことは前にも述べたが、参勤交代の行き帰りの途中でも、地方に住む著名な儒者や漢詩人を訪ねて交流を深めていた。例えば、頼山陽《らいさんよう》（『日本外史』の著者として有名）、頼杏坪《きょうへい》、菅茶山《かんちゃざん》、梁川星巌《やながわせいがん》、草場珮川《くさばはいせん》などはみな古処の旧友であった。

今回の父との遊歴中には彼らを訪ねる機会はなかったが、古処の人脈は、後に采蘋が独立して各地を遊歴する際に大いに役立った。そして、父との最後の旅となった長崎での経験は、漢詩人として独立するための自信を充分に与えてくれるものであった。

佐賀・長崎への旅

采蘋は父との遊歴の合間には、秋月にある私塾と、後にできた天城詩社で父の助手として近隣の子弟の教育に携わっていた。秋月の私塾は長男の白圭《はっけい》（瑛太郎）に任せ、天城（甘木）に居を移した古処は、近隣の父兄に頼まれて児童の教育に当たることとなった。甘木地方でも藩士以外の一般人の子弟に対する教育の需要が高まってきたため、有志が集まって古処を盟主とする天城詩社を作ったのである。

このころの古処は藩士の教育から離れ、地域の敏童の教育に情熱を傾け、彼らの将来に期待を寄せていた。娘の采蘋もそのうちの一人として、厳しく教育を受けていたものと思われる。

さて、采蘋は最後の修業として文政六年（一八二三）、二十六歳のとき、父と佐賀・長崎に遊んだ。この旅は采蘋にとって修業の集大成といえるものとなった。

この頃、長崎の出島だけが唯一外国との貿易を行う場所として開かれていた。貿易相手国はオランダと中国の二国であり、出島には蘭館と唐館のそれぞれの役所が置かれていた。来航したオランダ人や中国人の貿易商人はその中に居留しており、それぞれの文化、生活スタイルを持ち込み、異国情緒を醸し出していた。

かつては朱舜水《しゆしゆんすい》や陳元贇《ちんげんぴん》などの学者や文人が来航し、藩主に招聘されたこともあったが、このころの唐人館に居留している清国人は詩書画に精通した貿易商人が多かった。そのなかでも日本の文人たちとの交流で名が知られているのが、江芸閣《こううんかく》・江稼圃《かほ》・陸品三《りくひんさん》であった。その評判を聞きつけて、長崎は全国から儒者や漢詩人が集まる場所となっていた。これらの人物と直接会って、詩の応酬をし、自分の詩の力を試したいと考えたのである。

当時長崎の情報は、江戸から派遣された長崎奉行に随行して長崎に滞在した幕臣や儒者が、帰路に各地の儒者の家や陣屋に滞在する際、長崎の現状を報告し、また江戸に帰って江戸の文人に伝えたことなどから、かなり広まっていたと考えられる。また長崎警備にあたった佐賀藩や福岡藩、さらにそれを補佐した秋月藩は定期的に藩士を長崎に出向させていることから、古処は情報を直接入手できた。

長崎の出島で繰り広げられる異国文化の華やかさ珍しさは、長崎を訪れた幕臣や儒者を魅了した。その情報は帰路の途中、あるいは帰国してから各地の文人たちに語られ、彼らを長崎へと駆り立てた。多くの著名な文人たちが長崎行きを希望していたが、原父子もその例にもれず、長崎遊歴を心待ちにしていたのである。

機会が到来したのは、原家の長男瑛太郎（白圭）が病のため御武器方の役職を辞任し、その代わりに養子を迎えたため、白圭に家塾と天城詩社の代講を任せることができたからである。

宗藩である福岡藩の藩主が幼少だったために、秋月藩が代行して佐賀藩と交代で長崎警備の任にあたっていた時期がある。そのため古処には、藩主長韶に随行して長男白圭とともに長崎に滞在した経験がある。このため秋月藩士である古処は、長崎の奉行所の役人、地元の有力者とも顔見知りであり、同じく警備を任されていた佐賀藩の藩士とも交流があった。

佐賀入り

原父子一行はまず秋月から佐賀に到り、佐賀城下では医者の古賀朝陽《こがちようよう》を訪ねた。朝陽は佐賀藩の儒者古賀穀堂と親交があり、古賀穀堂の父古賀精里の高弟でもある中村嘉田《なかむらかでん》らを賜金堂に集めて古処父子を歓待した。中村嘉田は佐賀藩藩校の教授であった。

その席上で古賀朝陽と中村嘉田が古処父子に贈った詩が残っている。古賀朝陽の詩に言う。

喜古處山人見過時帶令愛采蘋女　古処山人の過ぎらるるを喜ぶ、時に令愛采蘋女を帯《お》ぶ

山人削意混塵氛　山人《さんじん》意を塵氛《じんぷん》に混ずるに削り
獨有詩名終不群　独り詩名《しめい》有りて　終《つい》に群れず
老子東來乗紫気　老子《ろうし》東に来るに　紫気《しき》に乗り
史公南滞誤青雲　史公《しこう》南に滞り　青雲《せいうん》を誤る
言談草閣燈花冷　草閣《そうかく》に言談すれば　燈花《とうか》冷く
風雨江城木葉聞　江城《こうじょう》に風雨ありて　木葉を聞く
膝下彩雄携道蘊　膝下《しっか》に彩雄道蘊《さいゆうどううん》を携え
才情愧死卓文君　才情は卓文君《たくぶんくん》を愧死《きし》せしむ

山人（古処）は俗世間に交わることを止めて、その名声はあったがついに群れることはなかった。老《ろう》子《し》が紫気に乗って東に来たように、また太史公司馬遷《しばせん》が青雲を見誤り南に滞ったように、佐賀に留まっ

た。私の草堂で燈心が冷えるまで話しこみ、城の近くでは風雨激しく木々の葉がざわめくのが聞こえる。そばには才媛道蘊を携え、その才情は卓文君を死ぬほど深く愧ずかしめるほどである。

この詩によれば、古賀朝陽は古処の愛娘采蘋を中国の才女謝道蘊になぞらえ、また司馬相如《しばしょうじょ》と駆け落ちし、生活のために酒場で働いた卓文君を例にあげて、采蘋の才女ぶりを称えている。また中村嘉田が采蘋に宛てた詩にも同様に、才女曹大家《そうたいこ》（班昭《はんしょう》）や卓文君を例に挙げて、采蘋の才能を比較し、褒めている。

中村嘉田と朝陽は共に佐賀藩の詩壇を牛耳っていたといわれる人物で、このような人たちから賞賛を得たことは、原父子にとって、采蘋の将来に対する大きな自信につながったと思われる。頼山陽も六年前にここを訪れたときに賜金堂に招待されている。

長崎到着

佐賀を後にした原父子は、文政六年九月三日に長崎に入った。彼らもまた、唐人屋敷に住む清国人と面会し、詩の応酬をすることが目的であったが、すでに朱舜水や陳元贇のような学者は長崎にはおらず、その代わり、当時貿易商のなかでも文雅を解する人物として知られていた江芸閣や陸品三らが来航しており、運よく会見することができた。江芸閣らと応酬した詩は残っていないが、長崎の感想を兄の白圭に贈った詩がある。

崎陽書感奉寄伯氏

華夏詞章有素聞
舟船自謂濟河焚
詩鋒筆陣寥無競
辮髪髠頭椎少文
緑眼胡歸秋月曉
紅衣砲破海天雲
瓊江蕞爾彈丸地
滿目山河獨絶群

崎陽にて感を書し、伯（白圭）氏に寄せ奉る

華夏《かか》の詞章《ししょう》　素《もと》より聞くこと有り
舟船《しゅうせん》　自ら謂《い》う　河を済《わた》りて焚《や》くと
詩鋒《しほう》　筆陣　寥《りょう》として競う無く
辮髪髠頭《べんぱつこんとう》　椎《つい》として文少し
緑眼《りょくがん》の胡《こ》は帰る　秋月《しゅうげつ》の暁
紅衣《こうい》砲は破る　海天の雲
瓊江《けいこう》は蕞爾《さいじ》　弾丸《だんがん》の地
満目《まんもく》の山河　独り絶群《ぜつぐん》

中国の詩や文章の素晴らしさは以前から聞いていました。ここ長崎の清人たちは、決死の覚悟で海を渡ってきたといいます。しかし、詩文をやり取りしましたが競争するような人は一人もいませんでした。辮髪髠頭《べんぱつこんとう》の彼らは文雅に長《た》けた人物ではありませんでした。青い目をした外国人は秋の夜明けに帰って行き、彼らが放つ大砲は海の上の雲を突き破る。長崎は弾丸ほどの小さな土地ですが、見渡す限りの山川は、他に比べようもなく美しいところです。

詩人として箔をつけることを目的に、本場の清国人を相手に詩文を交換する人たちが多いなか、貿易商人の詩文のレベルなどとるに足らないと言ってしまうところはさすが采蘋である。

先に述べたように、日本唯一の貿易港として栄えた出島にはオランダ館や唐人館が建ち並び、それぞれの館では異国情緒を醸し出す生活が繰り広げられていた。オランダ館には商館長、次席、医員など十人前後の人々が住み、唐人館には、商人や船主たちに交じって画家や書家も居住していた。彼らが琴を奏でながら詩を吟じ、酒を酌み交わしている様子を画いた絵が残っている。

そのような唐人館のなかでも蘇州出身の江芸閣が拠点としていた場所は当時最も有名であったため、多くの儒者や詩人が彼に会うことを目的として長崎を訪れた。梁川星巌、頼山陽、頼杏坪、広瀬淡窓、草場珮川なども長崎を訪れている。こうした男性に混じって、女性では江馬細香《えまさいこう》が師の山陽を介して江芸閣と詩の贈答をしている。

采蘋も長崎来遊の目的を果たそうと地元の有力者に協力してもらい、幸い陸品三に箔屋で会うことができたが、彼は書が得意であったが詩に自信はなかったようだ。江芸閣とは柳賓池《りゅういんち》館で会見したが、結果は兄の白圭に宛てた詩に書かれた通りであった。

幸い采蘋の長崎滞在は、古処と一緒ということもあり、梁川星巌や頼山陽に比べてははるかに恵まれていたといえる。前にも述べたように、秋月藩は長崎警備の任にあった福岡藩の代行として、文化七年までその役目を担っており、原古処は藩主に従って長崎に滞在していた。そのため、長崎奉行所にも通じていたであろうし、知人も多かったと思われる。

長崎滞在中の采蘋の詩はほとんど残らないが、その代わり古処がこまめに家族にあてた手紙によってその様子を知ることができる。それには長崎の町年寄で西洋砲術の祖として知られる高島《たかしま》秋帆《しゅうはん》や、秋帆の実兄で久松家の養子になった碩次郎《せきじろう》らの計らいで格別の歓待を受けたことが書かれている。古処の次の手紙では、采蘋は丸山の遊郭に案内され、そこでの歓待ぶりを以下のように記している。

さて、昨夜丸山豊後屋というところで、高島四郎太夫（秋帆のこと）兄弟、六人衆、中年などが集まってふるまってくれたそうです。四郎太夫は草履取りを迎えによこし、村尾の下女を付けてくれ、皆に飲みふせられた様子です。八つ時（午前二時ごろ）に籠で帰ってきたということです。皆さん、「あなたの高名は十分聞き及んでいます」と、高島六人衆のうち、同伴の者数十人、女郎共までが盛んに申したようです。やりて、はやし子なども多く出入りしていますが、「近ごろはこの丸山でもあなたの御評判を日夜聞いております」と挨拶されたようです。佐賀で一夜逗留したときも、かの地の学者先生は大いに驚いた様子でしたが、この方にてもなおさらの評判で、今朝も各別二日酔いもないようです。詩酒博名には困ったことです。

この手紙には、高島四郎太夫らの有力者に、長崎の遊郭丸山に招待され、女郎や下女、草履取りと数十人の客に取り囲まれ、皆に飲み伏せられたとある。さらに午前二時ごろようやく籠で帰宅したとあり、さながらビップ扱いである。さらに「今朝も各別二日酔いもないようです」と書く古処の文面からは、娘自慢も垣間見られるが、事実采蘋の詩酒博名は佐賀の一夜同様、長崎においてはなおさらの評判であった様子が伝わってくる。

娘采蘋の才能は認めていたものの、佐賀や長崎の実力者による思いもかけぬ歓待ぶりと、それに伴う評判の高さに古処も戸惑っている様子が窺われる。

長崎滞在の延長

江芸閣や陸品三らを相手に詩文を交換し、その結果相手を降参させたという長崎においては女性では初めての快挙に、高島四郎太夫らは采蘋の才媛ぶりにますますほれ込んだ。彼は、采蘋の滞在期間を延長して長崎に留まり、塾を開いてくれるようにと要請してきた。古処はこれを聞いて早速家族に手紙で次のように知らせている。「町の有力者が是非々々と再三采蘋を引き留めようとしたので、衣服のことなど心配だが、何とかなると思い承諾した」とある。

古処がこれを承諾したことで、采蘋は滞在期間を六か月ほど延長して、町長の村尾三右衛門《むらおさんえもん》の所有する柳篔池館に留まり、三右衛門の家族や奉行所の役人たちに講義をすることになった。この講義は采蘋が主となって行い、古処の役目はそばでただ見守るだけであった。

古処はこのときの様子も早速家族に知らせている。「世間の評判はずいぶんよろしいようです。才女で長崎に滞在したものはみち（采蘋）が初めてであろう」と。父親の娘自慢もますます度を増してきている様子だが、実際に長崎における采蘋の評判は父親の期待をはるかに超えるものであったと思われる。

これまで長崎を訪れた男性漢詩人は多数いたが、女性では采蘋が初めてであったから、人々の関心も高かったといえよう。

古処は予定の滞在期間が延びたので、采蘋を残して一足先に秋月に帰った。常に父と一緒に遊歴を繰り返していた采蘋にとっては、初めて経験する一人暮らしであった。

長崎からの帰郷

家族と離れての六か月強の長崎滞在に、しばしば倦んだといわれる采蘋は、帰郷を待ち望んでいたようである。

待ちわびた帰路の途中で詠んだ詩にはその思いが込められている。

自崎陽帰途　　崎陽自《よ》り帰途

一年強半崎陽客　　一年強半　崎陽《きよう》の客

遊倦長風破浪歸　　遊びに倦《う》みて　長風《ちようふう》　浪を破りて帰る

肥筑連山迎旦送　　肥筑《ひちく》の連山　迎え旦《か》つ送る

風帆截水走如飛　風帆《ふうはん》　水を截《き》り　走ること飛ぶが如し
候潮江口舟膠處　潮を候《ま》つ江口　舟　膠《にかわ》す処
入夜篷窓人起稀　夜に入り　篷窓《ほうそう》に人起くること稀なり
郷近吾儂欣不寐　郷近づき　吾儂《われ》欣《よろこ》び寝ねず
掃眉先整故園衣　眉を掃《は》きて　先《ま》ず整う故園《こえん》の衣《い》

一年の半分以上、長崎の客となり、遊びにも飽きて、はや長風に押されて疾走する船上の客となりました。肥前（佐賀県）、筑後（福岡県南部）の連山は私を迎えかつ送ってくれます。風を受けて膨れた帆は水を切って、船は飛ぶように進んでいます。潮を待つ河口に船を止め、夜に入って、船の窓べでは、起きている人はまれです。故郷はだんだんと近づいてきて、私は嬉しくて眠ることができません。眉を描いて、まず故郷で着る衣装を整えています。

采蘋の帰郷は秋月藩の事情もあって予定より早まった可能性があり、急な帰郷の知らせを受けた柳簀池館の主人村尾三右衛門とその娘月嬌《げっきょう》は、留別の詩を賦して別れを惜しんだ。月嬌の詩を挙げる。

鏡奩相共不多時
怪忽鶯花促別期
要把琴絃寫儂意
般々愁思上蛾眉

鏡奩《きようれん》相共にすること多時なくも
忽《こつ》として怪しむ　鶯花《おうか》別期を促すを
琴絃《きんげん》を把《と》りて儂《わ》が意を写さんと要《もと》むれども
般々《はんはん》たる愁思《しゆうし》　蛾眉《がび》に上る

化粧箱を一緒に使ったのも多くはなかったのに、突然鶯が花に鳴いて別れの時を促しています。琴をかき鳴らして私の気持ちを表そうと思いますが、さまざま悲しい思いが眉の上に上ってきます。

今回の遊歴は、これまでの遊歴と違って、采蘋単独で塾を任され、儒者としての力量が試される機会が与えられた。また古処が帰郷した後、一人暮らしも経験した。古処はこの経験を「此節は遠遊の羽根繕ひも出来べく申す也（今回の旅でより遠くへの遊学の準備もできたと思われます）」と評価し、また滞在期間延長についても「采蘋も世間いたし候に、大いに心遣いこれ無き様に相成り（采蘋も世間を知り、随分と心配もなくなったようです）……」と手紙に書いているように、この旅の成果を実感し、采蘋の江戸遊学に確信を得たことがわかる。

また采蘋自身も、実際に清国人と詩の応酬を経験して得た自信と、長崎や佐賀の詩人たちにも評価されたことで、漢詩人として江戸へ一歩を踏み出す勇気を与えられたと思われる。

さらに、秋月に帰郷してみれば、思わぬ手紙が待っていた。帰郷後秋月に届いた漢詩人梁川星巌からの手紙は、采蘋の気持ちを後押しするのに十分であった。采蘋が帰った後に長崎を訪れた星巌は、そこで采蘋の評判を聞き、また彼女の詩を読んで次の詩を贈った。

采蘋女史の詩を読んで振り返ってこれを寄せる。采蘋は以前に長崎に滞在し、塾を開いて学生を指導した。よってこの詩に及んだ。

麗句吟來愜素聞
香風揺曳柳絲裙
可無佳婿如温嶠
儘有清才亜左芬
桃醉杏酣春黯澹
蘭言竹笑氣氤氳
絳紗弟子音塵隔
悵望瓊山一段雲

麗句《れいく》吟じ来って　素聞《そぶん》に愜《かな》う
香風揺曳《こうふうようえい》す　柳糸《りゅうし》の裙《すそ》
佳婿《けいせい》は温嶠《おんきょう》の如き無かる可《べ》けん
儘《ことごと》く清才左芬《さふん》に亜《つ》ぐ有り
桃醉杏酣《とうすいあんかん》　春は暗澹《あんたん》たり
蘭言竹笑《らんげんちくしょう》　気は氤氳《いんうん》なり
絳紗《こうしゃ》の弟子　音塵《おんじん》隔つ
悵望《ちょうぼう》す　瓊山《けいざん》一段の雲

> あなたの素晴らしい詩句は前から聞いていた評判にかなうものです。心地よい風がふいて、垂れ下がった柳の枝の裾を揺れ動かしています。好い婿は東晋の政治家温嶠《おんきょう》のようであるとは限りません。あなたにはつくづく晋の才女左芬《さふん》に次ぐ才能があります。桃や杏に酔いしれて、春はうすぼんやりとしています。蘭の花がしゃべり、竹が笑って、万物の気は盛んである。赤色の薄絹を着た弟子からは音信がないので、瓊山にかかる一段の雲を失意のうちに眺めています。

梁川星巌はこのとき妻の紅蘭を連れて九州遊歴を続けていた。星巌からの予期せぬ手紙を受け取った采蘋はどのように感じたであろうか。後に采蘋が東遊するにあたって、この手紙が縁となって、星巌はよき師として采蘋を支え、終生交際を続けることとなった。

漢詩人としての決意

このように采蘋は、秋月を離れ、父とともに遊歴を繰り返した。この十年間は、父が各地で詩社を開き、詩友と詩を交わす喜びを間近で見て、漢詩人として生きることとはどのようなものかを経験する実地教育となった。古処は李白に憧れ、退役した後は自ら詩人と称して引退後の人生を歩んだことからも、采蘋に自らの夢を託したとも考えられる。これに対して采蘋本人はどのように思っていたのだろうか。一体いつごろから漢詩人としての将来の人生像を考えていたのだろうか。

父が藩の職を辞し、自身の婚約も破棄されたことを機に、采蘋は十八歳から父の遊歴に同行した。十九歳のときには、この遊歴の経験から、住所が一定せず諸方をさまよい歩く人、という意味の「東西南北人」とはいかなるものかを自覚したと詩に書いている。

二十歳から二十三歳までの三年間はしばらく遊歴を休み、古処のために開設された天城詩社を手伝うことになった。秋月の家塾に加えて甘木の詩社が出来たため、古処が多忙になったことから、采蘋に助手として子弟を教えるように助けを求めたのである。

それというのも、兄の白圭は藩士として勤務しながら、古処山堂（私塾）で藩士の子弟を教えていたが、病気がちであり、古処と采蘋がそれを助けていたという現状がある。そこに天城詩社が加わり、近隣の子弟の教育を依頼されたのである。甘木地方にもようやく藩士以外の苗字を持たない子弟の教育に関心が高まってきたことを示している。

采蘋の助手ぶりは、後に采蘋が東遊するときに、天城詩社の門弟たちが別れを惜しんでどこまでもついてきたことからも、子供たちに慕われていた先生であったことが想像できる。

そのなかの一人、矢野吉太郎《やのきちたろう》は貧しい家の子供であったが、古処にその才能を見いだされ、采蘋とともに江戸で出世を期待された敏童であった。吉太郎は後に、古処の期待通り朱子学者の佐藤《さとう》一斎《いっさい》の門に入り、幕府の儒家である林家の奨学金を得ることができた。また、昌平黌の特待生にもなって古処を大喜びさせた。この時期の采蘋は門弟指導の手伝いとともに、将来の江戸での出世に向けて自らも学問に励んでいたと思われる。

このように、采蘋は二十歳を過ぎたころより家塾と天城詩社の手伝いをすることで、儒者としての本格的な学問の修業をしていたと考えられる。このころの古処は、藩士の子弟の教育から離れ、地域の敏童の教育に情熱を注ぐようになり、秀才の将来に期待を寄せるようになっていた。当然采蘋もそのうちの一人であった。徂徠系の学者であったため、藩の儒者としての職を追われた悔しさからも、江戸で活躍する秀才を育てることでその悔しさを解消する狙いもあったと思われる。

このころの古処の意気込みは、後に長崎滞在中の白圭宛てに出した手紙に表れている。「……兼吉（旭荘）は福岡へ行ったと聞きました。ぬるくしては負けてしまうので、よほど精を出して頑張るよう祈っています」とあり、広瀬旭荘《ひろせきよくそう》（広瀬淡窓の年の離れた末弟）が福岡の亀井塾に入門したことを知り、「ヌルクテハ負」と亀井塾に対して競争意識を示している。古処のこうした気質を充分理解していた白圭は、門弟に対し厳しく指導をしたと伝えられている。

采蘋も当然、古処のこのような厳しい態度に日々接していた。そして父の願望を十分理解し、兄弟の病気も考慮に入れながら、自分に課せられた期待に応えようと自身に言い聞かせて勉学に励んでいたことと思われる。

初期の作品

采蘋は幼少のころから父の手ほどきを受けて、作詩の練習をしていたと思われるのだが、残念ながら残されているものは非常に少ない。現在は朝倉市秋月博物館に所蔵されている遺稿のなかに、

「采蘋女史遺稿」と書かれた初期の作品と思われる自筆の詩稿がある。表紙には「此稿二十歳前後の作也」と明記されていることからそれがわかる。これは古処の母親の実家である佐谷家に所蔵されていたものである。

この自筆の詩稿には采蘋の性格を表すおおらかな筆跡が認められ、二十歳前後の初々しさがそのまま伝わってくる。

「鄙《ひ》稿」、つまり、「未熟な詩」であると謙遜した言葉で始まる二十余首の漢詩は、朱で古処の批点が付けられている。「春閨」「春興」「春雨」「春月」……と二十首近く続くことから、「春」を題材にして詠むように古処から題を与えられて詠んだ詩であろう。

詩稿の最後には「伏して乞う」とあり、行を変えて「郢斧《えいふ》」と記し、最後に「劣女采蘋再拝」と記している。「郢斧」とは詩や文章の添削を人に頼むときの言葉であることから、古処に詩の添削を頼んだ習作であったことがわかる。采蘋の幼少期の教育を知る資料はあまりないが、この遺稿から儒者の娘として采蘋が受けた教育の片鱗を見ることができる。

その中から二首のみ紹介する。

春雨

裊裊行雲起　　裊裊《じょうじょう》として　行雲《こううん》起こり

霏霏微雨斜　　霏霏《ひひ》として　微雨《びう》斜めなり
暖煙迷柳浦　　暖煙《だんえん》　柳浦《りゅうほ》に迷い
春樹鎖人家　　春樹《しゅんじゅ》　人家《じんか》を鎖《とざ》す
渓澗泉聲響　　渓澗《けいかん》　泉声《せんせい》響き
池塘草色加　　池塘《ちとう》　草色《そうしょく》加わる
不知新霽日　　知らず　新霽《しんせい》の日
釀得幾枝花　　釀《かも》し得るは　幾枝《いくし》の花なるか

細長くしなやかに、雲は流れてゆき、小雨はしきりに斜めに降りつける。暖かなもやが立ち込め、水辺の柳の間に迷い込み、新緑の木々は人家を囲む。谷間には泉の湧く音が響き、池の周りの草木の色が深まってきた。晴れ上がった日には幾枝の花が咲き乱れることか。

春蚕

春風三月暖　　春風《しゅんぷう》　三月　暖かにして
先禱馬頭娘　　先《ま》ず祈る　馬頭娘《ばとうじょう》

日々携輕籠
遲々條翳桑
氷蚕再將起
玉女一停粧
辛苦何爲厭
期裁公子裳

日々　軽籠《けいろう》を携え
遅々として　翳桑《えいそう》を条《えだ》とる
氷蚕《ひょうさん》　再び将に起きんとして
玉女《ぎょくじょ》　一たび粧を停む
辛苦　何為《なんす》れぞ厭わん
公子の裳《も》を裁《た》たんと期す

三月、春風は暖かく、まず蚕の神に桑の木の豊作を祈る。毎日小さな籠を持って、遅くまで桑の葉を摘む。蚕が再び起きだすころ、美しい姫は化粧の手を休めて桑の葉を摘むという。桑摘みの大変なことも厭うことはありません。なぜなら若様の袴を作って差し上げるつもりですから。

このころ采蘋は、中国で最も古い詩集『詩経』や唐の時代の古典を学んでいたと思われ、これらの習作からは、その影響が見て取れる。采蘋の後半の人生は、父の遺命を達成するために千里独行の旅を余儀なくされたことから、自らの人生を恨む重苦しい詩が多くなるのだが、この時代に詠まれた詩には、未来への希望にあふれた初々しさが表現されている。
采蘋の初期の作品としては他に、戸原継明《とはらけいめい》（卯橘《うきつ》）による写本が慶応義塾大学斯道文庫に所蔵されており、七十首ほどの詩が収録されている。この中には前出の「采蘋女史遺稿」の詩も含まれている。

戸原卯橘は、秋月藩士で勤皇の志士として活躍し、二十九歳で非業の死を遂げた人物である（生野の変で自刃）。十五歳のとき、采蘋が晩年に開いた山家の塾「宜宜堂《ぎぎどう》」に入り、十年間の指導を受けた愛弟子と言われているが、卯橘の日記には宜宜堂の門弟であった様子は書かれていない。むしろ、良き友達・飲み仲間と思えるような交際であったようにみえる。

日記には卯橘はこのとき医者になるべく専門の師に就いて修業をしていたと書かれているのだが、春山氏の伝記には「（采蘋）門下第一の人なり」と書かれているので、あるいはそのような資料があるのかもしれない。戸原家は古処の母が最初に嫁いだ家であることから、原家とは親戚のような関係であったと考えられる。戸原卯橘については第七章でも取り上げる。

『有煒楼詩稿』について

『有煒楼詩稿』は采蘋の自室「有煒楼《ゆういろう》」を冠した詩集である。自筆本が朝倉市秋月博物館に所蔵されている。采蘋二十四歳の文政四年の元旦にあたって書き始められたものと考えられる。この年は遊歴の記録はないので、秋月の家塾と天城詩社の手伝いで日々を送っていたものと思われ、自室の有煒楼に籠って詩作に耽る時間もあったであろう。また父との遊歴中に詠んだ詩もあったと思われ、新年にあたってそろそろ一冊の詩集にまとめようと書写し始めたものと考えられる。

内容からみて文政三年から五年にかけて作られた詩であろうと推測される、七言律詩三十首近くが収められている。七言律詩に続く詩群は、先ほど紹介した春を詩題にした二十歳のときの習作がそのまま写し取られており、それに加えて他の初期の作品も加えられている。

これらのことから『有煒楼詩稿』は、二十四歳の元旦を機に自作の詩稿の整理を思い立って書き写したものと考えられる。漢詩人としての自覚が芽生えていたことを表している。

しかし不思議なことに、『有煒楼詩稿』には習作期の詩に続いて、江戸在住である天保二年の正月から四月まで、そして天保四年の僅かな日記が続いて書かれており、一冊に綴じられた形となっている。つまり采蘋は、書きかけだった詩集を江戸に持っていき、江戸で日記を書き足したと推測するのだが、事実はわからない。

ここでは文政四年から五年にかけて詠まれた七言律詩のなかから数首を紹介したいと思う。

春雨思郷　　春雨郷を思う

孤客高樓多所思　　孤客《こかく》　高楼　思う所多し
况逢烟雨亂如絲　　况《いわ》んや烟雨《えんう》乱れて糸の如きに逢うにおいてをや
春來天地鶯聲暢　　春　天地に来たりて　鶯声《おうせい》暢《のび》やかに
家隔雲山雁字遲　　家は雲山を隔てて　雁字《がんじ》遅し

笛裏梅花愁裏落　笛裏《てきり》の梅花　愁裏《しゅうり》に落ち
夢中芳草句中滋　夢中の芳草　句中に滋《しげ》し
歸心紛若風前柳　帰心紛《ふん》として　風前の柳の若く
終日飄揚難自持　終日　飄揚《ひょうよう》として　自ら持《じ》し難《がた》し

一人で高楼に上ると、いろいろなことを考えます。まして細かい雨が糸のように降るような中にあってはいっそうのことです。大地に春が訪れて、鶯の声は伸びやかに聞こえてきますが、故郷は遠く雲のかかった山を隔てているので、家信はなかなか届きません。笛の音を聞いていると梅の花が悲しげに落ちていき、夢で見た香り高い草は詩句を潤しています。望郷の念は風前の柳の如く入り乱れて、終日、揺れ動いて、自分では抑えることができません。

山荘惜花　山荘に花を惜しむ

山荘昨夜雨声雄　山荘　昨夜　雨声雄《うせいさかん》なり
源上韶光欲作空　源上《げんじょう》の韶光《しょうこう》　空《くう》と作《な》らんと欲す
無数飛花依水草　無数の飛花《ひか》　水草《すいそう》に依《よ》り

一群蝴蝶怨春風
人間行楽烟霞暮
世外幽情夢寐中
寄語軽裘肥馬子
等閑無蹈満渓紅

一群の蝴蝶《こちょう》　春風《しゅんぷう》を怨《うら》む
人間《じんかん》の行楽《こうらく》　烟霞《えんか》の暮《くれ》
世外の幽情《ゆうじょう》　夢寐《むび》の中《うち》
語を寄す　軽裘《けいきゅう》肥馬《ひば》の子《し》
等閑《とうかん》に満渓《まんけい》の紅《くれない》を踏むこと無かれ

山荘では昨夜、雨音が激しく、水源のあたりの春の美しさは消えてなくなりそうです。無数の花弁が飛び散って水草の上に落ち、蝶の群れは春風を恨めしく思っているでしょう。この世の楽しみは暮れゆく山水の美しい景色を愛でることです。俗世間を離れた深い心情は夢の中にあるのです。富貴な子息に一言申す。わけもなく谷いっぱいに散りしいた紅の花を踏まないでくださいと。

父との遊歴中に詠んだと思われるこれらの詩からは、初期の作品のナイーブさから脱却し、年頃の女性の豊かな感性に溢れた詩情が感じられる。

采蘋の詩風

これまで見てきたように、采蘋は詩の手ほどきを父の古処から受けた。父以外の師について学んだという記録は残っていない。

古処は亀井南冥の塾で古文辞学を修めたため、そのスタイルは古体と呼ばれる盛唐風の格調高い詩を重んじた。古処の詩風については、菊池五山も『五山堂詩話』に「詩を以て名有り、最も古体に長ず」と紹介している。この父に学んだ采蘋も古典を重んじる盛唐風の詩を好んで作っていた。そのため江戸にいたころの采蘋は、古学派の儒者として名が通っていた。

かつて古処が江戸に滞在していたころ、すでに江戸の詩壇は荻生徂徠の提唱した古代中国の古典を読み解いて、それをまねて作る詩風は古臭いものとされ、また物まねであると批判をする人たちも多く、代わって宋の時代の新詩風が主流となっていた。しかし、古処は頑として江戸で流行している新詩風は受け入れなかった。

このような父に影響を受けた采蘋の詩は、頼山陽の女弟子であった江馬細香や梁川星巌の妻梁川紅蘭《こうらん》などの詩に比べると、威風堂々とした詩が多い。

采蘋は父の死後、頼山陽や梁川星巌に詩の添削を依頼したが、頼山陽は女性的な繊細な詩を褒めて、男性的な詩はあまりよくないと評した。しかし、采蘋が頼山陽の意向に沿うよう努力した形跡は見当たらない。采蘋は古処の教えをしっかりと守り、自分のスタイルを確立していったと思われる。

ただ江戸の詩壇は、古処の時代と比べて詩風も次第に流動的になりつつあったようで、采蘋の詩風がそれほど問題ではなく、その質を問われる時代が到来していたことは、『五山堂詩話』にはさまざまな詩風の詩が採録されていることからも知ることができる。

このような状況の江戸で二十年間を暮らした采蘋は、次第に変化する江戸詩壇の詩風にも順応していったと考えられる。朱子学者の松崎慊堂《まつざきこうどう》の日記『慊堂日歴』には、その当時江戸で流行していた中国清代の詩人袁枚《えんばい》の詩集を采蘋に貸したことが書かれており、采蘋は江戸で流行している詩集を読んで、知識を深めようと努力をしていたことが窺われる。

また父の死後は、亀井学とは詩風を異にしている黄葉夕陽村舎の菅茶山をはじめ、頼山陽、梁川星巌に詩の添削を依頼してその指導を仰いでいる。このことからも、古処のように頑なに古体にこだわったというのではなく、古文辞学を基礎とし、その後、江戸での生活の中で新しい詩風も取り入れながら、独自の詩風を構築していったものと思われる。

また、古処が李白を敬愛していたことから、采蘋も李白の詩を読んで影響を受けたことが、采蘋の少女時代の詩に散見される。

次にあげる「夢遊芙蓉」は、十八歳から父母とともに遊歴に同行して、詩の修業中であったころ詠んだ詩である。采蘋はまだ東国に行ったことがなく、実際の富士山は見ていないはずである。采蘋は夢や空想の世界で富士山に遊び、頂上から下界を見下ろして、その情景を壮大なスケールの詩に作り上げた。またこの詩に続く二首目では仙人が登場し、仙液を飲んで仙人になれば月にも届くかもしれないと詠んでいる。この雄大な世界観は、まさに李白の空想の世界に遊ぶ詩と酷似している。

李白の詩に、「夢に天姥に遊ぶの吟」という一首がある。李白はこれから南遊するにあたり、空想の世界で天姥山に遊んだ詩を作った。采蘋は李白のこの詩を読んで、まだ見ぬ富士山に遊んだことを想像し、詩に表現したのである。

夢遊芙蓉　　夢に芙蓉に遊ぶ（二首のうち一首）

維岳鍾靈不二名　　維岳《いがく》　霊を鍾《あつ》めて　不二《ふじ》の名あり
青天白日雪崢嶸　　青天　白日　雪崢嶸《そうこう》たり
鄒家瀛海眸中小　　鄒家《すうか》の瀛海《えいかい》　眸中《ぼうちゅう》に小さくして
張氏河源脚下生　　張氏《ちょうし》の河源《かげん》　脚下《きゃつか》に生ず
平視星辰纏宿處　　平《たい》らかに視る　星辰《せいしん》　宿《しゅく》に纏《やど》る処《ところ》
俯聞仙子歩虛聲　　俯して聞く　仙子《せんし》　虚に歩むの声
詩成更欲驚眞宰　　詩成りて　更に真宰《しんさい》を驚かさんと欲するも
枕簟風寒山月傾　　枕簟《ちんてん》　風寒く　山月傾く

霊をあつめたこの山は、天下に二つとないと称されます。青天の白日のもと、雪を抱いて高く聳え立っています。大海に取り囲まれた九つの島は視界に小さく見えています。黄河の源流も足元に見ることができます。星がそれぞれの星座の位置を巡って宿るのが目の前に見えます。さらに仙人が空中を歩む音が下に聞こえます。詩ができて、さらに造化の神を驚かそうと思ったところで、寝具が薄く、風が冷たく感じて眼がさめました。既に月が傾き山の端にかかっていました。

習作期に書かれたこれらの詩からは、采蘋の漢詩人としての並々ならぬ才能を読み取ることができる。これまで見てきた父古処との遊歴時代に、行く先々で受けた「才媛」という誉《ほまれ》は、決して大げさな褒め言葉ではなかったことが理解できるのである。

第三章　京都への旅立ち

不許無名入故城

修業時代を終えた采蘋は二十八歳の文政八年（一八二五）正月、いよいよ遊歴詩人としての第一歩を京都に向けて踏み出した。二十一歳ごろからすでに心に決めていたことであったが、遊歴詩人として単身旅立つまでには七年間の修業を要したことになる。長崎の項でも見てきたように、この時代の遊歴詩人は男性の職業であり、采蘋は時代に先駆けた女性遊歴詩人であったため、十分な修業を積む必要性があったのだろう。

この京都行きには当初、古処も同伴する予定だった。秋月藩の藩政では、女性が単独で藩外に出ることを禁止していたからである。長崎で采蘋が単独で半年間滞在したことも藩内で物議をかもした経緯があった。しかし、長男白圭が病気療養のため豊前に移ったこともあり、古処は急きょ久留米藩の豊島左善《とよしまさぜん》の養女として采蘋を出郷させるという策を講じた。

このとき古処は采蘋に「足下《そっか》（あなた）は既に秋月の人ならず」と告げたという。さらに古処が采蘋に贈った送別の詩の一句には、「不許無名入故城（名なくして故城に入るを許さず）」とある。采蘋に対する期待を十分に込め、「成功するまでは故郷に帰ってはならない」という厳しい言葉を娘に贈ったものと思われる。

別れの挨拶

京都へ向けて出発を決めた采蘋は、文政八年正月一日、門弟の村上彦助《むらかみひこすけ》と桑野琳次郎《くわのりんじろう》を伴って、まずお世話になった亀井家や父の友人たちに別れの挨拶に出かけた。途中、大宰府に住む亀井昭陽の弟大壮《たいそう》を訪ねてから、翌日博多に入った。

博多では松永花遁《まつながかとん》の清賞堂に宿を取り、三日まで滞在した。松永花遁は質屋を営む富豪で、文人たちの支援者として有名であった。亀井家と同様、頼山陽や梁川星巌など多くの文人たちの行きかうところとなっていた。

翌日采蘋は亀井昭陽の草江亭を訪ね、ここで塾長を務めていた広瀬旭荘と久しぶりに対面することとなった。

昭陽は采蘋の訪問を受けてよほどうれしかったと見え、広瀬旭荘の入塾と、孫の紅染を抱くことができたことを合わせて、今春には三つの喜びがあったと詩に詠んでいる。しかしその後、采蘋から東遊のことを告げられて送別の詩を頼まれると、昭陽の態度は一変し、憤激に満ちた送別の辞を贈った。


原氏の才媛が遠くより来て別れを告げる。筆を走らせてこれを贈る。

春の初めの良き日、采蘋遠方より来る。どうしたことかと驚いていると、「私はいま京都に遊学しようと思っております。父が自ら手紙を書いて、ぜひとも別れの挨拶に送別の辞を頂きたいと申していています」という。また手紙には「すでに体が弱り、豪気もなくなったが、この娘はつくづく私の若いころに似ている」とある。もう少しで古処翁は六十歳になろうとしている。年老いてますます人望のある人となった。大河のような心いきは若いときのこと。誇り高く人に屈しない性格が消え去ってもどうして哀れだといえましょうか。古処翁の豪気はいまだに落ちていないのではないかとしきりに疑っています。書状は慎み深く誠実に書かれているので、だまされているのではないでしょうか。唐の女道士で詩豪といわれた季蘭でさえいまだに家にいるというのに、どうして一人で遠くに旅をさせるのか。女子には守るべき規範があります。規範から遠く離れてはいけません。古処翁の采蘋を見る目は、おおらかで、まるで男子を見るようであり、また胸に秘めた気の強さは天来のものである。私は目をみはるばかりでどうすることもできない。古くから賢者の詩文集には女性の遠遊を送る言葉はない、私がそれを始めれば、古人に笑われてしまう。私の年老いた愚かさを笑うに任せましょう。

この送別の辞によって、古処の状態を知ることができる。また昭陽の考え方もはっきりと書かれている。

昭陽の憤《いきどお》りは采蘋の出郷を勧めた古処に向けられた。かつては机を並べて学んだ二人であったが、こと娘の教育に関しては二人の考え方は大きく異なっていた。これも原家の事情によって古処の考え方が次第に変化していった結果と考えられるのだが、昭陽にとっては古処の采蘋の育て方はとうてい理解できないものであったようだ。

昭陽の性格は儒教の教えを従順に守ったもので、この当時の多くの男性が共有していた「女性は女性らしく、適齢期になったら結婚をして、夫を助けて家庭を采配するのが女子の守るべき規範である」という考えであった。

だが昭陽は、この送別の辞が少々言い過ぎと思ったのか、「原女子京都に遊ぶに語を贈る」という別の送別の辞も贈っている。それには采蘋の東遊の是非は上京後の結果を見てから判断するというところまで譲歩し、頭を冷やして書き直したことが窺われる。

次の詩は、昭陽が少琴のために代筆した送別の詩である。少琴は烈山祭があるので急きょ帰宅しなければならない事情があったのも事実であるが、このころの少琴は家事に忙しく、詩作をする余裕などなかったことも理由のようである。

原女子京都に遊ぶを友（少琴）に代わって送る。友は女子と同い年です。住まいは遠いけれども、八、九歳のときよりそれぞれの父に従って往き来してお互いに楽しい時を過ごしました。この旅に一言もないということではないのです。たまたま家長に新年のあいさつをするために帰っていて会うことができました。しかし、家では烈山祭があるので急きょ帰ることになりました。そのため、父に私の気持ちを伝え、詩にするように頼みました。よって筆をとってその考えを充分表す詩を作ってここに示します。

父兮恩愛我
憐惜如寶珠
歸寧僅愆期
阿母常倚閭
女子雖有行
豈忘撫育初
時月離膝下
無日不獻書
不報平安字
二親不甘餔
尊翁殊倜儻
命君遊大都
嗟闊経年別
別在天一隅

父の我を恩愛《おんあい》し
憐れみ惜しむこと宝珠の如し
帰寧《きねい》僅かに期を愆《あやま》れば
阿母《あぼ》常に閭《りょ》に倚る
女子行有ると雖《いえど》も
豈《あ》に撫育《ぶいく》の初《はじめ》を忘れんや
時月膝下《しっか》を離るるも
日として書を献ぜざるは無し
平安の字を報ぜざれば
二親甘《あまん》ぜず餔《く》らわす
尊翁《そんおう》殊に倜儻《てきとう》なり
君に命じて大都に遊ばす
嗟闊《ああひろ》し経年の別れ
別に天の一隅《いちぐう》に在り

君纓猶未説　君纓《えい》するも猶《なお》未だ説《よろこ》ばず
許嫁而纓則夫説之（許嫁して纓すれば則ち夫これを説ぶ）
獨行如丈夫　独り行く丈夫の如し
揮毫搖五嶽　揮毫《きごう》して五嶽《ごがく》を搖《ゆるが》し
把酒接名儒　酒を把《と》りて名儒と接す
斯父有斯子　斯《こ》の父に斯《こ》の子有り
斯事無古今　斯の事　古今に無し
承歡眞在此　歓を承《う》くは真に此に在り
努力愼前途　努力して前途を慎む
人生皆有命　人の生に皆命《めい》有り
君命與妾殊　君が命　妾《しょう》と殊《こと》なれり
妾昔在閨闥　妾　昔閨闥《けいだつ》に在り
頗亦玩史圖　頗《すこぶ》る亦《また》　史図を玩《もてあそ》ぶ
自主中饋後　中饋《ちゅうき》を主《つかさど》るより後

世事日相紆　世事日々相紆《まと》う

父曰無違命　父曰く命に違う無かれと

母曰無棄予　母曰く予を棄つる無かれと

事人原不易　人に事《つか》えるは原《もと》より易からず

懼辱自辱艱劬　辱を懼《おそ》れ自ら艱劬《かんく》を辱《はずかし》む

修身愼行懼辱先也（身を修め行いを愼むは先を辱むるを懼るればなり）

不顧風流事　風流の事を顧《かえり》みず

詩腸久已枯　詩腸《しちょう》久しく已に枯る

見君行色壯　君が行色壮《こうしょくさか》んなるを見る

何以献巴兪　何を以てか巴兪《はゆ》を献《ささ》げんや

怖酒如怖鴆　酒を怖るは鴆《ちん》を怖るが如し

何以繋驪駒　何を以てか驪駒《りく》を繋《つな》がん

交情思舊日　交情旧日《こうじょうきゅうじつ》を思う

聊陳鄙婦思　聊《いささ》か鄙婦《ひふ》の思いを陳《の》ぶ

父の私をいつくしみ、憐れみ惜しむことは宝物のようです。私の里帰りの時期が少しでも遅れれば、母は常に門のところに佇んでいます。女子が旅をするとしても、どうして慈しみ育ててもらったことを忘れることができましょう。後に父母の元を離れても、毎日手紙を書かない日はありません。無事であることを知らせなければ、両親は食事も満足にのどを通らないでしょう。あなたのお父様は特に人一倍向上心が強く、あなたが大都会に遊学することを命じました。ああ何と遠く長い別れでしょう。別々になって、お互いに遠く離れてしまいます。あなたは婚約して色とりどりの絹ひもを腰にかけたが、いまだに結婚せず、男子のように一人で旅に出るのですね。書画を描いて五つの霊山を揺るがし、酒杯を持って名儒と接す。この父にしてこの子ありですね。しかし、このことは古から今まで無いことです。でも父母に仕える心は真にここにあるのですから、努力して前途に順応することです。人生にはそれぞれ命が有り、あなたの命は私の命とは同じではありません。私は昔、両親の家におり、一生懸命歴史書や画を学びました。主婦となってからは、日々家の仕事に追われています。父は命に背くなといい、母は私を棄てないでくださいといいます。人に仕えることはもともと易しいことではありません。恥を恐れ、自ら悩み苦しむ辱《はずかし》めを受けています。文雅のことなど振り返る余裕もなく、詩を作りたいと思う気持ちもすでになくなっています。あなたの旅に出る盛んな様子を見ても、どうして歌や舞いを捧げることができましょうか。酒を怖れるのは毒鳥を怖がるようなものです。どうして別れの歌を盛大に歌うことができましょうか。かつての交際を思い出しつつ、少しばかり卑しい女（謙遜の言葉）の思いを述べました。

少琴は詩の中でも「一生懸命歴史や画を学びました」と言っているように、八・九歳のころより父に連れられて秋月の采蘋と交際し、男子と同じ教育を受けて育った。にもかかわらず少琴の選択した人生は、父昭陽の望み通りの結婚を受け入れ、結婚後は家事に専念し、「文雅のことなど振り返る余裕もなく、詩を作りたいと思う気持ちもすでになくなっています」という状態にあった。少琴は自分の選択した人生を女性としてごく当たり前のことと考えており、疑う機会などなかったはずである。

そこに結婚もせず、大都会に遊学するという幼馴染と久しぶりの再会を果たし、お互いのあまりにも異なった生き方に動揺を隠せないでいる。そのため少琴は、采蘋の意気揚々とした出発に際しても、歌ったり踊ったりして送別の祝いをする気にはなれないと複雑な気持ちを表している。かつて同じように父の教育を受けて育った二人の娘は、父の願望によってあまりにも異なった人生を選択する結果となった。

亀井塾対咸宜園

文政八年一月九日、たまたま日田の咸宜園から広瀬淡窓の門人中、優等生数名が昭陽の草江亭を訪問してきた。ちょうど采蘋も滞在中であり、昭陽は日田と福岡の南北に分かれての詩の対決を企てた。そして塾長をしていた旭荘を福岡陣営に加えようとしたが断られたために、采蘋の滞在を延長させて福岡陣営に加え、詩戦を繰り広げた。

結果は、「幸い一丈夫女の力、石臼を挙ぐ者あり（幸いに一人の女丈夫の力によって石臼を持ち上げるほどの効果を発揮した）」とあり、昭陽は采蘋のおかげで咸宜園の優等生や旭荘をも加えた日田陣営に勝つことができて、大満足であったようだ。
十九歳であった旭荘はこのときの感想を次の詩に詠んでいる。

五子に代って采蘋女史に和す　　広瀬謙　再拝

（前句略）
五陽空被一陰支　　五陽《ごよう》空しく一陰に支えらる
愛毛禽占長流浪　　毛を愛す禽は長い流浪を占め
解語花開最上枝　　語を解す花は最上の枝に開く
天壌王郎今不少　　天壌《てんじょう》に王郎《おうろう》今少なからず
任他謝女獨嘲嗤　　任他《さもあらばあれ》　謝女《しゃじょ》独り嘲嗤《ちょうし》す

五人の男は残念ながら一人の女性に防がれてしまった。孔雀は長い流浪に身を任せ、言葉を理解する花は最上の枝に開く。天地には謝道蘊《しゃどううん》の夫のような男は多いが、ともあれ謝女独りあざ笑うのに任せましょう。

優秀と思われた咸宜園の優等生もたった一人の女性に打ち負かされた。世の中には謝道蘊のような優れた妻を持つうだつの上がらない夫は多いが、ともかく今回は、謝女（采蘋）の一人勝ちしてあざ笑うに任せることにしようと、天才旭荘も采蘋の才女ぶりを目の当たりにして兜を脱いだ様子である。

こうして福岡の恩人たちに別れを告げた采蘋は、一月十一日には秋月に帰った。

出郷——諸葛孔明との比較——

文政八年一月二十三日、ついに京都に向けて出発する日が来た。次の詩にはそのときの采蘋の決心が現れている。

乙酉正月廿三日、発郷

夙起拝高堂　夙《つと》に起きて　高堂《こうどう》を拝し
新年出故郷　新年　故郷を出づ
門前手栽柳　門前《もんぜん》　手づから栽《う》えし柳
殊繋離情長　殊《こと》に離情《りじょう》を繋ぎて長し

朝獻后天壽
使我二尊昌
行人亦安穩
一飲騎鯨觴
一飲騎鯨觴
此行氣色揚
唯我二十八
愧亮出南陽

朝献《ちょうけん》す　后天《こうてん》の寿《じゅ》
我が二尊《にそん》をして昌《さか》んならしめん
行人《こうじん》もまた安穏《あんおん》ならん
一飲《いちいん》　鯨《げい》に騎《の》るの觴《しょう》
一飲　鯨に騎るの觴
此の行　気色《きしょく》揚《あ》がる
唯《た》だ　我　二十八
愧《は》ず　亮《りょう》の南陽を出づるに

朝早く起きて両親に挨拶し、新年に故郷を出ます。門前に私が植えた柳の木は、別れを惜しんでことさら長く垂れています。先祖にお供えして長寿を祈り、父母がますます元気でありますようにと願う。そして旅をする私も平穏無事であるようにと。鯨の背に乗る勢いで一気に杯を飲み干す。そうして漸く気持ちも高ぶってきました。しかし私は今年で二十八才になりました。諸葛孔明が南陽を出た時にすでに遅れをとったことを恥じています。

これまでの旅は常に父が同伴していたが、今回の旅立ちは采蘋一人である。両親と別れて故郷を離れる心細さが伝わってくる。その気持ちを払拭するために一気に杯を飲み干し、気持ちを高ぶらせている。さらに采蘋は今回の出郷を、中国三国時代の英雄諸葛孔明《しょかつこうめい》が劉備に協力するために南陽を出発したときと重ねあわせている。そして孔明はそのとき二十七歳であったのに自分は既に二十八歳で、後れを取ってしまったと恥じているのである。

采蘋は儒者の娘として『春秋左氏伝』『三国志』『史記』などの中国の歴史を学んで育った。とはいえ、二十八歳の娘が漢詩人として成功するために旅立つのに、中国の軍師の旅立ちに比較するとは少々大げさな感じもするのだが、采蘋にとってはそれぐらいの気概を持って自らを奮い立たせる必要があったのだろう。

弟子の矢野吉太郎は、京都の花見に間に合うようにと早々に出発しようとする采蘋に送別の詩を贈っている。この後、弟子である矢野吉太郎、村上健平《むらかみけんぺい》（後の仏山《ぶつざん》）、桑野琳次郎、儀之助の四人は師匠の後を追って下関までついてきたという。このことは采蘋がいかに弟子たちに慕われていたかを示している。

後に兄の白圭が采蘋に送った手紙によれば、このとき矢野吉太郎を除いた三人がなかなか戻らないので、秋月では親たちが心配して捜索願を出す騒ぎになっていたという。特に桑野琳次郎は医者にさせようと修業中の身であったため、両親は連れ戻し、罰として琳次郎を山中に一年間幽閉したという。こうしたいきさつから、三人は京都までついて行った可能性も考えられる。

ともかく白圭の手紙には「吉太郎、采蘋様は京摂不面白、直様江戸へ出ると被申候との事……」

とあることから、采蘋が京都・大阪は面白くないのですぐに江戸に向かうと弟子に伝えていたことも判明する。京都滞在がそれほど長くないころに、采蘋は江戸行きを決心していたとみられる。

さらに、白圭の手紙からは兄としての采蘋に対する思いが伝わってくる。そこには「……しかし相手無之こまり入申候」と書いているように、結婚相手の見つからない妹を心配している兄の姿がある。漢詩人として成功し、原家の家名再興を願う気持ちはもちろんあるが、兄弟は病弱で、原家でただ一人健康な采蘋に、結婚して後継者を育ててほしいと願っていた長男の思いをこの文面からは知ることができる。

菅茶山との出会い

采蘋は京都に向かう途中、広島の菅茶山《かんちゃざん》を訪ねた。菅茶山は名を晋師《ときのり》、通称太中《たちゅう》といい、このとき七十八歳であった。茶山の日記によれば、采蘋が訪ねたのは文政八年二月十八日で、二日間の滞在であった（『菅茶山　下』富士川英郎）。采蘋は広江常蔵《ひろえつねぞう》の紹介状を持って訪ねてきたとある。広江常蔵は秋水と号し、下関の広江殿峰《でんほう》の三男で、頼山陽の門人でもある。このことから、采蘋がかつて修業時代に父と滞在した下関の広江家を、今回も訪ねていたことがわかる。

茶山ははじめ京都に遊学して、荻生徂徠の古文辞学を学んだが、次第に宋風の清新な詩風に移行していった。三十四歳で広島の神辺に戻り、私塾黄葉夕陽村舎《こうようせきようそんしゃ》を開いて地域の子弟の教育にあたった。

神辺の黄葉夕陽村舎の近くには本陣があり、参勤交代で行きかう大名や藩士たちが宿泊していた。そのため、黄葉夕陽村舎を訪ねる藩士たちも多かったようである。原古処も文化七年の江戸参勤の際に茶山を訪ねて以来、度々ここを訪問している。おそらく二人は意気投合し、詩論を戦わせ、詩の応酬を楽しんだものと思われる。

采蘋の遺稿には、このとき茶山が添削した詩が残されている。詩は「山水」「山居」「赤壁」など十首ほどあり、茶山は総評として次のように書き残している。

紫式部や清少納言に代表される女性たちは文章を得意としたが、それもかな文字のみで男文（漢文）に至っては有智子《うちこ》内親王がいるのみで、その後は寂しいものである。私は、我が国の文運も再び振るわないことを嘆いているが、今これらの詩を見ると、とても気持ちを強く持つことができた。

漢詩文において女性の活躍が振るわないことを嘆いていた茶山にとって、采蘋の出現は未来に明るい光を投げかけてくれたと喜んでいる。

茶山は黄葉夕陽村舎を訪れた人たちに詩や画を短冊に書き残すよう依頼していたようで、現在、広島県立歴史博物館には、これらの短冊が巻きものとして所蔵されている。采蘋が茶山に贈った詩もこの中に含まれていたことが、博物館の学芸員の方のご指摘で日の目を見ることができた。以下にその詩を挙げる。

奉呈　茶山老先生

荊釵蓬鬢髻如椎
衣上征塵素化緇
春學生無立錐地
烟花開有揄香鸝
遠遊勝具探春杖
一片赤心向日葵
至處山川好風景
煩君丹艧錦囊詩

荊釵《けいさい》　蓬鬢《ほうびん》　髻《けい》は椎の如し
衣上《いじょう》の征塵《せいじん》　素《もと》より緇《し》に化す
春　学生　立錐《りっすい》の地無く
烟花《えんか》開きて　香鸝《こうり》を揄《ひ》く有り
遠遊《えんゆう》の勝具《しょうぐ》　探春《たんしゅん》の杖
一片の赤心《せきしん》　向日《こうじつ》の葵《あおい》
至る処　山川　好風景
君を煩《わずら》わす　丹艧《たんわく》　錦囊《きんのう》の詩

粗末な服装、ぼさぼさの髪で結った髷《まげ》は槌の形のようです。衣服に積もった旅の埃《ほこり》はすでに黒く変色しています。春、学生たちはここから巣立って行きます。美しい春の景色が目の前に開き、コウライ鶯がからかうように鳴いています。遠遊の優れた道具は春の風物を訪ねるための杖です。ひとひらの真心は太陽に向かって咲く葵の花のようです。至る処、山や川があり、その風景を楽しんでいます。ただあなたを煩わすのは美しく書かれた袋の中の詩稿だけですね。

かつては参勤交代の武士たちで賑わったであろう神辺も、現在では鄙びた寒村の中にある。初めて黄葉夕陽村舎を訪れ、茶山を喜ばせた采蘋は、茶山の真心を「向日の葵」と表現している。古処の娘采蘋に対する茶山の態度は、これまで山陽道で出会った父の友人たちの儒教的なお説教、例えば「結婚こそ女の幸せである」などとは違っていた。茶山は純粋に采蘋の学問を褒め、将来に期待を寄せるよき理解者であったようだ。

次の詩は采蘋の贈った詩に茶山が次韻したものである。

次原女史見贈韻　原女史の贈らるる韻に次す

椿堂曾是定交人　椿堂《ちんどう》　曽《かつ》て是れ交を定めし人

莫怪逢君即相親　怪《あやし》む莫《なか》れ　君と逢いて即ち相親しむを

更看髯蘇送行句　更に看る　髯蘇《ぜんそ》が行を送るの句

詞華羨見一家春　詞華《しか》羨《うらや》みて見る一家の春

あなたのお父上とはかつて交友を持った仲ですから、あなたと逢ってすぐに親しくなったのも不思議ではありません。またあなたの兄上の送別の詩を見ましたが、一家そろってみな詩歌に親しんでいる様子はうらやましい限りです。

茶山は子供や養子にも恵まれず、私塾の跡継ぎに悩まされた経験を持っていたが、それに比べて原家は有能な息子や娘がいて羨ましい限りであると一家を祝福している。また、茶山はこの詩の後に、「女史の父古処翁は、かつてしばしば私を訪ねてきた。女史は、酒の合間に家兄の送別の詩を出し示す。蘇東坡《そとうば》には妹がいて頗る才藻に富んでいる」という意味の註を書いている。

采蘋は茶山が開いてくれた酒宴の席で、兄白圭の送別の詩を茶山に見せたようである。これを見た茶山は、白圭を蘇東坡（蘇軾が本名で、唐宋八大家の一人。北宋時代の政治家で詩人）になぞらえ、その妹である采蘋は、非常に才能のある女性であるとほめたたえている。

一年半の京都滞在

文政八年二月二十日に神辺を後にした采蘋は尾道を経由して、桜の開花に遅れまいと旅路を急ぎ、三月の初めには京都に到着した。かつて長崎から手紙をくれた梁川星巌は京都に住まいがあったが、今回は妻の紅蘭を伴って西遊に出かけていたため、会うことができなかった。

京都での采蘋の滞在先は宗真寺であり、鉄翁《てつおう》上人のお世話になった。ここも父の紹介であろうか。京都では桜の名所を訪ねたり、大阪方面にも足を延ばし、観光を楽しんだようである。

四月になって采蘋は、持病の脚気に悩まされた。幸い丹波峰山で医者を開業している叔父の坂口《さかぐち》玄龍《げんりゅう》がいたので、そこに滞在して治療をしてもらっている。玄龍は古処の父原担斎の晩年にできた子で、医学を学ぶため京都に上り、坂口家を継いでいたのである。

この後、京都では頼山陽に面会したことが、菅茶山が采蘋の詩に次韻した詩「次原女史贈韻」に山陽がつけた頭註によって知ることができる。それには、「此の女子京に来り、一たび朱雀の旗亭に相逢う、肥笨《ひほんすこぶ》頗る乃翁《だいおう》の骨有り。此の詩を口誦して琅琅《ろうろう》たり（この女子京に来て、一度朱雀の旗亭で逢う機会がありました。肉付きのよいところはまさに父上譲りの体格である。この詩を琅琅と声に出して読み上げていた）」とあり、山陽の目に映った采蘋の風貌は古処そっくりであると書いている。また采蘋が菅茶山から贈られた詩を朗々と声に出して読み上げたこともこの註によって知られる。

徳田武氏が春山育次郎氏の『原采蘋伝』に付した註によれば、采蘋と山陽が朱雀の旗亭で逢ったのは六月十九日であり、このとき采蘋は月琴を弾じて茶山の詩を読み上げたとある。采蘋が月琴を習ったという記録は文政十年の『東遊日記』に見えるが、文政八年の時点で既に月琴が弾けたということは、長崎滞在時にでも習ったのであろうか。

菅茶山は詩ができると毎年二回ずつ、絹売り商人に託して京都の頼山陽に評を加えるように依頼していたということであり、この評ができたのもそうした経緯があったからである。

このほか京都での采蘋の暮らしを知る手がかりは、古処と兄白圭が送った手紙に頼るしかない。采蘋はこの文政八年と九年の旅の記録をほとんど残していないからである。

次の手紙は古処が文政九年五月の節句に采蘋に送ったものである。

当春は西六条に入り込み、喜んでいるかと思えば、そのような様子もなく、苦境に陥っているとのこと、私の病魔は同じ状態で、困ったものです。しかし宗真寺の手を離れられたことは愉快に思います。吉太郎は大学様より一人半扶持に金二両下され、大美談、あなたも吉太郎と天下の名を成すことが私の楽しみにございます。

この手紙からは詳しい状況はわからないが、何かの事情で苦境に落ちいっている様子が窺われる。また古処の病状も快方には向かっていない様子である。さらに宗真寺の鉄翁上人のもとも去ったようで、このため滞在先を探さねばならない状況であったと思われる。ただ最後の文面によれば、吉太郎の出世を「大美談」と喜び、「あなたも吉太郎と天下の名を成すことが私の楽しみにございます」と、采蘋の将来に大いに期待していることが書かれている。

また、兄白圭が送った詩からも采蘋の動向を知ることができる。それによれば、三月に無事を知らせる手紙があり、再び丹後に遊ぶと書かれているが、その後は六月になっても何の便りもないので心配している様子が書かれている。父の病気を心配しながら采蘋の帰りを待ちわびている兄の姿がある。

しかし采蘋からすると「不許無名入故城」という父の送別の辞があり、また節句に送られた古処の手紙にもあるように、出世を期待している父の気持ちを考えれば、病状は心配であったが、志半ばでの帰郷はそう簡単にはできないと自らに言い聞かせていたに違いない。

父の危急を知らせる手紙

兄の心配もよそに再び丹後に遊んだりと、相変わらず京都滞在を楽しんでいた采蘋に実家から知らせが来たのは、文政九年の秋ごろのことと思われる。父の病状が悪化した旨を知らせる手紙であったと思われるが、この手紙は残っていない。このときの状況について、後に文政十年、再発郷にあたり甘木の医者で幼馴染の佐野贅山《さのぜいざん》に留別する詩の中で語っている。

……忽報造物兒、驀地苦庭椿、狼狽唯一身、狼狽唯一身、掛席度波瀾、無名入故城、空負罔極恩、
空負罔極恩（忽ち報ず造物の兒、驀地《ばくち》庭椿苦しむと、狼狽す　唯一身、席を掛け波瀾を度る、
名無くして故城に入りて　空しく罔《もう》極の恩に負く）……

……たちまち知らされた、天が不意に父を苦しめていると。ただ一人うろたえて、船の帆を掛けて、
大波をかき分け、名声なくして故郷に入り、いたずらに父母の恩に背くこととなった。

父の病状を聞いて、さすがにうろたえたと告白しているが、最後の二句は「不許無名入故城」という父の送別の辞に背いてしまったことを悔やんでいる句である。采蘋が父の病気を聞いてもなかなか帰郷しようとしなかった理由は、この送別の辞が采蘋を束縛していたからであった。

いったんの帰郷と父の死

成功するまでは故郷に帰るまいと心に決めて出発した采蘋であったが、父の病状の悪化を知らされて、いてもたってもいられず、飛ぶようにと家に帰ってきた。

故郷へ帰ってみれば、家では藩医の緒方《おがた》家から養子を迎えたため兄白圭の隠居がようやく許され、豊前で療養生活をすることになっていた。このことは京都にいる采蘋に知らされていたのかどうかわからないが、久しぶりに家に帰った矢先に、兄弟と別れ別れになる寂しさを次の詩に詠っている。

奉送伯氏遊豊

人生足別離
何能常聚頭
秋風吹落葉
分飛更飂飅
同根三子在
萍泛無時休
去年隻身客京洛

伯氏（白圭）の豊に遊ぶを送り奉る

人生《じんせい》　別離《べつり》足る
何ぞ能《よ》く常に頭《かしら》を聚《あつ》めん
秋風《しゅうふう》　落葉《らくよう》を吹き
分飛《ぶんぴ》し　更に飂飅《りゅうしゅう》たり
同根《どうこん》　三子《さんし》在り
萍泛《へいはん》　時として休むこと無し
去年　隻身《せきしん》　京洛《けいらく》に客たり

雲愁海思嘆飄泊
高堂不豫仍憶兒
跋渉不敢恐剽掠
悲歡執手日未多
友于追随遊巖阿
此意非他三緘口
秋冬之際興如何
膝下承歡蘋也在
好將優遊養舊痾

雲愁《うんしゅう》　海思《かいし》　飄泊《ひょうはく》を嘆く
高堂《こうどう》　豫《たの》しまず仍《しき》りに児《こ》を憶《おも》う
跋渉《ばっしょう》　敢《あえ》て剽掠《ひょうりゃく》を恐れず
悲歡《ひかん》　手を執《と》りて日未だ多からざるに
友于追随《ゆううついずい》して　巖阿《いわくま》に遊ぶ
此の意他に非ず　三たび口を緘《とざ》す
秋冬《しゅうとう》の際　興如何《きょういかん》
膝下《しっか》　歓を承《う》くるは　蘋也《ひんま》た在り
好《よ》し優遊《ゆうゆう》を将《も》って　旧痾《きゅうあ》を養え

人生は別離に満ちています。どうしていつも集まってなどいられましょう。秋風は落ち葉を吹き飛ばし、さらにびゅうびゅうと吹きすさんでいます。兄弟三人ありますが、それぞれが浮草のように漂泊して休むことがありません。去年、私は京都に滞在しましたが、雲や海を見るにつけ郷愁が募り、父母は心配して常に娘のことを想っていたようです。しかし私は旅路の困難や、強盗をも恐れず旅を続けました。ようやく手を取り合って、喜びや悲しみを語り明かしてまだ日が浅いのに、兄弟はあとを追って岩熊（豊前）に移ってしまいました。心に秘めた思いは強いものがあるでしょうが、決して口には出さないでしょう。秋から冬に季節が変わるこの時期の気持ちはいかばかりか。しかし、父母のひざ元で父母の喜ぶ姿をこの私が見届けておりますから、どうぞゆっくりと病気を治して下さいな。

采蘋は兄弟が豊前に移った後、母とともに父の看病をしながら文政十年正月元旦を迎えた。新年にあたって詠んだ「丁亥元日口号」という詩には「うつうつとした気持ちはまるで酒にでも酔っているような気分です」と病床に付き添う憂鬱な気持ちを詠んでいる。

しかし、二日に詠んだ詩には、穏やかな新年の朝を迎えた様子が書かれ、古処の具合もよさそうに見えたので、客人を迎えて新年を祝ったとある。

二日即興

東風淡蕩柳條烟　　東風《とうふう》　淡蕩《たんとう》　柳條《りゅうじょう》の烟
古處山雲欲拂眠　　古処山《こしょざん》の雲　眠を払わんと欲す
今日高堂頗起色　　今日　高堂　頗《すこぶ》る色起《た》つ
迎人一笑賀新年　　人を迎えて一笑し　新年を賀す

東風がのどかに吹いて、柳の枝がゆらゆらとかすんでいます。古処山（秋月にある山。古処の号はここから付けられた）の雲は眠りを払おうとしているかのようです。今日の父はとても具合がよさそうに見えたので、人を迎えて楽しく新年を祝うことができました。

三日になって兄の白圭が岩熊より帰ってきた。思いがけない兄の帰省に、その喜びの大きさが次の詩から伝わってくる。

伯氏從豐歸、喜而賦　伯氏豊より帰る、喜びて賦す

時月之間不見君　時月《じげつ》の間　君を見ず
胸中鄙吝日紛紛　胸中《きょうちゅう》　鄙吝《ひりん》　日々紛紛たり
何圖一夕圍爐處　何ぞ図《はか》らん　一夕《いっせき》　炉を囲む処
淡蕩詩懐劈絮紋　淡蕩《たんとう》たる　詩懐《しかい》　絮紋《じょもん》を劈《さ》く

二、三か月の間、あなたに逢うことができなかったので、胸はふさがり毎日悶々と過ごしてきました。そこに思いがけなくあなたが帰り、一家で炉を囲んで団らんの夜を過ごすことができました。流れるような詩情が綿衣の模様を裂くように湧き上がってきました。

しかし、四日に詠んだ「四日偶成」という詩には、養子となった緒方顕之丞《おがたけんのじょう》を「螟蛉《めいれい》の癡漢子《ちかんし》（愚か者の養子）」と呼び、家園の美しい柳を折って薪にするようなことをしなければよいが、とあり、采蘋が養子に対して満足していない気持ちが書かれている。

五日に詠んだ「五日即興」という詩では采蘋のこれまでの人生を振り返り、遊歴中の寂しさと心細さを回想しているが、今年は家に帰って、久しぶりに兄弟が父を囲み一家だんらんの幸せな正月を迎えることができたと喜んでいる。そして両親が長寿でありますようにと皆で祈ったとある。

続けて七日の七草の節句に詠まれた「人日《じんじつ》」という詩にも、「今年の春は去年の春に勝っています」と、七草を家族と一緒に祝うことができた喜びをうたっている。昨年の人日（正月七日のこと）は京都で迎え、故郷の人々を懐かしく思い出していた経験と比較しているのである。

文政十年の正月は、元日から七日間に詠まれた采蘋の詩からもわかるように、病床の父を囲んでいたとはいえ、兄弟もそろい家族五人が集まって新年を祝うことができた貴重な年となった。しかし、その喜びもつかの間、古処は一月二十二日、六十一歳でこの世を去った。

次の詩は生前の父を思い出し、その人生をたどり、業績を讃えている。采蘋が愛した父へのオマージュである。

偶成

憶昨先考致仕後
携家遠作山陽遊
逍遙餘適詩千首
探奇廣陵又瀛洲
爾来汗漫遊不倦
蹤與白雲同去留
到處結社爲盟主
文場雄師有誰儔
常言尚友李太白
詩成五嶽飛筆頭
恨不與爾同時世
椎碎仙人黄鶴楼
而後一醉方累月

憶《おも》う昨《さく》　先考致仕《せんこうちし》の後《のち》
家を携《たずさ》え　遠く山陽《さんよう》の遊を作《な》す
逍遙余適《しょうようよてき》　詩千首
探奇《たんき》す　広陵《こうりょう》　又瀛洲《またえいしゅう》
爾来《じらい》　汗漫《かんまん》として　遊びて倦《う》まず
蹤《あと》は白雲と同《とも》に去留《きょりゅう》す
到る処　結社《けっしゃ》し　盟主《めいしゅ》と為《な》り
文場《ぶんじょう》の雄師《ゆうし》　誰有りてか儔《ともがら》たらん
常に言う　尚友《しょうゆう》するは李太白《りたいはく》なり
詩成りて　五岳《ごがく》も筆頭《ひっとう》に飛ばさん
恨《うら》む　爾《なんじ》と時世《じせい》を同じくせずを
椎砕《ついさい》す　仙人の黄鶴楼《こうかくろう》を
而《しか》る後《のち》一酔して　方《まさ》に月を累《かさ》ね

死將枯骨葬糟丘　死しては枯骨《ここつ》を将《と》りて　糟丘《そうきゅう》に葬らしめんことを
文政丁亥春正月　文政丁亥《ぶんせいていがい》　春正月
六十有一甲子周　六十有一《ろくじゅうゆういち》　甲子《こうし》周《めぐ》る
夫子應厭人間世　夫子《ふうし》　応《まさ》に人間《じんかん》の世を厭《いと》うなるべし
奄忽鳧舃去悠悠　奄忽《えんこつ》として　鳧舃《ふせき》　去ること悠悠《ゆうゆう》たり
追思纔到曽遊處　追思《ついし》　纔《わず》かに曽遊《そうゆう》の処に到れば
蕭蕭風樹帶雨愁　蕭蕭《しょうしょう》たる風樹《ふうじゅ》　雨を帯びて愁《うれ》う

過ぎ去った日々を想う。父が致仕したのち、家族を携え、遠く山陽の地に旅をしたものです。父の遺した『逍遥余適《しょうようよてき》』中の千首の詩は、広島や厳島を訪ねたときに詠んだものです。以来、気ままにあちこちを遊歴して飽きることはありませんでした。その後をたどれば白雲の如く去ったり留まったりしていました。また至る処で詩社を結び、盟主となりました。文壇の雄者は他に肩を並べるものがいるでしょうか。父は常に言っていました。李太白こそが友であると。詩が出来ると、五岳さえも筆の先に飛んで行きそうな勢いです。あなたと時代を共有しないことをうらんでいます。仙人の黄鶴楼を槌で打ち砕き、その後に酔って何か月もその状態でおり、死んだあとは枯骨を酒粕の丘に葬ってもらいたかったのに。文政十年春正月。六十一歳、ちょうど干支が一周した歳です。父上はおそらくこの世に嫌気がさしたのでしょう。突然鴨のくつに乗って、悠々とこの世を去りました。父を想い、かつて訪れた場所にようやく来てみれば、木々はさびしげに風に吹かれ、雨にぬれてもの淋しげにたたずんでいます。

第四章　江戸への旅立ち

再度の旅立ち

文政十年（一八二七）一月二十二日に古処が死去し、二年前に京都に出発するときに父が贈った送別の辞は遺言となった。采蘋が後に佐野贇山に贈った「留別佐野贇山」の詩に、その遺言に順って再遊の旅に出る決意を述べている。

（前略）

三春涙不乾
除服未多日
再遊遺言順
人道非土怨
人情険山川
我志已如石
寧顧行路難
斯意須緘口
得失任他観

三春《さんしゅん》　涙乾かず
除服《じょぶく》　未だ多日ならず
再遊《さいゆう》　遺言に順《したが》わん
人は道《い》う　非土《ひど》の怨《おん》
人情　山川より険しと
我が志は　已《すで》に石の如し
寧《なん》ぞ行路《こうろ》の難を顧みん
斯の意　須《すべか》らく口を緘《と》ざすべし
得失《とくしつ》　他の観るに任さん

（後略）

春の三か月は涙が渇くことはありませんでした。喪が明けてまだ日が浅いというのに、再び遊歴の途に就かなければならないのは父の遺言に従うためです。他郷に暮らす辛さや、人情は山川よりも険しいと人は言いますが、私の志は既に石のように固いので、どうして旅の厳しさを心配する必要がありましょうか。しかし、その決意についてはしばらく口を閉ざして、成功と失敗は他の人の判断に任せましょう。

『東遊日記』

父の遺言に急き立てられるように、文政十年六月三日、再び江戸を目指して秋月を後にした采蘋は、この旅の記録を『東遊日記』として残している。これまで約十年間父と遊歴を共にしていたが、采蘋自身の日記は見当たらないことから、『東遊日記』が初めての旅日記であろうと思われる。父が死んだ今、遊歴詩人として単身出発する意気込みが、日記をつけるという行為に表れている。

この日記は出発した日から記録されていることからも、その意気込みがわかる。だが、この日記は江戸までは続かず、途中の兵庫県明石で終わっている。日記の後部には「□思唱和集」という漢詩集が付記されており、百二十九首の詩が載っている。このことからも、漢詩人としての自覚をもって旅を記録していたことが窺われる。さらにこの「□思唱和集」には恋愛の詩が多く含まれていることも特記すべき点である。

　残念ながら『東遊日記』が明石まで終わっているため、その先の道程はつかみにくいが、幸い采蘋は別に人名録『金欄簿』を残している。文政十一年正月に兵庫県赤穂を訪れたときからつけ始めたこの人名録によって、采蘋が訪れた場所・人物をたどることができる。

　それでは、采蘋の漢詩人としての千里独行の旅を『東遊日記』に沿ってみていきたい。その際、采蘋の恋愛の詩にも着目しながら、男装の麗人としてのイメージからは想像できない、女性としての素直な感情表現に光を当ててみていきたい。

采蘋の旅装その他について

　ところで今述べたように、采蘋の服装や外見についてはこれまで定着しているイメージがある。男装をして腰には太刀を差し、化粧もせず、髪もくしけずらず後ろでぐるぐると丸めていたというのが、これまで言い伝えられた采蘋像であった。

　これは漢詩人として生きていくために考え出された服装であったと思われるが、女性の一人旅の安全を考えてのことでもあった。漢詩人としての生活が長引き、後半になるにつれてこのスタイルは定着していったようである。

　しかし、少女時代や父母との遊歴時代は事情は異なる。古処の手紙には常に娘の服装を気遣っている記述が見える。江戸から采蘋に宛てた手紙には衣類を送ったことが書かれているし、長崎滞在中も采蘋の服装には気を配っている様子が妻に宛てた手紙に見える。

　このように三十代ころまでは恋愛を経験したこともあり、普段は女性としての身だしなみには気を配っていたことと思われる。また時期は定かではないが、江戸で生活をしていたときに芳野金《よしのきん》陵《りょう》を訪ね、たまたま大槻磐渓《おおつきばんけい》に遭遇した。磐渓は采蘋の話しぶりや容姿を見て、采蘋が帰った後に「今の女性は妓ではないか」といったという逸話が伝わっていることから、このころの采蘋の服装が男装ではなかったことがわかる。

　しかし、文政十一年八月、江戸に向けて京都を出発するときに中島棕隠《なかじまそういん》が贈った送別の辞には「采蘋常に一口の大刀を佩《はい》す」とあることから、少なくとも父の死後江戸に向けて再出発した文政十年の東遊の旅には、男装・帯刀で出発したものと思われる。逆に、江戸で芳野金陵と会ったときの逸話からは明らかに女性の服装であったと考えられ、男装・帯刀は旅の最中に身に着ける防御服といえるものではなかったか。

　このほかに、采蘋は少女時代から、秋月の産業として父の古処が奨励した養蚕を手伝い、自ら蚕を育て、糸を紡ぎ、布を織り、着物を仕立てる技術を学んだ。この技術は晩年になっても自身の衣類の補給、また補修などに役立ち、旅先でも常に「女工」という名目で日記にも出てくるように、裁縫は欠かさなかった。鹿児島の旅でも、名産の絣を手に入れて裁断する場面も出てくる。

　これらを総合すると、旅の衣装は男装・帯刀であったかもしれないが、その地でくつろぐ場合には新しい衣類を調達して身だしなみにも気を付けていたことが窺われる。

だが、前にも述べたように采蘋のイメージが「男装・帯刀の麗人」として定着している背景には、地元で言い伝えられていた古老による昔話の影響も大きい。村上仏山の門人だった人の話によると、「女史は脂粉を施さず、頭髪を飾らず、一刀を横たえ常に異形擬装して江湖を闊歩し、なかなか大きな人で中男が随行すると子供が供するようであった」という。また秋月の別の古老の話も伝えられている。それによれば、「采蘋女史は肉豊かで長身で、髪はぐるぐる曲、衣服は筒袖に半巾帯を後ろに唐結びにしめ、腰には朱鞘の菊池千本槍と称す刀をさして居られた。肩はいかり、後ろ姿を見ればさながら大男のようであった」という。これらの話は采蘋の最晩年、つまり、江戸から帰ったころと九州遊歴から帰ったころの姿であろう。今から九十年ぐらい前に語られた話である。そのころはまだ采蘋について何らかの事実を知る人々が生存していた時代であるから、これらの話も事実と思われる。

また、「少壮の時より言行磊落、恰も男児の如くなるをもって名あり」と春山育次郎氏も書いている通り、外見だけでなく性格も（当時基準でいうところの）男性的としばしば表現されており、些細なことにこだわらない、おおらかなところがあったようである。

ただし、采蘋の内面には運命のいたずらによって外見からは想像もつかない苦悩や悲しみがあったことを、采蘋の残した詩は物語っている。

兄弟との別れ

秋月を出発した采蘋は、別れを告げるために、まず兄と弟が住む豊前（大分県）に立ち寄った。兄の白圭は岩熊村で、弟の公瑜（瑾次郎）は香春《かわら》で病気療養の傍ら、地域の子弟を教えていた。稗田村に住む村上彦助と弟の健平（後の仏山）はかつて古処の塾に入門し、後に白圭にも師事したことから、白圭のために便宜を図り、弓の師の医者宇野玄珉《うのげんみん》の家と、また岩熊で塾を開いていた藤本《ふじもと》平山《へいざん》（亀井門人）の巖邑堂の両方の家を拠点にして、この地方の子弟を教育してくれるよう白圭に頼んでいた。

采蘋が豊前を訪れたとき、白圭の病はかなり進行していたようで、このときが最後かもしれないと覚悟したであろう采蘋の滞在は四十日あまりとなった。兄弟との別れを惜しみ、出発を延び延びにしていたが、ついに決心し、留別の詩を兄に贈った。

秋風吹一葉　　秋風《しゅうふう》　一葉《いちよう》を吹く
無見不悲哉　　見るものとして悲しまざるは無きかな
同根客異郷　　同根《どうこん》　異郷《いきょう》に客たり
客中又分離　　客中　又分離《またぶんり》す
吾曹所情鍾　　吾が曹《ともがら》　情の鍾《あつ》まる所

何能得不悲
此行聊爾耳
得失唯自知
達人在略情
相會非無疑
千金且自重
各是先人遺

何ぞ能《よ》く悲しまざるを得ん
此の行　聊《いささ》か爾《しか》するのみ
得失　唯《た》だ自ら知るのみ
達人《たつじん》は情を略するに在り
相会うは　疑い無きに非《あら》ず
千金《せんきん》　且《しば》らく自重せん
各おの是れ　先人の遺《い》なり

秋風が一枚の葉を落とす。これを見て悲しまない人はいないでしょう。兄弟は異郷に住み、旅先で会ってもまた別れ別れになってしまいます。私たちの心はともに一つなので、どうしてこの状態を悲しまずにいられましょうか。この旅はほんのしばらくのものです。そこで得るもの失うものは私のみが知ることです。物事の道理に通じた人は情に左右されないものです。再びお会いできるのは疑いのないこととは限りません。貴重な身体をしばらく大切にしましょう。それぞれが父の残して下さったものですから。

兄との今生の別れは疑いのないことであり、その覚悟は詩中にも表れている。しかしその悲しみに浸っている時間はない。家名を背負い、父の遺言に背かないためにも、悲しみを振り切って目的を達成させなければという強い決意が「物事の道理に通じた人は情に左右されないものです」という言葉から伝わってくる。

弟子たちとの別れ

日記には、兄たちと別れた後に稗田村の村上彦助を訪ねて滞在したことが書かれている。「弟の公瑜と竹田玄中《たけだげんちゅう》、藤本寛蔵《ふじもとかんぞう》、村上健平、吉田観吾《よしだかんご》、吉武玖次郎《よしたけきゅうじろう》を弥山の庵に送ってから飲む。寛蔵は弥山より帰る。私は皆を送ってから稗田村の彦甫《ひこすけ》(彦助)宅に行った。そのとき明月が天に昇っていたので、彦甫は腰掛を小川の中央に移し、別れの筵を開いてくれ、皆で飲む。すでに酔い、弟瑾（瑾次郎）と玄中は巖邑に帰る。私もまた寝る。鶏が鳴いて東方が白くなり、目が覚めた時はすでに日が高く昇っていた。二日酔いはまだ治っていなかったので、この日もまた留まった」とある。

采蘋は弟子たちと別れがたく、稗田村の彦助宅に留まった。彦助が開いてくれた送別の宴では飲みすぎて、翌日は昼間まで寝てしまい、二日酔いもひどかったのでこの日も留まったとある。酒を飲み過ぎて次の日は二日酔いというお決まりのコースをたどるのは、既にこのころから始まっていたようである。

翌日ついに重い腰を上げて出発となった。彦助の送別の辞に次韻した詩がある。

三千屈指豫期程
幾歳琴書尋舊盟
数脚胡牀移水面
一樽村酒有風情
絳河星少懸明月
傑嶂秋高佳夕晴
看取此行吾有誓
無名豈敢入山城

三千《さんぜん》　屈指《くっし》　予《あらかじ》め期を程す
幾歳《いくさい》の琴書《きんしょ》　旧盟《きゅうめい》を尋ぬ
数脚《すうきゃく》の胡床《こしょう》　水面に移して
一樽《いっそん》の村酒《そんしゅ》　風情有り
絳河《こうが》星少く　明月懸《か》く
傑嶂《けっしょう》秋高く　夕晴佳《か》なり
看取《かんしゅ》せよ　此の行　吾に誓《せい》有り
名無くして豈《あ》に敢《あえ》て山城《さんじょう》に入らんや

何度も指を数えて、この旅の予定を定めています。何年かかけて琴と書を携えて、古くからの友人を訪ねるつもりです。数脚の腰かけを水上に移して、一樽の酒を酌み交わすことはなんと風情があることでしょう。天の川は星が少なく、澄み渡った月が懸かっています。高く聳えた峰には秋の気配が漂い、夕方の景色はすばらしい。この旅にあたって私には誓ったことがあるのをどうかお察しください。成功するまでは故郷には戻りません。

この詩からは采蘋の決心が長い間に固められ、強固なものとなっていることが察せられる。二度と会えないかもしれない兄弟との別れを乗り越えられるほどの強い決心をしていたことが感じられるのである。

千里独行

結局、稗田村には二泊した模様で、日記には閏六月二十日の午前五時ごろにようやく稗田村を出発したとある。村上大有（健平）、猛（健平の弟）、観（観吾）、玖（玖次郎）の四人が送りに出て、一緒に門司の旅館に泊まった。

一行は二十一日の早朝、門司を出発し、鶴水橋あたりで大有（健平）兄弟に別れを告げた。大有（健平）が贈った送別の詩に、采蘋が次韻して詠んだのが次の詩である。

次村大有送別之詩　　村（上）大有の送別の詩に次す

一従萍跡出郷山　　一たび萍跡《へいせき》に従《まか》せて　郷山《きょうざん》を出づ
離恨綿々如循環　　離恨《りこん》綿々として　循環《じゅんかん》するが如し
月桂秋高香馥郁　　月桂《げっけい》　秋に高く　香り馥郁《ふくいく》たり
看吾更折一枝還　　看《み》よ　吾　更に一枝を折りて還るを

あてどない気ままな旅にいったん故郷を出発しましたが、別れは辛く、一回りしてまた帰りたいほどの気持ちになりました。月桂樹は秋の空に高くそびえて、一面よい香りを漂わせています。私がきっと後に出世をして故郷に帰るのを見ていてくださいね。

この詩からは、一人で江戸に向かう心細さが伝わってくる。弟子たちとの別れをいつまでも惜しんでいる采蘋の優しい一面をのぞかせている。しかしこの詩の結句でも、出世という目的意識をはっきりさせることで、未練を払拭しようとする意図が窺われる。

二十二日、早朝に神田を出発し、昼ごろに小倉に到着。そこで船を買い、午後四時ごろに下関に着いて、西細江町の広江大聲（殿峰の三男秋水）の海鷗吟社に宿泊した。村上兄弟は帰ったものの、吉田観吾、吉武玖次郎はここまで同行し、一緒に海鷗吟社に泊まった。

海鷗吟社は頼山陽が九州遊歴の際、行き返りに宿泊した場所であり、また、古処も遊歴時代にここで一時的に詩社を開いたことがあった。そのころは殿峰の時代であったと思われるが、采蘋が訪れたときは息子の大聲が当主であったようだ。大聲は山陽に弟子入りした経験を持つ。

ここに二日間滞在した采蘋一行であったが、二十四日には二人の弟子もついに故郷に帰ることとなり、ここからはいよいよ千里独行の旅が始まる。その心情が次の詩に表現されている。

二子乗舟帰故城
帳然西望夕陽傾
長風不管離情切
帆影如飛破浪行

二子《にし》舟に乗り　故城に帰る
帳然《ちょうぜん》として西のかた望めば　夕陽《せきよう》傾く
長風《ちょうふう》　離情の切なるを管《かん》せず
帆影《ほえい》飛ぶが如く　浪を破りて行く

吉田・吉武の二子は船で故郷に帰って行きました。悲しい気持ちになって西の方を望めば、夕日が傾いています。遠くから吹いてくる風は、別れの切なさを気にも留めていない様子で、帆影は浪をかき分けて飛ぶように走ってゆきます。

下関で琴を学ぶ

采蘋は弟子たちと別れた後も下関に滞在していた様子で、日記にもそのことが見える。海鷗吟社に宿泊しながら友人阿策《おさく》という女性に琴を学んでいたようである。阿策という女性といつ友達になったかは不明であるが、あるいはかつて父と海鷗吟社に泊まっていたときに知り合った女性かもしれない。

采蘋が学んだ琴の種類は定かではないが、前章でも述べたように、京都滞在中に頼山陽と面会した際に朱雀の酒楼で月琴を上手に弾じていたということから、阿策に教えてもらう前から既に上手だったことがわかる。

采蘋はどこで月琴を習ったのであろうか。長崎に六か月間滞在したときに習う機会があったのかもしれない。二年前、京都へ出発する前に福岡の亀井家を訪問した際、そのときの亀井家の様子を「日夜月琴にぎにぎしき事にて、皆相楽しみ申し候」と昭陽が古処に手紙で報告していることから、采蘋はこのとき既に月琴の調べにも親しんでいた様子が窺われる。

梁川星巌の妻紅蘭は夫とともに長崎に遊んだ経験を持つが、長崎で耳にしたであろう七弦琴を長い間欲しいと思い続け、ついに京都で買い求めたことが、紅蘭の「買琴歌」という詩に書かれている。他にも田上菊舎《たがみきくしゃ》という俳人が七弦琴を携えて全国を行脚したことでも知られているように、江戸時代の後期には中国から伝来した各種の琴が女性たちを魅了していたことが偲ばれる。

采蘋は吉田・吉武の二子を二十四日に見送ってから、友人阿策のところに通い、一緒に酒を飲んだり、琴を習ったり、またそのまま阿策のところに泊まることもあったようである。二十八日の夜は阿策の処に泊まって、翌日海鷗吟社に帰った。

続いて日記には、以下のようにある。「二十九日昼後、琴を学んでから海鷗吟社に帰る。故郷の山の白雲がゆらゆらとたなびいているのを眺めていると、たちまち昔を思い出しました。かつて父上と一緒にこの地に遊び、この亭に泊まり、主人父子と日々相忘れて閑談し、優遊し、詩を吟じ、酒を酌み交わし、風流な遊びに興じていると、かつての旅人の愁いは無く、まるで郷里にいて、吟友と詩の交戦をしているようでした。今日、単身家を離れて、まさに江戸に東遊せんとして、また吟社を訪ねました。主人秋水と談じて話は昔のことに及びました。それぞれの話に、親が死んでしまって親孝行できない悲しみが湧いてきて、思わずはらはらと涙が落ちました。走って帰り、室に入って、失意のうちに詩を賦してこれを主人に示しました」と。

単身萍泛幾時休
吟社風光感昔遊
賓主當年猶有恨
忘機相共狎沙鷗

単身　萍泛《へいはん》　幾時《いくじ》にか休まん
吟社《ぎんしゃ》の風光　昔遊《せきゆう》に感ず
賓主《ひんしゅ》　当年　猶《な》お恨み有るがごとし
機を忘れ相共に　沙鷗《さおう》に狎《な》る

一人さすらいの旅を続けて、いつ休むときが来るのでしょうか。かつて父と訪れた吟社の風光は昔と変わっていません。しかし主客は、今年になってもいまだ残念な気持ちが消えないでいます。でも今は機を忘れてあなたとともに水辺で憩うカモメと戯れることにしましょう。

海鷗吟社には十日間滞在していたが、おそらく船が出るのを待っていたのであろう。七月一日になってようやく広島行きの船があることを聞きつけ、急いで阿策のところに駆けつけて別れを告げた。その後家に戻り、夜を徹してお礼の書や家に手紙を書いている。翌日には友人に宛てて次の詩を贈っている。

あなたと別れた後、毎日あなたのことを思わない日はありません。鏡に向かって物憂げに髪を梳かし、ほとんど狂ったように詩を書いています。

扁舟従此去　扁舟《へんしゅう》　此従《ここよ》り去りて
千里向天涯　千里《せんり》　天涯《てんがい》に向う
墨和双行涙　墨《すみ》に和す双行《そうこう》の涙
親緘寄阿誰　親しく緘《と》じて阿誰《あすい》に寄せん

小さな船はここを去って、遥か遠い地に向かっていきます。ふたすじの涙が落ちて墨に混ざる。心をこめて封を閉じて、誰に渡そうとしているのでしょう。

この詩の相手は不明である。下関で知り合った人か、あるいは以前に父と同行したときに知り合った人かもしれないが、詩から読み取れる采蘋の心情は、想いを寄せた恋人との別れを悲しんでいるものとも読み取れる。残念ながら下関での出来事についてはこの一首が残されているのみであり、詳細については今後の研究にゆだねたい。

厳島

この後采蘋は船に乗り、田浦、鳥の島、姫島を経由して七月四日には日向に至り、延岡領八子に泊まった。五日には築城に至り、伊美港に泊まり、硫黄山に新月を見て感動したとある。

六日の未明に伊美港を発し、昼ごろに大崎瀬戸に至るが、風が強く、潮は渦を巻き大変な思いをして七日にようやく船は厳島に着いた。そこで旧知の伊藤氏に宿ったが、船酔いと疲れは翌日の夜まで持ち越したとある。

九日には広島から蘭陵《らんりょう》という人が来て一緒に飲んだようである。蘭陵は通称吉右衛門《きちえもん》といい、藩の銀札場元役を務めた有力な商人であった。俳諧・画をよくする文人でもあった蘭陵が、わざわざ広島から厳島にいる采蘋を訪ねたのは、采蘋の評判を聞いてのことであったのかもしれない。

十一日には病も全快し、詩を賦すまでに回復している。十二日には廿日市に行き、桜井四郎《さくらいしろう》を訪ね、夜に帰った。翌十四日は早起きして府中に行き、原田十兵衛《はらだじゅうべえ》を訪ねたが不在であった。原田十兵衛はこの地の割庄屋で資産家でもあり、酒好きのため自らを酔翁と称していた。采蘋は翌日また彼を訪ねて、夜には庭に腰掛を移し、酒宴が繰り広げられた。雨も止み、月が美しかったので詩を賦したとある。

原田十兵衛の望瀛亭《ぼうえいてい》は、父との遊歴時代にも泊ったことがある懐かしい場所であり、故郷に帰ったようだと詩に詠んでいる。次の詩はちょうど十三年前の同じ日に父とこの望瀛亭を訪ねたときのことを思い出し詠んだ詩である。

曽遊君記不
来此望瀛州
離別十餘歳
光陰一轉頭
酔翁老益壮
氣寛□無憂
誰識天涯客
重斟既望秋

曽遊《そうゆう》　君《きみ》記すや不《いな》や
此《ここ》に来りて　瀛州《えいしゅう》を望む
離別《りべつ》　十余歳《じゅうよさい》
光陰《こういん》　一転頭《てんとう》
酔翁《すいおう》老いて益ます壮《さか》んなり
気寛《ひろ》く□憂い無し
誰か識《し》る　天涯の客たるを
重ねて斟《く》めば　既に秋を望む

かつて来遊してここ望瀛亭にきたことをあなたは覚えていらっしゃいますか。もうそれから十年余りが経ってしまいました。月日はあっという間に過ぎ去ります。酔翁は老いてますます元気で、心は広く、悲しみ嘆くこともない様子です。この私が、今は異郷をさすらう旅人であると誰が知るでしょう。杯を重ねればすでに秋の気配がしています。

翌日も原田十兵衛のところに留まり、夜には以前に書いた厳島の詩を推敲している。厳島の情景を見事に表現した詩である。采蘋が厳島を訪れたのは今回で三回目であると詩にあるように、以前には父母と見上げた満月を見ながら郷愁に駆られ、母のわが子を想う気持ちに思いを馳せている。

十七日　晴　暮前に小雨あり。夜に入り、厳島の詩を敲す

濛濛暮潮涵廟郎
綠烟消盡夜初涼
人如蜃氣樓中座
月自鼇頭山上揚
爲客三看滿輪影
聞猿寸斷九回腸
唯恐阿母懐兒切
一夕秋風鬢作霜

濛々《もうもう》たる暮潮《ぼちょう》　廟廊《びょうろう》を涵《ひた》す
緑烟《りょくえん》　消え尽きて　夜初めて涼し
人は蜃気楼中に座するが如く
月は鼇頭山上《ごうとうさんじょう》自《よ》り揚《あが》る
客と為りて三たび看《み》る満輪《まんりん》の影
猿を聞きて寸断《すんだん》す　九回の腸
唯《ただ》恐る阿母《あぼ》児を懐《おも》うこと切なるを
一夕《いっせき》の秋風《しゅうふう》　鬢《びん》は霜と作《な》らん

夕暮れの海にもやがたちこめて回廊を覆っています。夕方のもやが消え去ると、漸く夜が涼しく感じ

られます。人は霞の中で蜃気楼の中に座っているように見え、月は鼇頭山の上から昇ってくる。ここに旅人となって三回目の満月を仰いでいます。猿のなく声を聞けば、悲しみがさらに増して、ねじれた腸がずたずたに切られる思いがします。ただ、母のわが子を思う気持ちが募ることを恐れるばかりです。一晩の秋風によって鬢には白髪が交じることでしょう。

原田十兵衛の家にはしばらく留まった様子で、十九日の詩にはすっかり旅の疲れも癒え、ホームシックも収まった様子が書かれている。

二十日の日記には前日府中を離れて廿日市に帰ろうとしたが、酔翁の親族の原田揖翠主人《はらだゆうすい》に引きとめられ、留まったとある。朝は書を書いたりして過ごし、午後四時ごろから酔翁と別れの盃を交わした。その後揖翠主人を訪ねたが、留守だったので、十兵衛の妻、揖翠の妻と一緒に飲んだとある。夜になって主人が藩儒である坂井百太郎《さかいももたろう》（虎山）を連れて帰ってきたので一緒に飲み、席上阪井に一首を贈っている。

こうして府中では原田十兵衛の家に一週間ほど滞在し、風流な日々を過ごしたが、二十一日には医者の原田元唐、森野庄次郎に送られて廿日市に帰った。翌日には宮島に帰ろうとしたが、書を乞うものがあったため、留まって七十枚を書いたという。

二十三日から二十六日まで船が出ず、厳島に帰ることができなかったので、毎日のように別れの盃を交わしている様子を日記に書いている。

廿三日……午後高木に到り離杯を酌す。夜に入りて妓を聞く。
廿四日……昼後、福田氏来る。潮を候《ま》ちて網を下ろす。直ちに鱠《なます》を爲《つく》り酒を酌む。夜に入りて、
　福井眞宰に到りて飲む。此夜深けて帰る。
廿五日……風尚息《やす》まず。暮景より小酌す、夜に到りて、某家にて酌す。
廿六日……夜、福田氏と飲む。

二十七日、堀田梅太郎《ほったうめたろう》、福田大藏《ふくだたいぞう》に送られてようやく厳島に帰った。翌日には「備前岡山の人守田厚治に会し、ともに小酌す」とあり、三十日も「暮より小酌し、夜に到る」とあるように、連日のように酒を飲む場面が綴られている。

広島市での二か月（八月〜十月）

八月に入り、四日には厳島から広陵（広島市）に渡り、厳島で会った中西蘭陵を訪ねた。蘭陵の世話で、天神町で外科医を営む香川旦斎《かがわたんさい》の家に泊まることとなった。

広島では有力者中西蘭陵の人脈によって連日の酒宴が繰り広げられた様子が日記に書かれている。以下の日記に見える世並屋や米屋は町年寄を務める家柄であり、また吉村聊太郎《よしむらりょうたろう》は佐藤一斎の門人である。

八月五日から十日までの采蘋の動向を追ってみよう。

五日　夜に入りて、藤屋市郎兵衛、蘭陵の子研、吉村聊太郎、大塚昌伯、桂省、波屋（世並屋）八助と水楼にて飲む。
六日　夜、蘭門屋、藤屋、桂省と飲む。
七日　無事、夜、老妓と飲む。
八日　堀田梅太郎、山田庫介来る。遂に同伴シテ一丁目山縣屋に到り酌す。
九日　夕、大野屋水亭、内藤屋、長門屋、文叢堂、聊太郎、米屋文次郎、桂眉と飲む。また船を泛べて酌す。月落ちて帰る。此の夜、文次郎到り詩を賦す。
十日　終日寝る。

連日酒宴を繰り広げていることがわかる。広島での光景はほとんど長崎滞在時と同じで、高名な女性漢詩人を迎えて町の有力者が一堂に会し、詩酒を交わし、時には老妓も加わって座を盛り立てている。そして飲みすぎて翌日は終日寝るというパターンは、このころ既にでき上がっていたようである。

広瀬旭荘との再会

八月十一日には、広瀬旭荘が内（田）大助、岸井管吉《きしいかんきち》とともに訪ねてきた。旭荘はこのとき菅茶山を見舞ってからの帰郷の途中であった。二人の再会は、文政八年に采蘋が東遊前の挨拶で亀井家を訪ねた際、塾長をしていた旭荘と遭遇して以来であった。二人は再会を喜び、酒を酌み交わして昔話に興じたとある。

翌十二日、采蘋は旭荘に次の詩を贈った。

身跡悠々兩斷蓬
飄然相遇是何風
明朝吹到分襟處
還送孤帆懸碧空

身跡《しんせき》悠々として　両《ふた》つながら断蓬《だんぽう》
飄然《ひょうぜん》として相遇《あ》うは　是れ何れの風ぞ
明朝吹きて　襟《きん》を分かつ処に至れば
還り送る　孤帆《こはん》　碧空《へきくう》に懸けん

私たちは二人とも悠々と行く先を定めぬ自由な旅人です。偶然に旅先で出会うのはどういう風の巡り合わせでしょうか。この風は明朝に吹いて、あなたとお別れするところに至れば、さらにあなたの乗る船を青空のかなたへと送り届けるでしょう。

この日、昼時にはまた三人が集まって、酒を酌み交わし、夜まで話し合ったとある。

十三日には中西蘭陵の友人大塚昌伯《おおつかしょうはく》から詩を寄せられたので、それに疊韻《じょういん》し答えたのが次の詩である。大塚昌伯の送った詩の内容がわからないのが残念であるが、采蘋のジェンダー意識を表す貴重な詩である。

丈夫應有丈夫儀
兒女寧無児女姿
若使臭聲在淫具
人間何地避嫌疑

丈夫《じょうふ》応《まさ》に丈夫の儀有るべし
児女《じじょ》寧《な》んぞ児女の姿無らんや
若《も》し臭声《しゅうせい》をして淫具《いんとも》に在らしめば
人間《じんかん》何《いず》れの地にか嫌疑《けんぎ》を避けん

男子には男子の規範があるはずです。婦女子にどうして婦女子の姿がないといえましょうか。もし醜聞によってみだらな男女関係を噂されれば、世の中のどこに行っても疑いを避けることはできないでしょう。

これは明らかに大塚昌伯に反論している詩である。想像であるが、昌伯の詩は「女性は女性らしく、身だしなみを整え、結婚してこそ幸せである」というような内容であったと思われる。それに対し、采蘋は自らの意見をはっきりと述べている。

また、この詩からは、「醜聞」が広島の昌伯の耳にも達していたことが窺われる。広島での采蘋の恋愛については本章の後半で詳しく取り上げる。

頼杏坪との会遇

八月十三日の夜には、たまたま広島の家に帰っていた頼杏坪が中島にある小野氏の春曦楼に招かれ、月見の宴に参加した。この日の宴は広瀬旭荘の送別もかねて開かれたもので、同じく采蘋も招かれた。采蘋と旭荘が頼杏坪に面会するのはこのときが初めてであった。

旭荘が采蘋と韻を分かって賦した詩は『梅墩詩集』に見える。旭荘はこの後船で帰郷の途についた。次の詩は同じ雅会で采蘋が小野氏に贈った詩である。

十三夜従杏坪先生賞月于春曦楼　　十三夜、杏坪先生に従い、春曦楼にて月を賞す

水烟漠々望難分　　水烟漠々《すいえんばくばく》として　望めども分かち難し
月只關山笛裏聞　　月は只《た》だ関山《かんざん》　笛裏《てきり》に聞くのみ
吾有剪刀磨未試　　吾に剪刀《せんとう》有りて　磨けども未だ試さず
爲君一割雨餘雲　　君が為に一たび割《さ》かん　雨余《うよ》の雲

霧が立ち込め、ぼんやりとかすんで、はっきりと月は見えないが、「関山月」を奏でる笛の音に想像を膨らませています。私にははさみがあり、日々磨いておりますが、まだ試したことがありません。今日はあなたのために雨上がりの雲を一割きにしてみましょうか。

後に采蘋はこの旅行中に詠んだ詩を頼山陽と梁川星巌に見せて添削を依頼している。この詩に対しての頼山陽の評は「先がとがって鋭いが、弱くはない。私の田舎には数多くか弱い男子がいて、走ってもすぐ倒れるようなものがいることを知るべきです」であり、梁川星巌は「奇想」と評している。

十五日には中西蘭陵の友人藤屋市郎兵衛《ふじやいちろうべえ》の臨瀦楼《りんちょろう》に杏坪その他諸人が招かれ、采蘋も同席した。十六日には茶人の淡堂《たんどう》という人の賞月の会に杏坪とともに招かれ、詩を賦している。

旭荘が帰った後も采蘋は、杏坪と連れ立ってあちこちの詩会に招待されている。次の詩は采蘋が杏坪の詩に次韻したものである。杏坪の詩がどのような内容だったかはっきりしないが、おそらく独身で旅を続けることを心配して、結婚をするよう勧めたと思われる。それに対して采蘋は「如教志業青年遂、世上寧無逐臭夫（もし、若いうちに志を遂げることができたなら、世の中にはきっと物好きな男がいないとも限りません）」と結婚をする意思があることを伝えている。

次韻杏坪先生　　杏坪先生に次韻《じいん》す

父執有君孤不孤　　父執《ふしゅう》　君有り　孤《こ》にして孤ならず
相依遍接搢紳徒　　相依《あいよ》りて遍《あまね》く接す　搢紳《しんしん》の徒
區區自抱地方寸　　区区《くく》として　自ら抱く　地の方寸《ほうすん》
杳杳重遊天一隅　　杳杳《ようよう》として　重ねて遊ぶ　天の一隅《いちぐう》

羇雁飛鳴迷沢國
家人思夢入江都
如教志業青年遂
世上寧無逐臭夫

羇雁《きがん》　飛び鳴きて　沢国《たくこく》に迷い
家人《かじん》　思い夢みて　江都《こうと》に入らん
如《も》し志業《しぎょう》をして　青年に遂《と》げ教《し》めば
世上《せじょう》　寧《な》んぞ臭《しゅう》を逐《お》うの夫《ふ》無からんや

父はなくなりましたが、父の友人であるあなたがいらっしゃるので、決して孤独ではありません。あなたを訪ねてきて、多くの高官や文人に接することができました。些細ながら自らの志をこの地上に抱いて、はるか遠く天の一隅まで、再び旅を続けてやってきました。旅の途中の雁が、沼地に迷い込んで、鳴きながら飛んでいるのは、さながら私の姿のようです。家人を思い、夢見ながら、江戸に行こうと思っています。もし、若いうちに志を遂げることができたなら、世の中にはきっと物好きな夫がいないとも限りません。

頼采真との交際

八月十八日は横江に遊び、二十一日に帰る。二十四日には芝軒《しばけん》と中西蘭陵が来て飲む。二十六日は頼杏坪を訪ねたが不在のため、その息子の采真《さいしん》と飲んだ。二十九日には采真から手紙が届いたとある。

九月に入って一日には舟遊びを楽しんだ後、夜にはまた采真を訪ねた。三日には月楼の送別会があり、四日も水月会とあり、これも送別会であったと思われる。七日は月洞詩会とある。

このように八月後半から九月にかけて采蘋は頼杏坪の息子采真と頻繁に会っている。この後に紹介する采蘋の恋愛の詩の相手は采真ではないかと徳田武氏も推測されているが、名家の子息であり、前回采蘋父子が広島を訪れたときに知り合った可能性があると春山育次郎氏が書かれていることとも一致する。

十月九日の頼山陽の母梅颸《ばいし》の手紙によれば、采蘋は山陽の実家をたびたび訪ねていたようである。この日も梅颸は送別の杯を傾けようと心待ちにしていたが、あいにく采蘋はこの日先約があり、会えなかったと残念がっている。同日の日付で杏坪が采蘋に書き与えた紹介状があることから、あるいはこの日、采蘋が訪ねたのは杏坪であったのかもしれない。紹介状には、

この采蘋女史は故人の原震平古処山人の息女で、才学一時の閨秀と思われます。一人残され、かわいそうに思います。これからそちらに参りました折にはどうぞ喜んで迎え入れて下さるようお願い申し上げます。

丁亥十月九日　　　杏坪老人

とある。杏坪が紹介した人物は以下の通りである。

尾道の元吉→把翠園→今津の牡丹園→神辺の黄葉夕陽村舎→備中笠岡の小寺君→鴨方の西山君→長尾の小野泉蔵君→倉敷の観龍寺上人→同じく岡迂庵主人→岡山の萬波君→加古川の中谷諸子

十月十日以降の道程は、ほぼこの紹介状の人物を辿ったことが日記から読み取れる。

「□思唱和集」―恋の詩

『東遊日記』は文政十一年四月十四日の兵庫県明石までで終わっており、その後に付記されているのが「□思唱和集」である。文政十年九月九日の重陽の節句から書き始め、翌年の四月七日までの七か月間に詠まれた百首超の詩がおさめられている。この旅行中に詠んだ詩を唱和集としてまとめたものと思われる。

この唱和集の特徴は、采蘋の詩集では珍しい相思の詩が含まれており、広島で経験した真剣な恋愛の様子が綴られている点である。無名氏と取り交わした詩は二十数首が収録されている。

相手の名は無名氏と書かれ、名前は伏せられているが、春山氏によれば、十八歳のときに父に従って広島を訪れた際に会った可能性があり、才学を聞いていた名家の子息であるという。また妻帯者である可能性も指摘されている。先にも簡単にふれたが、徳田武氏は無名氏を頼杏坪の息子采真ではないかと推測されており、筆者もその可能性を信じる。今後の研究によってはさらに真実が明らかになると考えられる。

ではその相思の詩を見ていきたい。

答□子

君意吾方信　君が意　吾れ方《まさ》に信ず
吾心君那戯　吾が心　君那《な》んぞ戯れんや
到門又歸去　門に到りて　又帰り去る
恐被月明知　恐る　月明に知らるるを

あなたの気持ちを私は本当に信じています。私の心をあなたはどうしてもてあそぶことができましょうか。門のところまできて、また帰ってゆく私の姿を月明かりに知られることを恐れています。

恋人を訪ねてきて門のところまで来たが、会わずに帰り去るのを月明かりに見られるのを恐れています、と密かに恋人に会いに来た様子が詠まれている。

次の詩は水明楼での密会を詠んだ詩である。人に知られるのを恐れながら明け方まで一夜を過ごしたことが知られる。

和

餅菊落寒影
小樓上燭時
待人々未到
情思有誰知
氤氳花氣暖
鴛央夢成時
此處多春意
洲會恐得知
酒冷燈將滅
水明殘夜時
喜悲似爲字
此恨與誰知

餅菊《へいきく》　寒影《かんえい》落ちて
小楼《しょうろう》に　燭《しょく》を上ぐる時
人を待つも　人未だ到らず
情思《じょうし》　誰か知る有り
氤氳《いんうん》　花気《かき》暖かなり
鴛央《えんおう》　夢成る時
此処《ここ》　春意《しゅんい》多し
洲会《しゅうかい》　知り得るを恐る
酒冷く　灯　将《まさ》に滅《へ》らんとす
水明《すいめい》　残夜《ざんや》の時
喜悲《きひ》　字と為すに似たり
此の恨　誰とともにか知る

花瓶の菊に冬の影が落ちて、小楼は明かりを灯す時間である。人を待っているが、待ち人は未だに到着していない。私の思いを誰が知っているのだろう。気が盛んに立ち上り花の香が暖かさを運んでいて、オシドリの夢が結ばれる時です。ここはのどかな春の心地がして、川の中洲でする密会を人に知られることを恐れています。酒は冷たくなり、明かりの芯は短くなってきましたが、水明楼での夜明け方です。悲しみと喜びの気持ちはまさに文字に書いた通りですが、この恨みを誰と一緒に知ることができましょうか。

人目を忍んで密会を果たした恋であったが、結局は結ばれることなく終わった。前日の夜は高楼で別れの盃を交わし、文政十年十月十日朝には留別の詩を賦した。

留別十日朝

客久他郷似出郷
高樓同酌別離觴
請看日夜東流水
別意與之孰短長

客久しく他郷《たきょう》にありて　郷を出るに似たり
高楼《こうろう》にて同《とも》に酌す　別離《べつり》の觴《しょう》
請《こ》うて看《み》る　日夜《にちや》東のかた水の流るるを
別意は之れと孰《いず》れか短長ならん

長く異郷に滞在すると、また故郷を出発するような気持になります。高楼で一緒に別れの杯を交わします。日夜水は東に向かって流れてゆくのを祈りながら見ていると、この水の流れと別れを悲しむ気持ちはどちらか長短を決めることができるでしょうか。

次の詩は、昨夜の高楼での密会が既に各地で噂されていることを暗示している。

十日夜雨

暗風吹雨四檐鳴
文枕幽齋無限情
昨夜江樓同一醉
豈知各地聽斯聲

暗風《あんふう》雨吹きて　四檐《しえん》鳴く
文枕幽斎《ぶんちんゆうさい》　無限の情
昨夜江楼《こうろう》にて同《とも》に一酔す
豈《あに》知るや　各地　斯の声を聴くを

暗闇の中、風が雨を吹き飛ばし、四方のひさしが鳴っています。書を枕に暗い書斎にこもれば、情は限りなくつのります。昨夜は高楼でともに杯を傾けたことについて、各地ですでに噂されていることをどうして知ることができましょうか。

次の詩は陰暦の十五夜の月を眺めながら相手を思い詠んだ詩である。

望月十五日

吾心本如月　吾が心　本月《もと》の如し
君亦更同月　君も亦更《また》に月に同じ
同心千里別　同心　千里の別
只是共明月　只是《ただこれ》　共に明月

私の心は元来この満月と同じです。あなたの心もまた月と同じです。心は同じでも、遠く離れ離れの存在です。でも私たちはお互いに清く澄み渡った月のように輝いています。

水明楼での密会は後々までも思いだされ、三十日が過ぎてもそのことを思っている様子が次の詩に書かれている。無名氏は采蘋が広島を去るときに船まで見送りに来たという。叶わぬ恋であったが、采蘋の人生では唯一無二の真剣な恋愛であったことが詩から読み取れる。

七日夕天晴月色玲瓏風尚不歇　七日夕　天は晴れ月色玲瓏《れいろう》として風尚歇《なおや》まず
篷底抱痾片枕寒　篷底《ほうてい》　痾《やまい》を抱きて　片枕《へんちん》寒く
思人況復意辛酸　人思いて　況《いわんや》復《ま》た意　辛酸《しんさん》
水樓別後三旬過　水楼《すいろう》の別後　三旬《さんじゅん》過ぐ
今夜月明不忍看　今夜の月明　看るに忍びず

船の中で病を抱えて、寒々とした薄い枕に横たわりながら、ある人を想い続けて、ますます心は辛くなります。水明楼で別れてからすでに一か月が過ぎましたが、今夜の月明かりを見る気持ちにはなりません。

獨對殘燈不展眉　独り残灯《ざんとう》に対して眉を展《の》べず
寒濤拍岸舟斜欹　寒涛《かんとう》　岸を拍《う》ちて　舟　斜《ななめ》に欹《かたむ》く
容光在目半衾冷　容光《ようこう》目に在りて　半衾《はんきん》　冷し
正是情人思我時　正《まさ》に是《こ》れ　情人我を思う時

一人残り灯に向かって心は沈むばかりで、冷たい波は岸に打ち寄せ、舟は斜めに傾いています。あなたの面影が目に浮かび、半分かけた布団は冷たい。きっと今ごろ、いとしい人は私のことを思っているに違いない。

采蘋のジェンダー意識

次の詩は、広島を過ぎて尾道に至る途中で詠んだものと思われる。たまたま女子が生まれた家で、采蘋の一字をとって名前にしたいと請われたときの詩である。采蘋は詩の中で、世間では女子が生まれるとがっかりするものだが、そんなことはないですよ、将来慰めとなるのは男子に勝るほどであると、女子が生まれたことを祝福している。

某人擧女子請予字之　某人の女子を挙ぐるに、これに予の字を請う

生女休言不足奇　女に生まるるに　言うを休《や》めよ　奇とするに足らずと
慰情他日勝男兒　慰情《いじょう》は他日《たじつ》　男児に勝る
即將女子爲其字　即ち女子を将《もち》いて　其の字と為す
幼婦黃絹是好辭　幼婦《ようふ》の黄絹《こうけん》　是れ好辞《こうじ》

女の子が生まれて、特別でないと言うのはおやめなさい。そのうちに心を慰めてくれるのは男の子より勝っているのですから。すなわち、女子という字が示すように、幼婦の黄絹は絶妙という意味で、まさしくおめでたい文字なのです。

江戸時代の男尊女卑の思想に、采蘋自身も女に生まれたことに負い目を感じていたことであろうが、この詩では一転して女子の生まれた意義を「男児に勝る」ものであると肯定している。かつて亀井昭陽も少琴が生まれたときに、「生まれ出たるは無益の児に候」と原古処に報告しているように、女子の誕生を喜ばない風潮があったのである。

しかし、采蘋がこの考えに至ったのは、たとえ女性が家督相続できなくても、両親を慰めることは男子以上にできることがあると、自らの経験から実感したからに違いない。

十月～十一月　尾道から今津へ

二か月間滞在した広島に別れを告げ、杏坪の紹介状を頼りに尾道、今津と歩を進めた采蘋は、文政十年十一月十九日、尾道に到着し、鍋屋吉右衛門《なべやきちえもん》、金屋茂右衛門《かねやもえもん》の把翠園を訪ねている。二十九日には今津駅に着いた。

次の詩は今津の河本宮太《かわもとみやた》の牡丹園を訪れて詠んだもので、楊貴妃の古事に依拠した素晴らしい詩である。

今津牡丹園

春風吹綻牡丹芽
元是沈香違愛花
妖艶從來傾國賞
栽培自耐向人誇
倚粧飛燕無容色
解語楊妃獨麗華
似調清平出新曲
併將太白屬君家

春風《しゅんぷう》吹きて綻《ほころ》ぶ　牡丹《ぼたん》の芽
元《もと》是《こ》れ沈香《ちんこう》　違愛《いあい》の花
妖艶《ようえん》　従来《じゅうらい》　傾国《けいこく》の賞
栽培《さいばい》自ら人に向いて誇るるに耐う
粧《しょう》に倚《よ》れば　飛燕《ひえん》は容色《ようしょく》無し
解語《かいご》の楊妃《ようひ》　独り麗華《れいか》
清平《せいへい》を調《ととの》うるに似て　新曲出づ
併《なら》びに太白《たいはく》を将《とも》いて　君が家に属す

春風が吹いて、牡丹の芽が綻んでいます。もともとこれは熱帯産の香木で、楊貴妃《ようきひ》が大切にしていた花です。そのなまめかしくあでやかな姿は、昔から傾国の美女が愛でたものです。化粧をすれば、漢代屈指の美女の趙飛燕《ちょうひえん》もかたなしで、楊貴妃だけが独り美しく華やかです。李白《りはく》が楊貴妃と牡丹の花を愛でるため、清平調三章の新曲を作ったように、新曲ができました。そして李白を伴って、あなたの家に集まりました。

十二月　黄葉夕陽村舎の再訪

文政十年十二月に入り、采蘋は三日から七日まで神辺の黄葉夕陽村舎に滞在した。しかし当主の菅茶山は、采蘋が広島に滞在していた八月十三日に八十年の生涯を閉じていた。広瀬旭荘が病床の茶山を見舞って神辺を去ってから十日ほど後のことであった。

采蘋が菅茶山の墓参をすませた後、中村鴝鵒《なかむらしょうりょう》ら塾生が集まり、采蘋のために酒席を設けてくれた。ここで二首の詩を詠んだが、茶山の死を悼む詩では、二年前にここを去るときに門のところまで送りにきてくれた茶山の姿を思い出しながら、感慨にふけっている様子が詠まれている。

悼茶山先生　　茶山先生を悼《いた》む

曾陪吟坐得相親　　曽《かつ》て吟坐《ぎんざ》に陪して　相親むことを得たり
正是閑園花柳春　　正《まさ》に是れ　閑園《かんえん》　花柳《かりゅう》の春
識生難爲死（欠字）　　生を識《し》り死と為《な》るは□□難し
空埋玉樹委黄塵　　空しく玉樹《ぎょくじゅ》を埋めて　黄塵《こうじん》に委《まか》す
梅開窓外猶含笑　　梅は窓外《そうがい》に開きて　猶《な》お笑みを含む
人坐帷前更愴神　　人は帷前《いぜん》に坐して　更に神を愴《いた》む

記得當年送我日　記し得たり　当年　我を送る日
倚門雙鬢白於銀　門に倚《よ》りて　双鬢《そうびん》　銀より白し

かつて詩会の席に加わってあなたと親しく接することができました。そのときは静かな庭に緑の柳が芽吹く春でした。生を識って死に至るのは□□難い、むなしく気高いその屍を埋めて、俗塵に任せましょう。梅が花開いて、窓の外でみな微笑んでいるかのようです。人々は帷の前に座ってまだ霊を悼んでいます。私は茶山先生が見送って下さったその年のことを覚えています。門の傍らに立った先生の両方の鬢は銀よりも白かったことを。

黄葉夕陽村舎を後にした采蘋は、文政十年十二月八日には笠岡（岡山県笠岡市）に到着した。そこでは小野李山《りざん》翁の八十歳の賀会に招待され、長寿を祝して一首を贈っている。

十一日には鴨方に到り、西山復軒《にしやまふくけん》を訪ねた。そこから十三日には中山の姫井《ひめい》省叔《しょうしゅく》宅に遊び、五言絶句を賦し、十六日にはまた西山復軒のところに戻っている。

十七日には鴨方を出発して長尾に至り、招月亭主人小野泉蔵《おのせんぞう》の家に泊まった。翌日は節分を祝い、十九日の立春に長尾を出発して、宮内に着いた。途中で廉塾の中村鶺鴒に出会い、詩を贈られたのでそれに和して一首を贈っている。そのあと西阿知を過ぎて、丸川松隠《まるかわしょういん》宅に宿った。松隠はかつて大阪の懐徳堂で教え、また備中関藩の参与をも務めた経験を持つが、このときは隠退して郷里に帰っていた。
次の詩は十九日、丸川松隠と交わした詩である。松隠翁の詩の内容はわからないが、采蘋に贈った書には「彼女の事情も思い図らず、様々な言葉で采蘋の行動をいさめ諭し、自らの職務を果たすように促した」とあり、それに対して采蘋は、「このような女性が一人ぐらいいてもいいが、二人いてはならない」と言ったとある。別れるときに采蘋は涙を払って自らの志を述べ、これを聞いた松隠は采蘋の言動に感激したという。

松隠翁に次韻す

任重三千道杳然　任重く　三千の道は杳然《ようぜん》たり
人言遠覓伯鸞賢　人は言う　遠く伯鸞《はくらん》の賢を覓《もと》むと
月中折桂知何日　月中《げっちゅう》　桂《けい》を折るは　何れの日か知らん
自笑無階欲上天　自ら笑う　階無くして天に上らんと欲すを

（略）

責任は重く、道のりははるか遠い。世間の人は、遠く伯鸞のような賢い夫を探し求めているのでしょうという。成功するのはいつのことでしょう。しかし、階段がないのに天上に上ろうと望むことを自嘲しています。

次の詩は年末を丸川松隠のところで過ごす様子を詠んだものである。ゆっくりと読書をしたり、旅衣を繕っている采蘋の姿がある。二首目は省いたが、旅衣を繕うなかで容姿の減じたことに気づいた様子など、細やかな描写をしている。

歳晩即時

歳聿其暮事忽忙
閑客心頭豈敢遑
牀上讀殘書未斂
窓間手補舊征衣

歳《とし》　聿《ここ》に其れ暮れんとして　事忽《たちま》ち忙し
閑客《かんかく》の心頭《しんとう》に　豈《あ》に敢《あえ》て遑《いとま》あらんや
牀上《しょうじょう》に読み残して　書未だ斂《おさ》めず
窓間《そうかん》　手づから補う　旧《ふる》き征衣《せいい》

今年もここでまさに暮れようとして、何かとあわただしくなってきました。客人の心の中になんぞ暇などありましょうか。床の上には読み残した書があり、いまだに片づけておりません。窓辺に座って古くなった旅ごろもを繕っています。

この詩の頼山陽の評は「女子の詩で、なかなかよろしい。他の詩はおおかた男性の詩に近い。そのような詩はよろしくない」とあり、女性的な詩であるから大変よろしいとほめている。山陽が女性的な詩を評価したことはよく知られているが、この場合もそれを証明するいい例である。

宮内（岡山市北区吉備津）で新年を迎える

十二月二十日には宮内に到着し、真野竹堂《まのちくどう》翁の苦見停に留まり、ここで新年を迎えた。文政十一年の元日、二日と、祝賀の杯を交わしながらゆったりとした新年を祝った。二日に詠んだ詩には、「女を罷《あきら》め家を去りて、自在に遊ぶ」という句が見える。広島での恋愛の詩とは矛盾を感じるが、結婚をあきらめたことと解釈すれば納得がいく。

元旦口号

寅賓紅日物皆揚
椒酒相迎戸々慶
聚首幾時慰親膝
同根三子各他郷

寅賓《いんぴん》　紅日《こうじつ》　物皆揚《ものみなあ》がる
椒酒《しょうしゅ》相迎う　戸々《ここ》の慶《けい》
聚首《しゅうしゅ》して親しく膝を慰むは幾時ぞ
同根の三子　各おの他郷にあり

歸鴻漸渚青蘋轉　　帰鴻《きこう》　渚に漸《ひた》り　青蘋《せいひん》転ず
啼鳥出幽嫩柳長　　啼鳥《ていちょう》は幽を出て　嫩柳《どんりゅう》長し
過暖関心花信早　　暖を過ぐの関心《かんしん》　花信《かしん》早し
春遊恐後洛山芳　　春遊後《しゅんゆうおく》るを恐るるも　洛山芳《らくざんかんば》し

謹んで朝日を導けば、すべてのものが輝いて見えます。戸々の家ではお祝いの祝杯をあげています。我が家で首をあつめて親しく膝を交えるのはいつのことでしょう。兄弟三人ともそれぞれ他郷に暮らしているからです。北に帰る雁が渚に集まり水につかって帰るときを待っています。青い浮草はふわふわと流れています。鳥は谷間から出て鳴き、やわらかな柳の枝が長く伸びています。暖かさが過ぎて、心待ちにしていた花の便りは案外と早く届きました。春の花見に遅れることを恐れながらも、牡丹の花の芳しさに心を奪われています。

三日には吉備神社に初詣でに出かけたことが詩に見えている。真野竹堂の家は居心地がよかったと見えて、何日も滞在し、旅の疲れも癒すことができたと感謝している。
十六日、いよいよ宮内の竹堂とも別れ、留別の詩を寄せて別れを惜しんだ。その日のうちに岡山に達して旅館に投宿した。旅宿のわびしさが次の詩から伝わってくる。

偶成
丁頭明滅一燈殘
風雪歸來夜正闌
蠖屈自憐多病客
木綿衾薄不耐寒

丁頭《ちょうとう》　明滅す　一燈《いっとう》の残
風雪《ふうせつ》帰り来って　夜正《まさ》に闌《たけなわ》
蠖屈《かくくつ》自ら憐む　多病《たびょう》の客
木綿《もめん》の衾《きん》薄く　寒《かん》に耐えず

ものが触れ合う音がして、一灯の明かりが点滅している。真夜中に風雪がまた吹き荒れて、多病の客はしばらく将来の約束のために潜伏して、自らを慰めています。木綿の布団は薄く、寒さに耐えきれません。

十九日には岡城より深本宿の酒店に到る。二十日には和気に入り、長谷川文右衛門《はせがわぶんえもん》宅に宿る。ここで一首を詠んでいる。翌二十一日には北方に行き、赤石退蔵《あかいしたいぞう》宅を訪ねた。赤石退蔵（希範）は古処の知人の武元景文《たけもとけいぶん》の一族で医者を開業しており、その屋号を披雲閣といった。披雲閣でも詩を残している。

一月二十五日には播州赤穂（兵庫県赤穂）に至り、小田謙蔵《おだけんぞう》（盤谷）を訪ねた。盤谷は古処の古い友人であり、采蘋は盤谷の家を拠点として赤穂近郊の知人友人を訪ねたと思われ、二か月間逗留している。この滞在中、書を求める人もあり、旅費の足しにと滞在を延長した可能性がある。采蘋はここから人名録の『金蘭簿』を付け始めていることからも、交流した名士の名を記録しておこうと考えたのだろう。

二十七日には赤城に行き、橋本甚右衛門《はしもとじんえもん》（字は子則、号は市隠）を訪ねた。二十八日は中島採珠楼にて紅梅を賞《め》でて、その光景を七言律詩に詠み、夜には三木元一《みきげんいち》の家に泊まったようである。二十九日には雨のなかどこかに出かけ、また緒方に帰っている。

二月〜四月（緒方〜兵庫）

日記には、文政十一年二月十六日より十八日の間は風が強く、土埃を巻き起こしたとあるから、春一番でも吹き荒れたのだろう。三月二十五日、いよいよ小田盤谷に別れを告げ、龍野に至り、円《まる》尾文叔《おぶんじゆく》に投宿した。ここより姫路に入り、深沢輿平《よへい》主人（名は維剛、字は到大）に会っている。

次の二首は二か月間滞在した小田盤谷と別れるときに贈った詩である。長逗留後の別離は辛く、詩にはその心情が表現されている。

別盤谷山人　　盤谷山人に別す

一家敬愛話情親　　一家敬愛し　話情《わじよう》親たり

閑却羈旅度幾旬
欲具行装光候霄
因悲生別轉傷春
落花芳草長亭曉
積水遙天獨住身
萍梗合離雖有約
空臨岐路嘆清塵

羈旅《きりょ》を閑却《かんきゃく》して　幾旬《いくしゅん》に度《わた》る
行装《こうそう》を具せんと欲して　光霄《こうしょう》に候《うかが》う
生別を悲しむに因《よ》りて　転《かえ》って春を傷む
落花《らっか》の芳草《ほうそう》　長く暁に亭まり
積水《せきすい》　天は遥か　独り身を住《とど》む
萍梗《へいこう》　合い離れ　約有りと雖《いえ》ども
空しく岐路《きろ》に臨み　清塵《せいじん》を嘆く

一家皆敬い親しみ、親しく言葉を交わしています。私は旅のことを忘れて、すでに幾旬かが過ぎてしまいました。また旅の装束をつけようと思って天気を確かめています。別れを悲しんでいるとかえって春の楽しみを損ねてしまいますね。散ってしまった桜の花は、明け方までその香を放っています。深い海とその上の遥かな天、その中で私は独り身をとどめています。浮草と草木はお互いに会ったり離れたりしながら、約束を交わしあい、またむなしく分かれ道に立ち、清静無為の境地に達することの難しさを嘆いています。

四月に入り二日には鹿浦に遊び、帰り道に本荘岩太郎《ほんじょういわたろう》・震二郎《しんじろう》の家に宿ったとある。四日と五日は内山整菴《せいあん》、名は維貞を訪ね、そこに泊まった。

六日には加古川に行き、高橋蒼山《たかはしそうざん》氏に宿った。ここで詩の唱和があり、蒼山の詩に畳韻《じょういん》して和した詩がある。高橋氏とは心を通わせた相手であったようだが、この詩は秋月の城跡に歌碑が立てられ、前四句が刻まれている（秋月の歌碑は『東遊日記』中の詩とは異同がある）。高橋氏が加古川の一友人であれば、どうして秋月にこのような碑が立てられているのかは不思議な気がするが、歌碑によってこの詩は采蘋を代表する詩となっている。

畳韻和高橋蒼山
此去悠々又向東
神交千里夢相通
家元天末歸何日
跡似楊花飛倚風
同調最親唯有子
再期願及未成翁

畳韻して高橋蒼山に和す
此《ここ》より去りて　悠々又東に向かう
神交千里《しんこうせんり》　夢に相通ず
家は元より天末《てんまつ》　帰るは何《いず》れの日ぞ
跡《あと》は楊花《ようか》の風に倚《よ》りて飛ぶに似たり
同調《どうちょう》最も親しきは　唯《た》だ子有るのみ
再期《さいき》願わくは　未だ翁と成らざるに及ばんことを

高楼別後如相思　高楼の別後　相思《そうし》の如く
一一書来尺素中　一々《いちいち》書き来たれ　尺素《せきそ》の中《うち》

ここを去り、ゆっくりとまた東に向かいます。心が結ばれていれば、たとえ千里離れていても、夢でまた会うことができるでしょう。私の家は遠く離れており、何時故郷に帰ることができるかわかりません。私の足跡は柳の綿毛が風に乗って飛んでゆくのに似ています。お互いに気が合い、最も親しくできたのは、あなたがただ一人です。再びお会いする時が、まだお互いに年老いてしまわないうちにと願うのみです。高楼で別れたあとの、お互いのことを思う気持ちと同じように、どうぞそのつど手紙で知らせてくださいね。

四月七日、頼杏坪に紹介された中谷氏から招待を受け、席上一詩を賦している。詩のなかでは、故郷ともなかなか交信がなく、母の安否を心配している様子が書かれている。こうしたなか、中谷氏とようやく会うことができたと喜んでいる。
中谷氏は偶然にも父のことを知っており、話は父のことに及び、十六年前父が致仕したときのことを思い出し、感慨にふけったようである。

中谷氏招飲す、席上主人に次韻す

經歳飄遊西復東
至今家書奈難通
歸寧夢斷雲山路
反哺鴉噪日夕風
且看尋盟逢韵士
何知話舊及家翁
回思十六年前事
遊者如此弾指中

歳を経て飄遊《ひょうゆう》し　西復《ま》た東
今に至りて　家書《かしょ》の通じ難しをいかんせん
帰寧《きねい》　夢は断たる　雲山《うんざん》の路《みち》
反哺《はんぽ》　鴉《からす》は噪《さわ》ぐ　日夕《にっせき》の風
且《まさ》に看る　盟を尋ね　韵士《いんし》に逢わんとするを
何んぞ知らん　旧を話し　家翁《かおう》に及ぶを
思いを回《めぐら》すは　十六年前の事
遊者《ゆうじゃ》は此の如し　弾指《だんし》の中《うち》

西東にあてどなく旅を続け、年月がすぎました。今になっては家からの手紙もなかなか届かなくなってどうすることもできません。故郷に帰り親の安否を問う夢を見ましたが、目覚めると雲のかかる山中では、親に食べ物を口移しに食べさせて恩を返そうとする鴉が、夕方の風の中で騒いでいます。ちょうど約束した風流な人と会うことができました。話が父のことに及ぶことなどどうして知ることができたでしょうか。十六年前のことに想いをめぐらせば、旅人にとってはついこの前のことのように思えます。

四月八日には尾上に遊び、九日には本郷好伯《ほんごうこうはく》（号を攬翠《らんすい》という）が招飲し、晩には加古川に舟を浮かべて遊んだ。十日は船を停泊し、帰宅してからその夜は中谷三助《なかやさんすけ》宅に投宿した。十三日には明石に至り、前田氏を訪問するも、わけあって旅宿となったとある。十四日には兵庫に到着。まず小田伊織《おだいおり》氏を訪い、そのあとに藤田萬年《ふじたまんねん》氏に到り、また彼の世話で旅宿となった。兵庫では小田伊織・藤田萬年らとともに楠公の遺跡や布引瀧《ぬのびきのたき》などを訪ね、また酒宴に招かれて相変わらず深酔いした様子を詩に賦している。

酔裏朦朧夜款関
任地座客笑強顔
朝来試憶前宵事
唯記帰時月上山

酔裏《すいり》　朦朧《もうろう》として　夜に関を款《たた》く
任地《さもあらばあれ》　座客《ざかく》　強顔《きょうがん》を笑うを
朝来《ちょうらい》　試みに前宵《ぜんしょう》の事を憶《おも》えば
唯《た》だ記す　帰る時　月が山に上るを

酔って朦朧として夜中に門をたたく。ともあれ座客が恥知らずを笑うのは放っておきましょう。翌朝、前夜のことを思い出そうとしても、ただ帰る時に、月が山の上にあるのを覚えているだけです。

いかにも采蘋らしい詩である。日記はこの日を最後に終わっている。

『東遊日記』の旅程図を次のページに示す。地図上の番号に従って、訪問地と訪問諸氏を表に示した。

京都再遊

前回の初めての京都訪問は物見遊山的なところもあって、京都の桜の開花に遅れまいと旅路を急いだのであったが、今回は父の遺言を背負った旅であるため、桜を見ることも諦め、文政十一年五月の終わりに京都に到着した模様である。

一回目の京都滞在の記録はほとんど残っていないが、今回の滞在も『東遊日記』が四月十四日の兵庫県明石市までで終わっているため、詳しい様子はわからない。ただ、朝倉市秋月博物館には『有煒樓草稿抜萃』と題した写本があり、このなかに頼山陽、梁川星巌の評が書かれた詩が多く見られることから、旅の途中で詠んだ詩を京都に持っていき、頼山陽、梁川星巌に添削を依頼したことがわかる。ここにも漢詩人として生計を立てるため江戸での生活に備えようとした采蘋の意気込みが窺える。

それではわずかの史料から、頼山陽、梁川星巌、中島棕隠《そういん》の采蘋評を見ていきたい。

添削を依頼された山陽は、采蘋の詩稿の末尾に次のように記している。

図：筆者作成

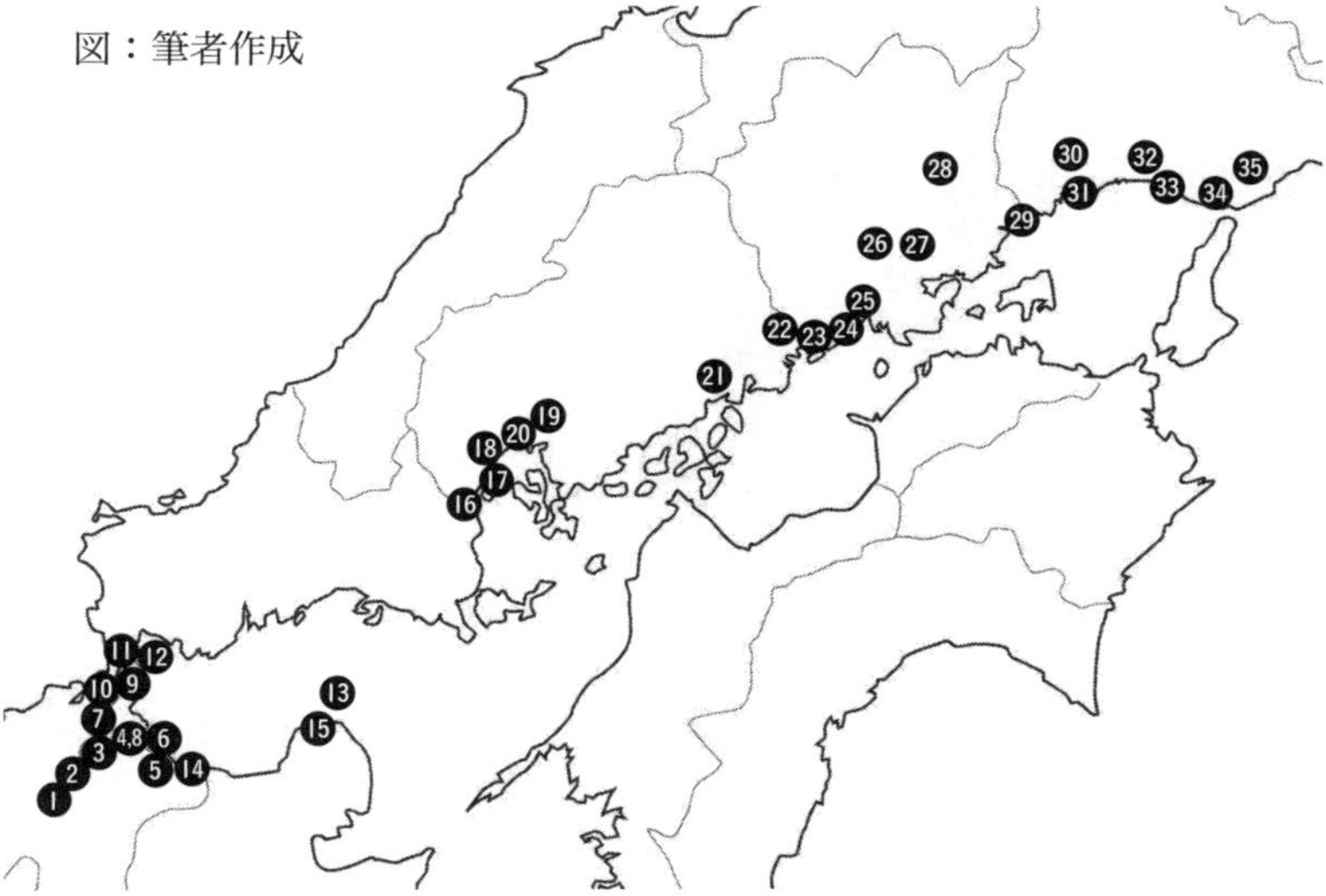

訪問先	訪問した人物
①秋月	
②猪膳	
③香春	平森宅
④稗田	村上彦甫
⑤弓の師	医師宇野玄珉
⑥築城	
⑦岩熊	藤本寛蔵
⑧稗田	村上彦甫
⑨門司	旅館
⑩小倉	
⑪下関	西細江の広江大聲
⑫田の浦	
⑬姫島	
⑭宇島	
⑮伊美	
⑯玖波港	
⑰宮島	故人伊藤氏
⑱廿日市	櫻井四郎
⑲府中	原田十兵衛
⑳広島	中西蘭陵・堀田梅太郎・山田庫介・広瀬旭荘・頼杏坪・頼采眞・大塚昌伯

訪問先	訪問した人物
㉑尾道	
㉒神辺	
㉓笠岡	小野李山
㉔鴨方	西山復軒
㉕長尾	小野泉蔵・松下清斎・丸河松陰
㉖備中宮内	真野竹堂
㉗岡山	
㉘和気	赤石希範・長谷川文右衛門・北方宅・赤石退蔵宅
㉙赤穂	小田謙蔵
㉚姫路	深沢主人
㉛飾磨	内山整葊
㉜加古川	高橋氏・中谷真作・中谷三助宅
㉝尾上	
㉞明石	前田氏
㉟兵庫	小田伊織・藤田萬年

……この細い指が鵬龍《ほうりゅう》の力を具《そな》えているとはだれが考えるだろうか。家庭に鐘愛せられ、また教訓がもともと備わっていたことがわかる。女児の身を慎むべきです。ましてや普通の女子ではないのだからなおさらです。願うことなら、自ら謹んで、ご自分を大切にしていただきたい。これをもって尽きない気持ちを添えるのみ。

何度か言及したように、山陽は女性の生き方に関しては基本的に保守的な考え方を持っていたようである。

次に星巌の総評を見てみよう。采蘋が梁川星巌と実際に面会したのはこのときが初めてと思われる。しかし、星巌は長崎で采蘋の詩を見て驚き、わざわざ手紙を送ってきたことから、書面でのやり取りはあったと思われる。

今の律詩を作る者は大体皆繊細で弱く、まとまりがない。女史は何をもとにこのような、力強く脈絡の通じる詩を作ることができたのか。想うにその父が教えたことか、はたまた天授のものか。ただ恨むらくはいまだ未熟であることは否めない。今後はますます読書に精を出し、かつ中国の詩集をしっかり学べば、則ち優しく物柔らかで、すばらしい味がおのずから出てくることでしょう。

星巌は、采蘋の実力はいまだ未熟であるから、読書に精を出し、かつ中国の詩集をしっかり学ぶように励ましの言葉をかけている。星巌は後に江戸に移ったときにも、采蘋にとってはよき師であったようだ。

星巌は、江戸に向けて旅立つ采蘋に東海道各地の友人知人に次のような紹介状を書いてくれた。紹介状には遠州掛川、勢州四日市、島田、藤枝、岩淵、原、沼津、三島などの地名が見え、それぞれの地で知人を紹介している。采蘋は東海路をこれらの人々を訪ねながら江戸までたどり着いたと思われる。

長兄各位、益ますの御多福のご様子、様々文人来往の節に伝え聞いております。何よりも喜ばしいことです。私は、何かと忙しくしておりますが、無事にて京都に住んでおります、恐れ多くも御安心下さい。さて、筑前秋月原君震平の令愛采蘋女史がこのほど江戸に向かっております。必ずあなた様の近くを遍歴するものと思います。なにとぞよろしく御歓待くださるようお願い申し上げます。小生の近況は女史よりお聞き下されますように。草々頓首。

京都では中島棕隠にも面会したことが、次の詩によって知られる。棕隠は京都出身の儒者で、頼山陽や梁川星巌とも交流があったことから、どこかの送別会の席上で会う機会があったと思われる。

送采蘋女史赴江戸二首　送采蘋女史の江戸に赴くを送る二首（そのうちの一首）

爲弘家學越疆行　家学《かがく》を弘《ひろ》めんが為に疆《さかい》を越えて行く
粉氣脂香帶字清　粉気《ふんき》脂香《しこう》　字を帯びて清し
一劒霜寒當大嶽　一剣《いっけん》霜寒《そうかん》にして大獄《たいごく》に当る（采蘋常に一口太刀を佩ぶ）
雙肩緑秀照滄瀛　双肩《そうけん》の緑　秀でて滄瀛《そうえい》を照《てら》す
聞鴻互訴離群恨　鴻《こう》を聞きて互に訴う離群《りぐん》の恨《こん》
仰月高抒攀桂情　月を仰ぎて高く抒《の》ぶ攀桂《はんけい》の情
關吏他年能認否　関吏《かんり》他年能《よ》く認むや否や
女中又有棄繻生　女中にも又棄繻《きじゅ》の生有るを

家学を広めようと境界を越えて行く。化粧のかわりに文字を身に着けて清らかである。白く冷たい一本の剣を大きな山に当て（采蘋は常に一口の太刀を佩びた）、左右の肩は黒く目立って大海原を照らしている。鴻のなく声を聞いて、群れを離れる恨みをお互いに訴える。月を仰いで、立身出世の気持ちを大きな声で述べる。女性でも志を立てて、繻を棄てて関所を渡る、終軍のような人がいるのを、関所の役人は後の日にも見かけることができるだろうか。

中島棕隠は、采蘋の悲壮な決心を抱いて旅を続ける姿を見て、同情とともにやはり戸惑いを隠せない様子を述べている。おそらく采蘋のような女性には初めて会ったことであろう。中島棕隠の女性観はわからないが、今までの古処の友人たちの同情とは違って、采蘋の旅の目的を客観的に見て、応援している。

また采蘋は後に江戸に住んでいたときに、この東遊の旅路を振り返って次のように記している。

……悲しいかな。世に生れて女と為る。千里独行、豈に容易ならんや。始めて蘋東遊するや、聞く者皆令笑す。女侠の流を学ぶを以て為すと。蘋独り断然として顧みず。単身疆《さかい》を越ゆる、恃《たの》む所有るを以てなり。防長の間、嘗て先人に従いて遊歴す。素より相識多し。芸備に出でて、頼杏坪、菅茶山の二老有り。京に入れば則ち頼山陽あり。皆一代の碩儒にして執友なり。故に其の先容を得て、路次送迎絶えず。到る処帰るが如し。東海道に豪潮《ごうちょう》律師を叩き、羽倉《はぐら》君に謁す。是れを以て関吏誰何《すいか》せず。千里咫尺《しせき》の如し。実に先人の余慶に頼るなり。

このなかで、采蘋にとって初めての女性の一人旅がいかに大変であったかを訴えている。亀井昭陽の送別の辞にも「古くから賢者の詩文集には女性の遠遊を送る言葉はない」とあるように、女性には女性の規範があり、その規範から離れて生きることを非難する男性は多かった。旅の途中で巡り合った年上の儒者たちも多く同じ考えであったことが、采蘋の詩には述べられている。

その一方で、行く先々で父の友人である碩儒たちの歓迎を受け、その才能を中国の才媛と比較された。そのなかには、菅茶山のようにこれまで見たこともない女性漢詩人の出現に期待を寄せる人たちもいた。これらの人々は、紹介状を書き、采蘋の道中の便宜を図ってくれた。采蘋本人は、これらすべては父の余慶によるものであると父に感謝している。

ところで采蘋が京都を後にしたのは、いつのことだろうか。梁川星巌の紹介状には八月四日の日付があるが、徳田氏の指摘によれば、『頼山陽全伝』の文政十一年八月十二日の条に、在京中の采蘋から広島の頼采真（頼杏坪の長男）に宛てた手紙に「……五月晦入京、六月初旬より梁川君の僑居え寄宿仕り候」とあることから、五月三十日に京都に入り、六月初めから梁川星巌の家に寄宿していたこと、さらに八月十二日にはまだ京都に滞在していたことが判明する。次章でみるように十月九日には江戸に既に到着していることから、江戸に向けて京都を立ったのはそれから間もなくのことと思われる。

第五章　江戸での二十年間

江戸在住時のこと

采蘋が最初に江戸を目指したのは二十八歳のときであったが、この旅では父の病気のために京都からの帰郷を余儀なくされた。そして父の死後三十歳の二回目の出郷で、ようやく江戸にたどり着いた。

文政十一年八月十二日以降に京都を後にしたと思われる采蘋の足取りははっきりしないが、梁川星巌の紹介状を頼りに歩を進めたものと思われる。また『金蘭簿』に見られる場所・人名からも、訪ねた場所や人物が推測できる。ただ、兵庫県明石を最後に日記のほうが途絶えてしまったことから、正確な江戸到着の時期は不明である。

采蘋はこの後江戸に二十年間住むことになるのだが、その間の消息を知る手がかりは非常に少ない。その理由は、采蘋がたびたび生活費を得るために近郊に出かけ、遊歴を繰り返していたこと、また拠点としていた浅草の称念寺が火災にあっていること、あるいは生活のために忙しく日記を書く時間がなかったなど、さまざまな理由が考えられるが、漢詩人として成功を収め、江戸詩壇でも名声を獲得していた重要な時期の詩が残らないのは非常に残念である。

江戸在住時に房総遊歴に二度ほど出たことについては記録が残っているが（次章参照）、他にも東北などに旅へ出ていた可能性も言及されている。

春山育次郎氏によれば、久留米藩士の本荘星川《ほんじょうせいせん》の『備忘雑録』に、「子逸・采蘋、共に将に東奥に遊ばんとす。留別を兼ね、韻を分かちて島字を得たり」とあり、奥州松島に出かけたことがわかる。

また天保の末ごろには埼玉・両毛地方に旅をしたことも確認されている。この旅は熊谷あたりから北上し、桐生では絹織物の豪商佐羽淡斎《さばたんさい》（吉左衛門）を訪ね、足利、宇都宮、鹿沼などを遊歴したようである。佐羽家には采蘋筆の扇があるのを見たと西川玉壺《にしかわぎょくこ》が春山氏に語ったということから、確かに実行したことがわかる。

また采蘋の遺稿中に「日光山　二首」とあり、日光について二首の詩が詠まれている。ただし、詩には「華厳の滝をまだ見ていないのが残念である」とあることから、旅行に出る前に詠まれた詩の可能性もある。

ともあれ、江戸在住時の史料として朝倉市秋月博物館には采蘋自筆の二十八首の詩と、五か月間の日記が残っている。これらの史料をもとに、采蘋が江戸で交際した人々の日記と照らし合わせて、江戸での暮らしぶりを探っていきたい。

「原采蘋女子秘柬」にみる江戸到着時の状況

采蘋の江戸到着はいつごろであったのか。朝倉市秋月博物館には「原采蘋女子秘柬」という書柬《かん》が所蔵されており、この書柬の日付によれば、文政十一年十月九日にはすでに江戸にいたことがわかる。

この書柬は、昭和の初めに『本道樂』第十三巻第一号に掲載された石上東藁《いしがみとうこう》の「原采蘋の書柬と詩草」の写しである。石上東藁（貫之）は、采蘋の『金蘭簿』にみえる駿府の石上玖左衛門《きゅうざえもん》（名は玖、字は君輝、号竹隠）の子か孫ではないかと推測されている人物であり、「原采蘋の書束と詩草」は石上家に所蔵されていたものである。

この記事の「附記」には、「以上の断簡零墨《れいぼく》は、女史がその当時江戸に往復したる嶽南の某先生に寄せしものたり」とあることから、采蘋と嶽南の某先生との間で交わされた書束であることがわかる。「嶽南の某先生」とは一体誰なのか。山田新一郎氏は文通の相手は石上玖左衛門かあるいはその子息ではないかと推測されている。石上玖左衛門は田中藩士で、氷川台にある田中藩中屋敷に勤務していた。これは采蘋の手紙の内容と一致する。

采蘋の書束は三通あり、詩も多く挿入されている。これらの史料から江戸到着時の状況と、広島以来二度目の恋愛を経験した事実が判明する。

江戸での恋愛

采蘋が広島で最も真剣な恋を経験したことは第四章で見てきたが、江戸でも嶽南の某藩士に恋心を抱いていたことが、これらの秘蔵の手紙によって明らかになった。この恋愛に関しても「秘束」とあるように、秘密にされてきたことがわかる。その理由は恋愛の対象が既婚者であること、またこの記事が発表された昭和初期にはまだそのご子孫が存命であることに対する配慮からとも考えられる。しかし実際には広島での恋愛も、また江戸の嶽南の田中藩士との恋愛にしても、采蘋の恋愛は当時市中に広まっていた。これらの醜聞は采蘋の友人・知人の耳にも入っており、行く先々で将来を心配する先輩から行動を慎むよう勧告を受けている。

石上氏と思われる人物との手紙のやり取りからは、広島での初々しい恋心とは違った、相手に対する恨みの情が多く見られる。この恋愛も相手が妻帯者であったため、失恋に終わったからであろう。書束一には次のようにある。

○書束一

寒暖のことは言うこともありません。お約束の『荘子』感謝いたします。篠田楼にて別後文通をお断り申し上げたときの一言、もはやお忘れ遊ばされたのでしょうか。どうしてこの節は一字の手紙もないのでしょうか。遠人に伝言して恨むべし。西国の田舎人の情義は山のようです。この思い慕う気持ちは変わることはありません。彼の薄情は測り難く思います。

謝化蝶道人

脚底無縄安有家
思人須讀是南華
他生願作双飛蝶
遊戯荘周園裏花

化蝶道人《かちょうどうじん》に謝す

脚底《きゃくてい》に縄なく　安《いず》くにか家は有らん
人を思い　須《すべか》く読むべきは　是れ南華《なんか》
他生《たしょう》願うは　双飛《そうひ》の蝶と作《な》らんことを
遊戯《ゆうぎ》の荘周《そうしゅう》　園裏《えんり》の花

足元には縄がなく、どこに帰る家があるのでしょう。人を思い、当然読むべきは『荘子』です。生まれ変わったなら双飛の蝶となりたいものです。花園の花に遊び戯れる荘周（荘子）とともに。

先月季旬より風邪、漸《ようや》く二三日前全快仕り候ふ。

落葉紛々聚復飛　落葉紛々《らくようふんぷん》として　聚《あつ》めて復《ま》た飛ぶ
誰歟棄我故郷帰　誰か我を棄てて　故郷に帰らんや
別時好語今何在　別時《べつじ》の好語《こうご》　今何《いず》くにか在らん
軽薄人間飜手非　軽薄《けいはく》の人間《じんかん》　手を飜《ひるがえ》すは非なり

落ち葉がはらはらと散って一か所に集まり、また飛び散っていく。誰が私をすてて故郷に帰ることがありましょう。別れるときのやさしい言葉はいまどこに消えてしまったのでしょう。軽薄な世間にあって、人情の変わりやすいのは正しいことはありません。

十月九日付の書束一の内容からはすでに、思いを寄せている人との関係が順調に進んでいる様子は見られない。それに加えて、風邪で寝込んだりしている様子など、必ずしも幸せな恋愛を経験していない状況が伝わってくる。

○書束二

厳しい寒さはしのぎ難く、どのようにして憂いを消していらっしゃることでしょうか。朝夕遠くから思いを寄せております。さて、先ごろ馬淵君が帰り、包みばかりでお手紙はありませんでしたと申されたので、深く恨み申し上げ、三田に参り、『荘子』を開いて訓読を始めたところ、本の間からお手書きの手紙が出てきて、初めて心は明らかとなり、恨み申し上げたことを後悔いたしました。昨日の夕方、三田へ出かけて、馬淵君の処に投宿しましたところ、先日はお預けになられたお手紙をお忘れになられたということで、今日受け取りました。数回読み、細かく綴られたお心情に感激いたしました。……其後一言も無く御近況はいかがでしょうか。杳《はる》かに想いに堪えません。すでに奥様もお帰りになり、さぞかし御楽しみのことと、妬《ねた》んだり、恨んだりしたくなります。……近日下総あたりに遊歴の心積もりがあります。ある人に留別の句に、「今年客となり、都下で詩人として活躍しようと思いますが、貧乏神に駆りたてられて総南に向うのを、自ら笑い自ら憐んでいる」と書きました。……いずれ帰りは十二月二十日過ぎ、都合によっては早春になるかと思います。順に房州辺へも行く予定でおります。食料を運ぶ道が絶えては、孤城は守り難きと御憐み察し下さるようお願いいたします。草々不一。

書東二からは、馬淵君という人物を介して文通がなされていたことが判明する。馬淵君が手紙を預かってこなかったことを知って深く恨んだが、家に帰ってから借りた『荘子』を読み始めたところ、間から手紙が出てきて、相手を恨んだことを後悔している様子や、相手との交際が思うように進展していないことを恨めしく思っている様子が書かれている。さらに「も早《はや》細君も御帰り（すでに奥様もお帰りになり）……」という節からは、相手が妻帯者であることがわかる。また省略した部分には、野本大次郎《のもとだいじろう》と北條道之進《ほうじようみちのしん》（菅茶山の孫）が訪ねてきたので一緒に篠田楼にて酒を飲んだところ、師である鐵扉《てつぴ》道人から注意され、以後篠田楼にては禁杯であったことなども書かれている。

後半には、近々下総に遊歴する予定であること、その理由として知人に「貧乏神に駆りたてられて総南に向うのを、自ら笑い自ら憐んでいる」と詩に書いたとある。また、帰りは十二月二十日過ぎ、あるいは早春を予定していること、順繰りに房州にも行く予定であることなどが記されている。文政十一年十月に江戸に到着してからまだ仕事も十分になかったと見え、生活費を稼ぐための遊歴の計画であったことがわかる。この手紙によって、記録が残っていない采蘋の第一回目の房総遊歴の計画が明らかになった。

贈野本北條二子　　野本、北條二子に贈る

襟懐久森寂　　襟懐《きんかい》　久しく森寂《しんじゃく》として

半日對君披
客舎情難盡
王孫去後思
琴書負期約
瓜李恐嫌疑
回首人間世
風波到處隨

半日《はんじつ》君に対して披《ひら》く
客舎《かくしゃ》情尽《つ》し難く
王孫《おうそん》去りて後思う
琴書《きんしょ》の期約《きやく》に負《そむ》いて
瓜李《かり》の嫌疑《けんぎ》を恐る
首を回《めぐら》せば人間《じんかん》の世
風波《ふうは》到る処に随う

久しく思いを内に秘めて、半日君に対して心を開く。旅先の宿では思いを伝えることは難しいと、旅をする若者たちが去ってから思う。琴書の約束に背いて、人々から嫌疑をかけられることを恐れています。しかし、首を回してみると世間には、到るところ争い事やもめごとはあるものです。

采蘋を訪問していた野本大次郎、北條道之進に贈った詩である。二人に恋の悩みを打ち明けようと思ったがそれもできなかったようだ。「人々から嫌疑をかけられることを恐れています」という句からは妻帯者との恋愛を世間に知られることを心配している様子が窺われる。

十一月十日の手紙には「氷川えは月に一度は是非参り申し候。過《よぎ》る毎に訪ね、必ず一宿す」とあり、恋愛相手と思われる石上氏は氷川台にある田中藩中屋敷に勤務していたが、采蘋は月に一度は氷川に通ったとある。田中藩中屋敷近くまで行き、必ず一宿したとあり、そこで相手を思い続けた様子が書かれているが、その後の文面からは相手に対しての不信感が窺われる。

この前後に別れ話があったのだろう。書束三には、別れた後の詩が三首載せられている。そのうちの二首を挙げる。

○書束三

別思

臺上愁雲欝不晴　台上《だいじょう》の愁雲《しゅううん》　欝《うつ》として晴れず
強將滿酌忍離情　強いて将《まさ》に満酌《まんしゃく》して　離情《りじょう》を忍ばんとす
依々耿々無聊賴　依々《いい》耿々《こうこう》として　聊《いささ》かも頼むこと無し
一片心魂與雨行　一片の心魂《しんこん》　雨とともに行く
想君亦足住神駐（君を想い　亦た神を駐めに往《ゆ》くに足らん）

高殿の上の愁いを含んだ雲は欝然として晴れないでいる。無理やり杯に酒を満たして、別れのさみしさを耐え忍ぼうとしています。名残惜しさに悶々として、頼るものもなく、一ひらの魂は雨とともに

行ってしまいました。（あなたを思い、また神をひきとめに行くには間に合うでしょう）

別後聴雨　別後雨を聴く

雨蕭々兮四簷鳴　雨は蕭々《しょうしょう》として　四簷《しえん》鳴る
燈耿々兮夢不成　灯は耿々《こうこう》として　夢成らず
身在天涯別知己　身は天涯に在りて　知己と別る
千廻百轉難爲情　千廻百転《せんかいひゃくてん》　情　為し難し
袖邊香残人更遠　袖辺《しゅうへん》の香残り　人は更に遠く
不知何處聴斯聲　知らず何処《いずこ》にか斯の声を聴かん
君能眠恐不聞斯聲（君能く眠る斯の声を聞かざるを恐る）

雨が静かに降り続き、四方のひさしを叩く音が聞こえています。明かりが煌々として夢をみることもできません。親しい人たちと別れて身は異郷にあります。転々と旅を続ける身には、なかなか恋愛は成就しません。恋しい人は遠くに去ってしまいましたが、袖には香りが残っています。再び何処でその人の声を聞くことができるのかわかりません。（あなたはよく眠っていて斯の声を聞かないことを

恐れています）

次の長い手紙は、別れた後の心情を綿々と綴ったものである。この恋が初めからどうすることもできない恋だったことはわかっていながら始まったものであること、しかし別れは辛く眠れないので、この手紙を書いたという。手紙の後半は冷静になり、前向きに今後の身の振り方を考えている。

お互いに会っても心のうちを話さず、別れるときにも引き留めることもできません。心はこのために粉々に打ち砕かれてしまいました。涙は睫に承けて落ち、かえって走り入るのを観られることを恐れています。枕に就いて一睡したいと思いますが、二人の男が妨げとなって眠れないので、起きて座し、茫然として□□があるようです、……、時を移して、ようやく眠りに入り、熟睡して目覚めたときは、昏黄で話も少なく、それぞれが眠りについたが、独り眠ることもできず、頭をひねり、これを寄せ奉るも、……どうして集まって情を話すことなどできましょう。私の仕事は幸い、文章書籍に関することですから、脚があってもどうして詩に翼などありましょうか。今後は私が提出したものに対してご意見を頂くことを願い、代わるがわる話し、互いに共鳴すれば、まさに巻物になるでしょう。あるいは静かな夜に一人で、巻を開いて低い声でこれを吟じて、寂しさを慰むことができます。それにしても、お会いしたときのようにあなたとはどうすることもできません。□□命は実に天地の間の一棄物、いまだ生を知らずにどうして死悲を知ることができきましょう。そうはいっても老親がおります。子はあえて何ができましょう。死には、今から服従して憐を乞うことにします。求められることに務め、世に容れられるのが一番です。幸にも深く考えるように、ただ花に臥して柳に眠る人のようになりたいものです。くれぐれもお体を大切に。書いても言葉は尽きませんが、謹んで明年の祇役（君主に仕える）をお待ちしております。頓首。

次の手紙は、前の手紙にあるように、詠んだ詩を巻物にすることを提案し、そのために詩を添削してもらおうと、石上氏に贈ったもののようである。巻の題を「銷魂集」とするのはいかがでしょうかと聞いている。その後に五首の詩を付けて添削を依頼しているが、そのうちの二首を挙げる。

季秋初七夕
心中は憂鬱で悶々としているので、改めて書き写すことを怠りました。失礼しました。ご寛容下さるようお願いいたします。……巻の題は銷魂集とするのはいかがでしょうか。外国人の恋人のことを銷魂種と呼びますが、すべてはあなた様の思し召し次第でございます。（後略）

十三夜望月有感　　十三夜月を望みて感有り

自辭秋月府　　自ら秋月府《あきづきふ》を辞す

月色四回秋
良夜無人間
孤樽對影酬
當此清賞地
増我寂寥愁
心中多少事
併來附筆頭

月色《げつしょく》　四回の秋
良夜《りょうや》　人間無く
孤樽《こそん》　影に対して酬《むく》ゆ
此に当る　清賞《せいしょう》の地
我に増す　寂寥《せきりょう》の愁
心中　多少の事は
併せ来って　筆頭《ひっとう》に附せん

自分から秋月府を去ってから、既に四度目の秋を迎えました。月の明らかな夜は、人がいないので、一人酒樽をもって月の光に酬いるとしましょう。この清らかな美しい場所に来て、私の物淋しい気持ちは募るばかりです。心の中のことは多かれ少なかれ、文章に書きとめることにしましょう。

到氷川臺幽賞不可言詩以記之　氷川台に到り幽賞言うべからず、詩を以って之を記す

幾日相思相見難
低頭暗涙灑輕紈

幾日か相思い　相見難《あいみがた》し
低頭暗涙《ていとうあんるい》　軽紈《けいがん》を灑《あら》う

不知今夕眞何夕　　知らず　今夕は真に何れの夕か
月色満樓聯榻看　　月色《げっしょく》楼に満ち　聯榻《れんとう》に看る

幾日かあなたを思い続けて、なかなか会うことができないでいます。頭を垂れると涙が落ちて、白衣を洗うほどです。今夕は一体いつの夕べなのでしょう。高楼の上空にある満月を、並べられた腰掛に座って眺めています。

書束三の内容は「別思」とタイトルにもあるように、失恋にまつわる手紙や詩が並んでいる。このときの恋愛も相手が既婚者であり、はじめから叶わぬ恋とわかってのことであった。

広島での恋愛と江戸の恋愛は、どちらも既婚者を愛したと思われる点で状況は同じである。采蘋は無意識に相手を選んだとは考えにくい。父の遺命があるかぎり、結婚することは自分自身に禁じていたはずであるから、意識的に既婚者を選んだのではないかとも思われる。

渡邊東里との再会

渡邊東里《とおり》（詩盟）は清末《きよすえ》藩（下関市）の儒者で、このときは江戸藩邸に勤務していた。東里とは、かつて父古処と遊歴したときに下関で知り合っている。次の詩は江戸で再会した喜びを詠ったものである。

次□詩盟韻　（渡邊）詩盟の韻に次す

相遇何能不嘆嗟
浪遊過了半生涯
三年苴杖三千路
兩度愁吟兩處花
露冷鶺鴒原上草
魂飛桑梓夢中家
誰知天末同爲客
重把盃觴坐落霞

相遇う　何んぞ能く嘆嗟《たんさ》せざらん
浪遊《ろうゆう》して　過ぎ了《お》わる　半生涯《はんしょうがい》
三年苴杖《しょじょう》　三千路《さんぜんろ》
両度の愁吟《しゅうぎん》　両処の花
露は冷し　鶺鴒《せきれい》　原上《げんじょう》の草
魂は飛ぶ　桑梓《そうし》　夢中の家
誰か知らん　天末《てんまつ》　同《とも》に客と為《な》るを
重ねて盃觴《はいしょう》を把《と》り　落霞《らっか》に坐す

お互いに再会してどうして嘆息をつかずにいられるものでしょうか。さすらいの旅を続けてすでに生涯の半分が過ぎました。父の喪に服しながら、遠い道のりを旅しています。二度の悲歌と二か所の花。冷たい露の降りた草原に鶺鴒《せきれい》が遊んでいます。私の魂は、故郷の夢に見た家に飛んでいきます。遠く離れた地で、お互いに旅人となろうとは誰が知りましょう。再び杯を掴んで夕焼けに向かって座っています。

采蘋はこのあと東里と頻繁に交際していたことが、采蘋の日記『有《ゆう》煒《い》楼《ろう》日記』に見える。東里と再会したのは「二度の悲歌と二か所の花」という言葉からもわかるように、石上氏と別れてからのことであったようだ。

東遊小稿　百首之三（そのうちの一首）

載筆十年未博官
芒鞋遊遍幾山川
清時有舌終何兼
枉棄家郷二頃田

載筆《さいひつ》　十年　未だ官に博《はく》さず
芒鞋《ぼうあい》　遊ぶこと遍《あまね》し　幾山川《いくさんせん》
清時《せいじ》　舌有り　終《つい》に何をか兼ねん
枉《いたず》らに家郷《かきょう》を棄てる　二頃《にけい》の田

文章を書いて十年が過ぎたが、いまだに官吏の職につかず、草鞋をはいて広く各地を旅しています。気分の良いときには言葉が自然に出てきますから、結局、何を兼任することがありましょうか、詩文以外ありません。むなしく二百畝の田畑のある故郷をすてたのですから。

右の詩は「東遊小稿」と称する百首の詩稿中の三首のうちの一首であるという。江戸に来て間もないころに詠まれた詩と思われるが、故郷の田畑を棄てて、いまだ定職にもつかず、詩人として旅を続ける決心のようなものが綴られている。

この詩のタイトルにある「東遊小稿」百首は調べてみたが、采蘋遺稿の中にも見つからない。朝倉市秋月博物館にある資料の中に『東行詩集』(新写、東遊日記中の詩)なるものが秋月に存在したとあるが、もしかしたらこれが「東遊小稿」と同じものであった可能性がある。采蘋が江戸に滞在していたときには持参していたはずであるが、現在ではその所在がつかめない。

『金蘭簿』にみる交友関係

次ページの表は、采蘋が東遊中に記録した交友録『金襴簿』のなかから江戸で交流したと思われる人物を抜き書きしたものである。多くの藩士たちと交流していたことがこの表からわかる。

朝川善庵《あさかわぜんあん》は江戸に生まれ、折衷派の山本北山《やまもとほくざん》の門人で、安房の君津でも教授していた。

佐藤一斎は美濃国岩村藩の人で、昌平坂学問所(昌平黌)で教えており、秋月藩士の門人も何人かいたようである。一斎の著書『言志四録』は西郷隆盛が愛読したことでも知られており、現在も広く読まれている。

また山縣半七《やまがたはんしち》(大華《たいか》)は、はじめは徂徠学を亀井南冥に学んだが、江戸で朱子学に転向した。後に長州藩校明倫館の学頭をつとめた人物である。

松崎慊堂は熊本県の農家に生まれ、十五歳で江戸に出奔し、称念寺の和尚に助けられて江戸で成功した人である。采蘋が称念寺に住んだのも松崎慊堂の世話によるものかもしれない。

美濃各務郡		
	朝川鼎	名鼎、字五鼎、号善庵
	佐藤捨蔵	名坦、字大道、号一斎
	松崎退蔵	名復、号慊堂
肥前鍋島藩	古賀脩里	号穀堂
	同　小太郎	号侗庵
阿波藩	柴野平次郎	号碧悔
神田橋前、本多伊豫侯藩	澤　三郎	
数寄屋橋、松平主殿侯藩	川北喜右エ門	
龍之口上邸、細川侯藩	野坂源助	
池之端、柳原式部大夫	大久保長之進	
松平紀伊侯藩	西脇物右エ門	号索陰
伊達遠江侯藩	安藤新助	号観生
同藩	金子春太郎	字士絃、号篁里
茅場丁	古畑文左エ門	号玉丞
同	中嶌嘉右エ門	号雲庄
神田明神下	八□太郎	号臨池
田町三丁目	香山元三郎	
赤羽根松本町	本田昌元	号秀雪
ひの木屋しき	壺内茂次郎	
霊坂	海津傳左エ門	字子逸、号武野
久留米藩	本□□□	号忘筌
同藩	今井七郎	
同藩	吉見喜郎	
□□藩	與田伊三郎内	益田三□太郎
駿田中、本田豊前侯藩	石井□吉	名耕、字子耕
麻布氷川□中邸、同藩	遠藤十郎左エ門	
久留米藩	高田久太郎	名通
同藩	若林槌三郎	名氏照、字子憲
龍之口、大久保加賀侯藩	岡田左太夫	名雄、号龍渡
中邸、同藩	日治大治郎	名球
安部川丁	稱念寺	
	唯念寺	
伊豆下田	泰平寺	号壺龍
	熊澤静	
	荻生惣エ門	
長州侯藩	山縣半七	号大華
伊豆三島驛	福井東飛	
米沢藩	木村一	
同	戸川太郎	
出石藩	高橋多蔵	
同	木下三平	

古賀穀堂は古処の友人古賀精里の子で、采蘋は穀堂とその子の侗庵と交流があった。古賀精里は「寛政の三博士」の一人で朱子学者であったし、佐藤一斎も同様に朱子学者であった。これらの人々との交流を見ると、采蘋は学派にこだわらず、多くの人々との交流を楽しんでいたようだ。おそらくこれがその当時の江戸の文壇の状況であったと思われる。

このほかにも『金蘭簿』には書かれていないが、羽倉簡堂、松本寒緑、広瀬旭荘、渡邉東里、本荘星川《せいせん》、大沼枕山、大槻磐渓《おおつきばんけい》、細川林谷《りんこく》などとの交流が『有煒楼日記』によって知られる。

『有煒楼《ゆういろう》日記』にみる交友関係

『有煒楼日記』は、采蘋の自筆詩稿が残る『有煒楼詩稿』の後半部に付記された日記で、江戸の二十年間を知るうえで貴重な記録である。しかし、日記がつけられた期間は天保二年（一八三一）正月～四月までと、天保十三年正月のみの、わずかな期間に限られている。それでも、資料不足のため江戸滞在期の研究が進んでいなかったが、この日記によって数か月間ではあるが采蘋の日常生活が垣間見られるのは幸いである。

ここでは日記のすべてを載せることはしないが、天保期の采蘋の江戸での生活ぶりを、日記に沿って少し詳しく見てみよう。

天保二年の日記は正月の元日から始まり、ほぼ毎日のようにつけている。

元旦　孝経一巻を読み、一章を写す。七律一首を賦し、亭午小酌す。夫人病辱の床に在りて、傍に酔臥す。起る時已に黄昏なり。又晁水尊者（称念寺の住職。浅草阿部川町にある寺で采蘋の寄寓先）と酌す。
二日　晴　詩（『詩経』のこと）を読みて関睢から麟之趾に至る。
三日　雨雪　同じく鵲巣から江有汜に至る。
四日　晴　節分　七律一首を賦す。
五日　挙晴　立春　漸く七律一首を賦す。

元日の日記にあるように、このころは浅草の称念寺に住んでいたことがわかる。また『孝経』や『詩経』を読んだり、詩を賦したりと、学者としてまじめに勉学に励んでいた様子が窺える。この後七日には海子逸《かいしいつ》（海津伝左エ門《かいづでんざえもん》）に会って墨田川に船を浮かべて遊んだとある。八日と十一日には辺詩盟（渡邉東里）を訪ね、夜には海津伝左エ門の家に泊まっている。九日には「講釈」とあることから、どこかの藩邸で講義の仕事があったようである。

十二日には書を数枚書き、会津藩渋谷国手《しぶやこくしゅ》を訪ねてそこで飲み、その後春光《しゅんこう》女史を訪ねて一緒に飲み、ついにそこに泊まる。その晩は長崎の話、兵庫の話、夫の吉尾氏の話など、夜中まで話し込んだとある。十三日には称念寺に戻り、詩を書写したり、紡績の仕事をしたり、また『詩経』・『鎌倉志』を読んだりと毎日勤勉に過ごしている様子が書かれている。

二月になっても一日は詩を賦し、二日・三日と文章を書いている。六日も一日中勉学に励んでいる様子が見える。八日には三田に行き、久留米藩邸や番町に泊まり、また三田に帰るという生活のなかで、「授読」という記述が見える。十六日にも「終日授読」とある。どこかの藩邸で教授していたようである。

二月も渡邊東里とは頻繁に会って、詩を賦し、また船で隅田川に遊んでいる。二十一日には書を書いて古賀穀堂に贈り、浅草に帰ろうとするが、途中春光女史に出会ったので、また彼女の家に泊まった。

廿三日　夫人と同《とも》に入谷にて梅を観る。津藩諸彦及び肥後藩人と邂逅す。酒楼に上り、藤堂侯中邸に投ず。寺田清三郎宅に宿る。

とあるように、浅草を拠点にしてあちこちの藩士と邂逅し、酒を飲み、その晩は投宿するケースが多かった。二十七日には女儒の篠田雲鳳《しのだうんぽう》（名は儀、浅草平右衛門町住）に会い、晩には帰っている。

三月に入っては一日から「宿酔」とあり、四日も同様の記述がある。

朔　宿酔

二日　帰路、雲鳳に投ず。
三日　浅草に帰る
四日　宿酔　向島小梅別荘に遊びて飲む。

このころ既に花見の時期であったようで、「将に上野に遊ばんとするに雨止むに至る」「東山桜花満開に遊ぶ、雨至る」などの記事が見えることから、酒を飲む機会も多かったと思われる。
十四日の記述には、「殿山秀花と遊ぶ、同に米藩諸彦及び米澤藩人□□□邊詩盟と遊ぶ。大いに酔いて抱倒て帰る」と大分飲みすぎた様子が書かれている。その結果、十五日から十八日の日記には「足痛」「痛甚」「終日悶甚《もんじん》」という言葉が見え、持病の脚気が悪化したらしい。二十一日と二十二日の日記には次のようにあり、

廿一日　晴　文を読む。無事。
廿二日　風　文章を暗紀す。消遣《しょうけん》（のんびり気晴らし）す。

まじめに読書をしたり文章を暗記して、儒者として精進している。二十三日は海津伝左ェ門と遊び春を惜しむ。その後、上田、渡邊東里、安本八郎《やすもとはちろう》らと合流して詩を賦して贈っている。
四月に入り、海津伝左ェ門のところを出て、久留米藩の吉見喜郎《よしみよしろう》氏に宿り、翌日には会津藩邸の

渋谷氏に宿っている。当然それぞれの場所では酒を飲んだと見え、三日には「足痛又発す」と書いている。天保二年の日記はここで終わっている。

天保十三年の日記

天保十三年の日記もやはり正月元日からつけている。

元日　晴　孝経を読み、詩を裁す。寓居に竹夫人を迎えて、同《とも》に斟む。午後山内来りて□賀新年を奉る。予亦飲みに往く、夜に入りて、又晁公と遊び同に斟む。

とあるように、元日に『孝経』を読み、詩を賦すことが習わしであったと見える。この日は称念寺に竹夫人を迎えて新年を祝い、午後には友人が来てまた祝杯を挙げ、夜には観名寺の晁公と飲んだとあるように、一日中飲んだ様子である。二日も同様に竹夫人一行と晁公および夫人を迎えて飲んだとある。三日、四日、六日は急ぎの仕事があったらしく、紡績・女工の文字が見える。七日も観名寺の晁公および夫人が来て一緒に飲んだ。八日・九日は書を写すとあり、十日になって初めて外出したとある。日記はこの日が最後となっている。

日記に出てくる観名寺とは、称念寺の塔頭五ヶ寺のうちの一つである歓名寺のことであろうか。采蘋が寓居としていたのも塔頭五ヶ寺のうちの一つであったと思われ、歓名寺の晁公夫妻とは親密に交際をしていたことがわかる。晁公は松崎慊堂を世話した玄門上人の息子である。

江戸滞在二十年のうちのわずか四か月あまりの日記ではあるが、天保期の江戸での采蘋の生活ぶりを垣間見ることができる。長い平和が続いた江戸で、人々が文化・学問を享受し、女性でも学問で身を立てる時代になっていた。采蘋にとっては望んでいた環境であったから、日々学問に精を出し、一流の文人と交流して、忙しい日々を送っていた様子が伝わってくる。

日記に出てくる人物には、儒者として一定以上の成功を収めた人たちが多く含まれている。また複数の藩邸にも出入りして、諸侯に講釈していたなど、采蘋にも儒者としてそれなりの名声があったことがわかる。そのような人々と酒を酌み交わし、遅くなればそこに泊まることも度々であった。

このような交流は情報交換の場所として大切であったと思われ、お互いに刺激を与えあったことであろう。篠田雲鳳は女儒として活躍し、采蘋とは一・二を争う名声を得ていた女性である。彼女との交際は采蘋にとっても貴重であったと思われる。

文政十年（一八二七）から嘉永元年（一八四八）までの二十年間を江戸で暮らした采蘋の実績を示す遺稿はわずかであるが、この日記からは采蘋の活躍ぶりと、相当の実績を残したであろうことが容易に推測できる。それはまた、采蘋の晩年の生活や詩集からも、江戸で得た自信と名声が随所に見て取れることからも納得がいく。

『日間瑣事《さじ》備忘』にみる広瀬旭荘との交流

『日間瑣事備忘』は広瀬旭荘《ひろせきょくそう》の日記である。広瀬旭荘は日田の咸宜園の塾首広瀬淡窓の弟で、後に子供がいなかった淡窓の養子となった。先述したように、采蘋が最初に旭荘に会ったのは、二十代のころに父に同伴して日田を訪れたときのことであった。二回目は旭荘が福岡の亀井昭陽の塾で塾長を務めていたとき、三度目は江戸への旅の途中、広島で偶然再会している。

今回は旭荘が大阪から江戸にやってきて、しばらく江戸に滞在していた時期に采蘋との交流があった。旭荘の『日間瑣事備忘』から、采蘋との交流をみていきたい。

天保八年（一八三七）三月一日の日記には次のようにある。

三月朔　戊寅

阿玉池に梁川詩禅を訪う、不在にて一心寺門前を過ぎりて、龍信曰く、原氏采蘋此に在り。乃《よ》りて入りて見る。采蘋曰く大坂既に平城代兵を発し、捕うる乱者三十余人、而して其渠《かれ》の侖皆《なかま》甯《いず》くんぞ所在を知らざらんや……

これによれば旭荘は、梁川星巌を神田お玉が池に訪ねたが、不在だったので一心寺の門前を通り過ぎると、知人の龍信という僧が原采蘋はここにいると教えてくれたので、中に入って会ったとある。彼女は大阪の大塩平八郎《おおしおへいはちろう》の乱について新しい情報を話したらしい。

翌日は采蘋が渡邊東里を引き連れて旭荘を訪ね、四日もまた東里と一緒に訪ねたが、旭荘はこの日不在であった。十三日もまた二人は旭荘を訪ね、この日は隅田川に繰り出して堤の花見に興じた。見物客は数千と日記にあるように、大勢の人が集まり、「桜花は雪の如し」であったようだ。花見を楽しんだ後は酒店で飲み、證願寺門前で別れたとある。

二十三日も東里と采蘋が旭荘を訪ね、そこに黒田慎吾《くろだしんご》が加わって四人でまた隅田川に出かけた。今度は舟で隅田川をさかのぼり、堤沿いの桜を楽しんだ。その後はまた全員が旭荘の家に帰った。

二十七日は今度は旭荘が下谷の羽倉簡堂《はぐらかんどう》を訪ねた帰りに采蘋を称念寺に訪ねた。采蘋は酒を出してもてなしてくれたとある。

二十八日は采蘋が旭荘を訪ねたので、酒亭に行って一緒に飲み、午後四時ごろに帰ったという。

このように、旭荘が江戸にいる間は連日のように互いの住所を訪問し合い、旧交を温めている。また旭荘の日記には羽倉簡堂や梁川星巌との交流が書かれているが、采蘋も共通の知人であるため、互いに交流して情報を交換していたことがこの日記からもわかる。

天保二年および十三年の采蘋自身の日記と、天保八年の旭荘の日記を合わせて見てみることで、天保期の采蘋のおおよその日常生活を概観できる。天保期の江戸は、この後の稿でも述べるように人々を引き付けるさまざまな要因があったことから、采蘋は江戸で多くの友人・知人と再会することができたのである。

羽倉簡堂との交流

羽倉簡堂（一七九〇―一八六二）は名を用九《もろちか》といい、古賀精里の門に学んだ。幼いころ幕府の代官であった父に従い日田に住んだため、広瀬家や原家と親交があったと思われる。

簡堂は江戸に着いた旭荘を四月から自邸に住まわせるよう便宜を図るなど、采蘋や旭荘のために親身になって援助をしてくれたようである。箱根の関所も簡堂のおかげで難なく通過することができたと采蘋も書いている。

羽倉簡堂はこのとき下総・両野・伊豆諸島の代官であった。天保九年には幕命により伊豆諸島を巡視することになり、そのときの日記を『南汎録』として残している。采蘋はこれを借りて読み、後にその感想を「南汎録を読む」という一文と詩にしたためている。

南汎録を読む

去年（天保八年）三月五日、向島白鬚《しらひげ》祠官の家で松本實甫《まつもとさねもと》（古賀精里門人）に思いがけなく出会い、話は羽倉明府の伊豆諸島巡視のことに及んだが、自分の身は男子ではないため、同行できないことをはなはだ恨んだ。今ここに、羽倉明府は南汎録を私に見せてくれた。その記載の詳細なこと、言葉のすばらしさは人を引きつけてその場所にいるがごとく、多くの景勝を見回しているようです。（略）そこで、一首を引き出して作りました。わずかながら運命の悪さを穴埋めするために。

豆南絶島是瀛洲
巡視遥飛畫鷁舟
潮路艱難驕海若
文章波浪壓陽侯
聖明餘澤窮民休
蕃船要衝武備修
應見遐方生氣色
許多好景筆頭收

豆南の絶島　是れ瀛洲《えいしゅう》
巡視《じゅんし》遥《はるか》に飛ぶ　鷁《げき》を画く舟
潮路《ちょうろ》の艱難《かんなん》　海若《かいじゃく》に驕《おご》り
文章《ぶんしょう》の波浪《はろう》　陽侯《ようこう》を壓《おさ》う
聖明《せいめい》の余沢《よたく》　窮民《きゅうみん》休む
蕃船《ばんせん》の要衝《ようしょう》　武備《ぶび》修む
応《まさ》に　遐方《かほう》に　気色《きしょく》の生ずるを見るべし
許多《きょた》の好景《こうけい》　筆頭に収む

伊豆の南の絶海に浮かぶのは神山です。船首に水鳥を画いた巡視船は飛ぶように進む。海の神がおごって海路は困難ですが、文章の起伏が波濤の神を鎮めてくれます。天子のお恵みを受けて貧しい人たちも安らかになります。異国船を防ぐための要害には戦いの準備が整えられています。ただちに遠方には、風や雲が生じるのを見てください。たくさんの絶景が文章の始めに収められています。

これより前、采蘋は向島白鬚《しらひげ》祠官の家で松本實甫に会い、羽倉簡堂の伊豆諸島巡視に同行することを聞かされていた。

松本實甫は寒緑《かんろく》と号し、会津の人で古賀精里に学んでいる。おそらく實甫は羽倉簡堂に同行して伊豆諸島を巡視する計画を意気揚々と采蘋に語ったと思われる。この話に好奇心を刺激された采蘋は、自分も實甫と一緒に行きたいのはやまやまであるが、女性であるためにそれが叶わないと悔しがっている。

采蘋は幸い『南汎録』を借りて読む機会があり、まるで同行しているかのように生き生きと書かれていると感想を述べていることからも、この日記を読むことでせめてその悔しさを解消することができたのかもしれない。

しかし、この巡視は激しい風雨に見舞われ、實甫の乗った舟は沈没してしまった。巡視同行を熱っぽく語った松本實甫は帰らぬ人となった。采蘋は一詩を贈ってその無念の死を悼んだ。

天保期の「人名録」に見る采蘋の名声

采蘋が江戸で活躍した二十年間はちょうど文化の爛熟期に当たり、多くの文人が輩出した。そのなかで、女性の自立意識が芽生え、教育に対する意識も高まりつつあった。その需要に応じて画や寺子屋の師匠・御殿女中など、自立して職業に就く女性も出てきた。

こうした状況のなか、天保期には江戸で活躍する文芸人を紹介する人名録が盛んに出版されるようになった。文化十二年（一八一五）に『江戸当時　諸家人名録』が最初に出版され、文政元年には二編が刊行されている。天保七年（一八三六）には『江戸現在　広益諸家人名録』が、天保八年（一八三七）には『現存雷名　江戸文人寿命附』が刊行された。安政七年（一八六〇）には『安政文雅人名録』が、文久三年（一八六三）には『文久文雅人名録』が刊行されている。

『江戸現在　広益諸家人名録』はその目的を、「都下の人の為にするに非《あらず》して他国の人、江戸に遊学して諸名家へ投刺せんとし、又は書画に揮毫を請求する時に斯書一巻を懐中せば、道程の遠近に依《よ》りて東西南北を捜し尋るの労なかるべし」と書いている。つまり江戸の人のためではなく、地方から江戸に出てきて、江戸で成功したい人や、書画の揮毫を求める場合のガイドブックとして出版されたことがわかる。

このなかで采蘋の名前が見られるのはまず、『江戸現在　広益諸家人名録』である。この人名録には四十三名の女性が紹介されており、書、画、書画、和歌、詩、小説、儒、儒書、活花、歌琴等のジャンルに分けられている。

采蘋は「采蘋／儒古学／浅草阿部川町／原采蘋」と紹介されている。采蘋のほかに儒古学者として紹介されている女性は松本英外《えいがい》である（老中安部正弘《あべまさひろ》の娘に教授していた古学派の儒者）。儒者としては、篠田雲鳳、高嶋文鳳《たかしまぶんぽう》、高橋玉蕉《ぎょくしょう》、石井九皐《きゅうこう》が挙げられている。

狂歌壇の奇才と言われた畑銀鶏《はたぎんけい》が天保八年（一八三七）に編纂した人名録『現存雷名　江戸文人寿命附』にも、采蘋の名前が取り上げられている。「年々歳々たわいもなきことを作りて人の笑を求ることを好めり」とあるように、この人名録は各文芸人の評価を年齢で表し、最後には和歌一首を載せて批評を加えるなど、評価の仕方に工夫を凝らしている。
采蘋の評価は以下のようになっている。

原　采蘋　儒　浅草平右衛門町　一〇〇〇年／経学はいふこともなし詩文章、眼を驚かす筆の見ことさ。

畑銀鶏は千点（年）という最高点を采蘋に与え、「経学はいふこともなし詩文章、眼を驚かす筆の見ことさ」と褒め言葉を添えている。千点の最高点をつけられたのは男性三十四名、女性は采蘋一人であった。女性では次に高嶋文鳳が九百九十点、三番目は篠田雲鳳で九百点である。これを見る限り、江戸で活躍する女性儒者の間ではトップ評価であったことがわかる。また男性とも肩を並べる評価を得ていたようである。

菊池五山の『五山堂詩話』

菊池五山《きくちござん》は字を無絃《むげん》といい、讃岐の高松藩の儒者の家に生まれた。京都で朱子学を学び、柴野《しばの》栗山《りつざん》に招かれて昌平黌の儒官となったが、二十九歳のとき詩人杜牧《とぼく》になぞらえた放浪の旅に出た。しかし、文化二年には江戸に戻り、文化四年から毎年のように『五山堂詩話』の刊行に取り組んだ。その背景には長崎から入ってきた中国の『随園詩話』が江戸詩壇でも人気を博していたことがあり、五山はその形式をまねて、各地の詩人たちの詩に批評文を加えて掲載したのである。『五山堂詩話』に詩が掲載されることで、詩人として世に認められたと人々に思わせるほど、『五山堂詩話』の影響力は大きかった。また『随園詩話』には女性の詩も多く掲載されていることから、五山も積極的に女性の詩を取り上げて時代の要望に応えている。『五山堂詩話』補遺巻四では、篠田雲鳳、高島文鳳、原采蘋の三名の女性漢詩人が取り上げられており、原采蘋に対する批評は次のようにある。

原采蘋は春秋秦《しん》の穆公《ぼくこう》のように英雄たることを失っていない、星のように光り輝くさまは、戦国時代と比較するに十分である。

五山によるこの評価は、采蘋の存在が、江戸で活躍する女性儒者のなかでもいかに輝きを放つものだったかを伝えている。

以上、次々と出版された人名録と、時代の波に乗った『五山堂詩話』による采蘋の江戸での評価を見てきたが、この背景には文芸人が名声を獲得するために、その実力を競って切磋琢磨していた状況がある。これは直接彼らの出世と収入に結び付くことであったからである。『五山堂詩話』はそのような時代の波をうまく取り込み、ジャーナリズムの先駆けとなった。

文人間における采蘋の名声

采蘋は江戸に住む二十年間のうちにさまざまな人物と交流した。そのなかには既に名前が出ている人物も含め、羽倉簡堂、梁川星巌、大沼枕山、渡邊東里、広瀬旭荘、古賀穀堂、古賀侗庵《どうあん》、佐藤一斎、大槻磐渓、松崎慊堂、朝川善庵、山縣大華、柴野碧悔《へきかい》、細川林谷《ほそかわりんこく》といった、各藩邸の藩主・藩士・儒者などの一流の人物も多く含まれていた。ここでは江戸で活躍する采蘋を彼らがどのように評価していたかを見ていきたい。

伊勢の久居藩主藤堂佐渡守が江戸藩邸に采蘋を招聘したときに、采蘋が詠んだ詩を見せられた久居藩の不言小隠《ふげんしょういん》という僧が、采蘋の詩に次韻して贈った詩がある。

聞説名聲一世酣　聞説《きくな》らく名声は一世に酣《たけなわ》なりと
公侯迎送日馳驂　公侯迎送《こうこうげいそう》して　日び驂《さん》を馳《は》す
講経重席知多少　経を講じて席に重んぜらること　知る多少
裁賦警人不五三　賦《ふ》を裁して人を警《いまし》むこと五三《ごさん》ならず
天隔無由窺絳帳　天隔《てんへだ》つれば　絳帳《こうちょう》を窺うに由無く
道殊敢望訪雲藍　道殊《こと》にすれば　敢えて望まん雲藍《うんらん》を訪ぬるを

但因桑梓相隣接　但《ただ》し桑梓《そうし》相隣接するに因りて
漫覺餘榮老衲覃　漫《みだ》りに覚ゆ　余栄《よえい》　老衲《ろうのう》に覃《およ》ぶを

聞くところによると、あなたの名声は世の中で大変盛んなようです。諸公侯は日々の迎送に馬を手配し、経学を講じて、その席で重んじられていることは多く耳にしております。詩を添削して人を教え諭すことも多いようですね。お互いに遠く離れているので、あなたの講義を拝聴することもできませんが、儒と仏の道は違うので、あなたを訪ねることは望みません。但《ただ》し故郷が隣り合わせにあることで、栄誉がこの老僧にも及ぶことをいたずらに考えたりしています。

この詩によれば、采蘋の名声が世間中に広まっていること、また日常は諸侯から呼ばれて講義をし、あるいは詩の添削をして多忙を極めている様子が書かれている。

大沼枕山との交流

大沼枕山との交流は、采蘋の父の古処が、枕山の父で幕臣の竹渓と交流があったことから始まったと考えられる。また枕山が梁川星巌の門に入ったこともその関係をさらに深めたことと思われる。枕山は下谷で下谷吟社を開いていたが、梁川星巌が京都に移った後は、下谷吟社が詩壇の中心となった。

後に明治期を代表する詩人となった枕山は二十歳も年の離れた采蘋を尊敬し、姉のように慕っていたのではないだろうか。房総遊歴も経験している枕山は、采蘋の房総遊歴にも一役買っていたと考えられる。采蘋の房総遊歴の日記『東遊漫草』には、枕山の人脈を頼ったことが窺われる。

嘉永元年（一八四八）、房総遊歴から帰った采蘋は、年老いた母を心配して、いったん帰郷することを決心する。枕山は皆を集めて送別の雅会を開いてくれた。そのときの枕山の詩である。

贈原氏采蘋　　原氏采蘋に贈る

近來藝苑多閨秀　　近来《きんらい》の芸苑《げいえん》　閨秀《けいしゅう》多く
丹青徃徃競才奇　　丹青《たんせい》往々にして　才奇を競《きそ》う
就中一二稱領袖　　就中《なかんづく》　一二領袖《りょうしゅう》を称す
彼工草字此小詩　　彼《かれ》草字《そうじ》に　此《これ》小詩《しょうし》に工《たくみ》なり
別有女中眞豪傑　　別《わか》ちて　女中の真の豪傑有り
原氏采蘋出西陲　　原氏《はらし》采蘋《さいひん》　西陲《せいすい》に出づ
文章經史盡通曉　　文章経史《ぶんしょうけいし》　尽《ことごと》く通暁《つうぎょう》す
班女蔡姫兼有之　　班女《はんじょ》　蔡姫《さいき》　兼ねてこれ有り

漫遊幾歳観上國
遍扣名流無定師
弓鞋踏破三千里
彤管慣裁絶妙詞
枕生一見驚且歎
相識已恨十年遲
不櫛進士何足説
丈夫之膽丈夫姿
慨然忽起寧親志
手理行篋望天涯
新篇今日試折簡
會客河樓薦別巵
滿樓人士齊張陣
詩城酒壘酣戰時

漫遊《まんゆう》すること幾歳《いくさい》　上国《じょうごく》を観る
遍《あまね》く名流を叩きて　定師《ていし》無く
弓鞋《きゅうあい》　踏破《とうは》すること三千里
彤管《とうかん》　裁《さい》すに慣れて　絶妙《ぜつみょう》の詞
枕生《ちんせい》　一見して驚き　且つ歎く
相識ること已に恨む　十年の遅きを
櫛削《くしけず》らざる進士　何ぞ説くに足らん
丈夫《じょうふ》の胆《きも》　丈夫の姿《すがた》
慨然《がいぜん》として　忽《たちま》ち親を寧《やす》んずる志《こころざし》を起こす
手づから行篋《こうきょう》を理《おさ》めて　天涯を望む
新篇《しんぺん》　今日　折簡《せっかん》に試す
客は河楼《かろう》に会し　別巵《べっし》を薦《すす》む
満楼《まんろう》の人士　斉《ひと》しく陣を張りて
詩城の酒塁《しゅるい》　戦い酣《たけなわ》なる時

原氏大呼衆解甲　原氏大呼し　衆は甲を解く
無復一個是男兒　復《ま》た一個の是れ男児無し

「枕山詩鈔初篇　巻之下」

近来の芸苑には閨秀（才能ある女性）が多く、画壇ではたびたびその才能を競っている。その中でも一、二のトップを自称する者もいる。あちらは草字に優れ、こちらは小詩に優れている。それらとは別に女中の真の豪傑がいる。原氏采蘋は西国の出身で、文章経史に尽く精通している。中国の班女や蔡姫の才能を兼ね備えている。何年も各地を漫遊して、江戸にやってきた。各地の名流を訪ね、決まった師は無く、旅を続けること三千里。慣れた手つきで優れた詩を書く。私は一見して驚き、且つ歎き、相識ること已に十年遅かったことを恨む。髪を梳かさない進士（科挙に受かった人物）などは話にならない。一人前の男子の心を持ち、一人前の男子の姿である。気力を奮い起こして、忽ち親に孝養を尽くそうと決心する。自分から行篋を整えて故郷を目指す。今日、新たに招待状を出し、客は河楼に集まり別れの盃を勧める。満場の人々は会場を埋め尽くし、酒を飲みながら、詩を戦わせる。その戦いたけなわのとき、采蘋が大きな声で呼びかけると、集まった人々は兜を脱いだ。他には一人も男子といえるものはいないであろう。

この詩は、当時の女性の活躍が盛んであったことを言っている。そのなかでも采蘋は特別の才能を有していると、彼女を褒めたたえている。「丈夫の胆　丈夫の姿」という表現は、采蘋の江戸の二十年間を最もよく知る枕山ならではの采蘋評である。

松崎慊堂の助言—江戸在住の本当の目的

采蘋が江戸に出てきた理由は、父の遺言である「不許無名入故城」を遂行することであった。ならば、これまで見てきた人名録に見える名声や、江戸で活躍する詩人たちの下す評価によって十分目的を果たしたと思われるのだが、采蘋は江戸在住をあきらめようとはしなかった。そのため、故郷に残してきた母を江戸に呼び寄せて、一緒に暮らすことも考えていた。また母が病気と聞いていったん帰郷するときも、再び江戸に戻るつもりで荷物は友人の家に預けていった。このことからも、采蘋が江戸に住み続ける決心をしていたことは明らかである。

しかし、采蘋が出郷するときに兄弟や友人に贈った詩には、目的を達成したら故郷に帰りたいという希望を語っていたはずである。二十年を過ぎてもまだ江戸に住み続けたいと願った采蘋の目的とは一体何であったのか。

文政十二年（一八二九）十一月の『慊堂日歴』（松崎慊堂の日記）には、江戸に来て間もないころの采蘋と「立身の道」について話し合ったことが書かれている。

廿五日、晴。暁起きて粥を進む。天明、蘋と女子の立身の道を語る。彼の意は、女儒を以て発跡するに在り。余はこれに誨《おし》えて曰く、女子を以て単行すること三千里、且つ人に僑食《きょうしょく》す（旅先で泊めてもらう）。仮に能く貞潔脩束（身を正しく収める）するも、安んぞ能く人の議することを免れんや、雑交を謝し去りて、良（夫）に従うを以てするに如かず。或いは宮仕すること五、六年、脂粉の俸を積み母親を奉迎して以て侍養せば、身の本始めて立つて、而して今日の浮名は始めて転じて才名と為らん、是に於て志を達して可なりと。渠《かれ》は猶未だ肯《がえん》ぜざる（納得しない）ものに似たり。主人は酒を命ずるも数酌にして去る。

松崎慊堂は、江戸後期を代表する儒者の一人である。十五歳のときに熊本から江戸に出てきて、浅草称念寺の玄門和尚に援けられた。その後、昌平黌で学び、さらに幕府の儒者林述斎《はやしじゅっさい》の塾に入門した。ここでは佐藤一斎とともに学んでいる。その後掛川藩、佐倉藩、熊本藩で講義を行うなど儒者としての地位を確立していった。七十四歳で亡くなるまで、しばらくは掛川に住んだことを除けばほとんどを江戸で暮らした。

采蘋と会った文政十二年には、慊堂は既に五十九歳であった。九州から大志を抱いて出てきて、苦労して出世をつかんだ慊堂にとって、同じ西国の出身で、女性の身で単身遊歴を重ねる采蘋を見かねての助言であったと思われる。

日記のなかで慊堂は、采蘋の目的が女儒として立身出世をすることであると聞いて、采蘋を教え諭したとある。それには雑交をやめて結婚するのが一番であると言っている。さもなくば宮仕えを五・六年続けて、お金をためて、母親に孝養を尽くせば初めて身を立てることができ、現在ある浮名も才名と転じるであろうから、これによってあなたの志は達することができるでしょうと。しかし、采蘋はこれに納得した様子もなく、酒を数酌飲んだ後、帰ったという。

この日記からわかるのは、采蘋が江戸に出てきた目的は女儒として立身出世をすることであると、本人の口から語っていることである。江戸に出てきた当初に語ったこの目的は、天保年間に刊行された人名録の評価を見る限り、既に達成されたはずであった。

それでも采蘋は、天保八年（一八三七）正月の「新年書懐」に「十年孤客遺言在り、豈敢えて名なくして故城に入らんや」と詠んでいる。既に名声を手に入れており、その年の『江戸文人寿命附』には、女儒のなかで最高点を付けられたのだが、いまだ故郷には帰れないと思っていたのである。

では何が采蘋を江戸に引き留めていたのであろうか。名声を得たとしてもそれだけでは原家の家名再興を果たしたことにはならなかった。采蘋が帰郷後に天草に遊歴したときに詠んだ詩のなかに、「乖違《かいい》す（背きたがうこと）伯氏の託せるに、空しく日月の遷《うつ》るを嗟《なげ》く」という句が見える。これによって父だけでなく兄からも何かを託されていたことがわかる。おそらく家名再興のために、父の遺稿の上木を託されたものと思われる。それは父の無念を晴らすためであり、父の儒者としての業績を顕彰することでもあった。父の遺言のなかにはこの意味も込められていた。

しかし、結果的に江戸滞在二十年間のうちにそれは叶わなかった。その後も宿願として持ち続け、死ぬ直前までそれを願い続けたのである。

江戸客中の詩

采蘋の二十年間に及ぶ江戸滞在時の史料は非常に少ない。先にも触れたが、滞在先の称念寺は火災で何度も焼失しており、また帰郷時には知人宅に荷物を預けて再び江戸に戻る予定であったことなどから、江戸在住時の史料は散逸したものと思われる。秋月資料館にわずかに残っている史料のなかから江戸で詠んだと思われる詩を紹介したい。

次の詩は桜花を詠んだ素晴らしい詩である。この詩は自信作と思われ、自筆の書巻がいくつかあり、その一つが筑紫野市歴史博物館に所蔵されている。また『郷土先賢詩書画集』でも見ることができる。

櫻花　桜花

日出之邦産奇芳　日出づるの邦《くに》　奇芳《きほう》を産む
百花壇頭獨擅場　百花壇頭《ひゃっかだんとう》　独り場を擅《ほしいまま》にす
風韻與梅難爲弟　風韻《ふういん》　梅と弟《てい》為り難し

牡丹辟易不稱王
暘谷烟霞春三月
吐芳弄色媚艷陽
折枝罪當一枝指
赳赳武夫猶憐香
海外商船辮髪客
往往載春歸殊方
僅入唐山便憔悴
應歎爲渠助杯觴
尤質未免神女妬
翻雲覆雨啼紅粧
封家有姨頗厚意
嫁與東風入玉堂

牡丹《ぼたん》も辟易《へきえき》して　王と称せず
暘谷《ようこく》の烟霞《えんか》　春三月
芳を吐き　色を弄《ろう》して　艶陽《えんよう》に媚《こ》ぶ
枝を折らば　罪は一枝《いっし》の指に当たる
赳赳《きゅうきゅう》たる武夫《ぶふ》も　猶《な》お香を憐れむ
海外の商船　辮髪《べんぱつ》の客
往往《おうおう》　春を載《の》せ　殊方《しゅほう》に帰るも
僅《わず》かに唐山《とうざん》に入れば　便《すなわ》ち憔悴《しょうすい》す
応《まさ》に渠《かれ》が為に杯觴《はいしょう》を助くるを歎《は》づるなるべし
尤質《ゆうしつ》　未《いま》だ神女《しんじょ》の妬《ねた》むを免れず
翻雲《ほんうん》　覆雨《ふくう》　紅粧《こうしょう》啼《な》く
封家《ほうか》に姨《い》有り　頗《すこぶ》る厚意《こうい》
東風《とうふう》に嫁与《かよ》して　玉堂《ぎょくどう》に入らしむ

日が昇る国には珍しく美しい花が生まれ、百花の咲き乱れる花壇の上で一人舞台を演じています。その趣は梅の弟子には成り難く、牡丹も驚きしりごみをして、自分が花の王様だなどとは言いません。春三月、日が昇る場所は霞におおわれてぼんやりとかすんで見えるなか、香りを放ち、色をもてあそんで、華やかな春の季節に媚びています。もし枝を折るならば、罪は一本の指を切るのに相当するといわれますが、勇ましい武士でさえもその香りを愛でるものです。外国の商船に乗ってくる辮髪の客人たちは、度々満開の桜を乗せて異国に帰りますが、中国に着いた途端に、すぐに枯れてしまいます。おそらく彼らのために祝杯をあげる助けをすることを恥じているからでしょう。絶世の美人はいまだに女神の嫉妬から逃れることはできないようです。雲が翻って雨が土砂降りに降れば、美しい化粧は涙にぬれたように流れてしまいます。しかし風神は大変好意を示し、東風に嫁がせて美しい御殿に住まわせました。

次の詩は江戸に来てから十年が過ぎたころの天保八年（一八三七）の作である。采蘋は毎年新年にあたって所懐を述べているが、これは原家の習慣であったのだろう。故郷を出て既に十年がたっているのに、父の遺言に新たな誓いを立てている。

この詩からは、江戸の地で病気に悩まされ、薬によって詩興も衰えてしまったと弱気になっている采蘋の姿が見える。十年間江戸で暮らしているのも遺言のためであるとはっきりと言っている。新年にあたって郷愁は募るばかりであるが、遺言のために頑張らなければと自身を励ましている。

松崎慊堂も熊本から江戸に出てきた当初は生活も苦しく、体調不良に悩まされ、薬に頼る生活をしていたと詩に書いていているが、藩の儒者として雇われず、家庭教師などで生活を支えていた儒者たちの生活は決して楽ではなかったことが推測される。

新年書懐　　新年に懐《おも》いを書す

撞破樓鐘百八聲　　撞破《とうは》す　楼鐘《ろうしょう》　百八声《ひゃくはちせい》
還郷夢斷已天明　　還郷《かんきょう》の夢断ゆれば　已に天明
清晨照影憐多病　　清晨《せいしん》　影を照らして　多病を憐れむ
白髪形愁生數莖　　白髪　愁いを形《かたど》りて　数茎《すうけい》を生ず
詩興久因醫藥廢　　詩興《しきょう》　久しく医薬に因《よ》りて廃し
歸心空逐夕陽傾　　帰心《きしん》　空しく夕陽《せきよう》を逐《お》いて傾く
十年孤客遺言在　　十年　孤客《こかく》　遺言在り
豈敢無名入故城　　豈《あ》に敢《あえ》て名無くして故城に入らんや

百八つの除夜の鐘がつき終わり、故郷に帰った夢が断たれたころはすでに夜が明け始めていました。清らかに晴れた朝、鏡を見ながら、病気がちな身体を不憫に思う。白髪が悲しい気持ちを反映して数本交じっています。詩を作ろうとする意欲も薬によって衰えてしまいました。故郷に帰りたいと思う気持ちが、夕日が傾くのを追うようにつのります。十年間一人で旅をしているのも父の遺言があるからです。どうして成功せずに故郷に帰ることができましょうか。

次も同じ天保八年（一八三七）に詠まれた詩で、三月十三日に渡邊東里、広瀬旭荘とともに向島に遊んだときの作である。広瀬旭荘の『日間瑣事備忘』にもこのときのことが書かれている。采蘋の詩には、異郷にあって同郷の人と出逢うことを大きな喜びと感じている詩が多く見られる。特に渡邊東里や広瀬旭荘は、父とともに遊歴を繰り返していたころからの知り合いである。二人とも年下であるが、采蘋の詩からは、年齢差も性別も区別なく江戸での交友を楽しんでいる様子が読み取れる。また「旅人となったこれまでの恨みつらみ」という言葉からは、遊歴詩人は自分で選んだ人生ではなかったことがわかるが、その恨みも二人といることで解消できるといっている。

「新年書懐」の詩には一人で新年を迎えるわびしさが詠まれていたが、三月に詠まれたこの詩からは、郷里の若者と一緒に隅田川べりを散策し、満開の桜を満喫している幸せそうな采蘋の姿が見える。才能あふれる青年と過ごす采蘋は生き生きとしてその時を楽しんでいる。それはこの後に向かう房総の遊歴の日記にも見えている。

與邊東里、廣瀬梅墩二子同遊向島　邊東里、廣瀬梅墩《ばいとん》二子と同《とも》に向島に遊ぶ

毎逢西州人　西州《さいしゅう》の人に逢《あ》う毎《ごと》に
戀戀情無窮　恋恋《れんれん》として情窮まり無し
何況舊來交　何んぞ況《いわ》んや旧来の交をや
宛如對春風　宛《あたか》も春風に対する如し
爲客他日恨　客と為る　他日の恨み
氷釋意融融　氷釋《ひょうしゃく》して　意融融《ゆうゆう》たり
出遊墨水濱　出遊《しゅつゆう》す　墨水《ぼくすい》の浜
緩歩萬花中　緩歩《かんほ》す　万花《ばんか》の中《うち》
木母寺　梅兒塚　木母寺《もくぼじ》　梅児塚《ばいじちょう》
母兒自傷路不通　母児《ぼじ》　自ら傷む　路《みち》の通ぜざるを
二男子　一女伴　二男子　一女を伴う
男女相忘趣却同　男女相忘れて　趣《おもむき》却て同じ
風景何地非吾有　風景　何れの地か　吾が有に非ざらん

共笑身爲寄居蟲
身外曾無營求累
羇遊晏然任西東
試將斯事問眞宰
天地無物不寓公

共に笑う　身の寄居《ききょ》の虫と為るを
身外《しんがい》　曽《かつ》て営求《えいきゅう》の累《わずらい》無く
羇遊《きゆう》　晏然《あんぜん》として　西東に任す
試みに斯《こ》の事を将《も》って　真宰《しんさい》に問わん
天地に物として寓公《ぐうこう》ならざるは無からんかと

西国の人に会うたびに、懐かしい気持ちは尽きることがありません。ましてや昔からの知り合いであればまるで春風に対するかのように暖かい気持ちになります。旅人となったこれまでの恨みつらみはすっかり消えて、のどかな気分になっています。隅田川の岸辺に繰り出して、ゆっくりと満開の桜の中を歩いています。木母寺の梅若塚は梅若丸とその母花御膳が母子の間を引き裂かれ、互いに嘆き悲しんだ事実を物語っています。二人の男子と一人の女子が連れだって歩いています。思うことは同じで、お互いに男女の別を忘れてしまいます。風景はどこの土地であろうとわれわれのものでないことがありましょうか。しかし、自分たちはヤドカリのような境遇にいることに気づき、お互いに笑ってしまうのです。自分の身以外はあくせくと追い求める煩わしさもありません。西に東に、気の向くままにゆったりと旅を続けています。試しにこのことについて天の神様に聞いてみましょう。この世の中に仮住まいでないものなどいないでしょうと。

次の詩は弘化三年（一八四六）、四十九歳になった年の新年にあたっての詩である。二十回近くの新年を江戸で迎えた心境は穏やかである。

丙午新年　　弘化三年新年

一逆旅中寄此身
忽迎四十九年春
他郷久住歌詩友
随所渾同骨肉親
池水氷融魚隊見
梅梢花発鳥聲新
是非何必関心意
欲報慈恩願及辰

一逆旅中《いちげきりよちゆう》　此身を寄す
忽《たちま》ちに迎う　四十九年の春
他郷に久しく住み　歌詩は友たり
随所に渾同《こんどう》して　骨肉の親たり
池の水　氷は融けて　魚隊見《あらわ》る
梅の梢　花は発して　鳥声《ちようせい》新なり
是非何んぞ必しも心意に関わらんや
慈恩《じおん》に報いんと欲して　願《ねがい》は辰《しん》に及ぶ

道理に背いて旅を続け、ここに身を寄せてから、たちまちのうちに四十九回目の春を迎えました。詩歌を友としながら他郷に長く住み、随所で人々と融合し、まるで親子兄弟のように親しくなりました。

池の氷は溶けて、魚の群れが現れ、梅の梢には花が開いて、早くも鳥の鳴き声も聞こえます。正しいか誤りかは何も必ずしも私の心とは関係のないことです。親の恩に報いたいと思い続けて、その願いは、天まで届くほどです。

このころには生活も安定してきたようで、この五年前には母を江戸に呼び寄せたいと秋月藩に上書したが、二度にわたって却下された。以下にその上書を挙げておく。

秋月藩への上書

（一）井上参政への上書

井参政に呈す（天保十二年）

敬いて手啓を奉る。仰ぎて清聴を瀆《けが》す。伝に曰く、書は言を尽くさず、言は意を尽くさずと。況や不肖の才力においてをや。安んぞ能く区区の意を尽くさんや。諸に言う所、幸いにも意と逆うならん。蘋家を辞して、茲《ここ》に十五年、家の多難に遭う。天涯懸隔《けんかく》、煢煢《けいけい》として孑立《けつりつ》す。相須く命を為す者は唯母子のみ。而て母子の生きて逢うの願い、未だ嘗《かつ》て一日も懐《おも》いを忘るる能わず。此れ君の知れる所なり。昨、家書を得るに云う。報可を獲ずと。執政法を持するは理の当然なり。蘋独り異郷に託し、望風懐想す。況て孀《しょう》親年高し。其の情何をか云わん。一念の至り、主とする所無きがごとし。所謂死を欲して得る能わず。生まれて一つとして可無からん者を欲するなり。

或は云う、一旦帰省すれば、事儻《ある》いは諧《かな》うべしと。悲しいかな。世に生れて女と為る。千里独行、豈に容易ならんや。始めて蘋東遊するや、聞く者皆令笑す。女侠の流を学ぶを以て為すと。蘋独り断然として顧みず。単身疆《さかい》を越ゆる、恃《たの》む所有るを以てなり。防長の間、嘗て先人の遊歴に従う。素より相識多し。ここより藝備に出づれば、頼杏坪、菅茶山の二老有り。京に入れば則ち頼山陽あり。皆一代の碩儒にして執友なり。故に其の先客を得て、路次絶えず送迎す。到る処帰るが如し。東海道にては豪潮律師を叩き、羽倉君に謁す。是れを以て関吏誰何せず。千里咫尺の如し。実に先人の余慶に頼るなり。日月居ならず、前に応接する所、多くは隔世の人と為る。千里独行、豈に容易ならんや。蘋の区区たる意、誠に一己の私なり。而して固より公論の容れざる所なり。然れども亦た母子の情、忍びざるの心に出づ。古人云う有り、客と為れば千秋の恨み、人に依るは万里の身と。若し独立して一家と作らんの後を待たんと欲せば、後に其の養を致すならんと。安んぞ能く其の風樹の恨み無きを保つ能わんや。是れ蘋の晨夕懊悩する所以なり。幾たびか狂を発せんと欲す。挙げて一つとして当たらず。徒らに不孝の人と為りてやむなり。如何ぞ則ち可ならんや。君嘗て蘋が志を哀れむ。又之を慫慂《しょうよう》するに従う。是れを以て敢て厚愛に恃《たの》む。重ねて固陋《ころう》を陳《の》ぶ。伏して冀《こいねが》うは、体老い吾も老い、人の老に及ぶの心、不孝転じて純孝と為さんことを。我母子をして首を聚《あつ》め、口を開くことを得せしめば、乃ち是れ謂う所の死灰を吹くなり。腐骨に肉するなり。再生の恩、豈に唯だ類を錫《たま》うのみ。筆を以て口に代う。縷縷《るる》説き得ず。説きて亦た尽くさざるなり。冀《こいねが》わくは君能く之を忖度《そんたく》せよ。

この手紙で采蘋は、自分の身の上を語り、江戸に出た経緯、また道中で世話になった碩儒の名をあげて、これらはすべて父の恩恵によるものであると述べている。しかし、故郷に残した親は高齢になり、母に孝養を尽くすことができない呵責の念に日々さいなまれているので、ぜひ母を江戸に呼び寄せたいと井上参政に懇願している。

手紙にはこの件について既に家族から藩に願いが提出されていたが、答えが得られず、采蘋は直接井上参政に上書したのである。しかしこの上書も「朝夕養うには義子がいるので、養家の一老母を異郷に一人で出すことには道理に叶わない」という理由で願いが却下されてしまった。そのため二年後の天保十四年、今度は直接藩主に宛てて上書を出す。

(二) 藩主への上書

上書（天保十四年）　上書藩公請迎母於江戸也

君侯閣下。妾聞くに凡そ人の遺編断句を拾いて、代って存と為す者は、暴露の白骨を葬り、路棄の嬰児《えいじ》を哺《はぐく》むに比せん。況んや父兄の遺業においてをや。先臣震るに、先朝特に擢《ぬきん》でらる。吏務煩劇なり。公よりの暇あり。吟詠して自ら愒《あやま》る。著す所の詞章、人口に膾炙《かいしや》する者、頗るまた多し。家本より寒素にして、兄弟多病なり。未だ隻字《せきじ》梓繍《ししゅう》有らず。妾また男子と為りて生まるるを得ず。曽て毫髪《ごうはつ》の能無し。常に遺業の泯没《みんぼつ》して伝わる無きを懼《おそ》れる。是れ乃ち妾の憤りの胸懐に積り、父母兄弟より遠くにありて、定省を闕《か》きて顧みざる所以なり。出郷の後、兄弟相継ぎて亡没す。存する所は唯孀親《そうしん》のみ。乃ち孀親在るも、既に生離を悲しむ。又死別を傷む。孑然《げつぜん》として孤《ひと》り危うし。猶お生意有る者、独り妾の在りて有るを以てなり。妾亦私願未だ果たさず。日月は電逝す。参商相見ず。于《ここ》に今十七年なり。孀親年已に古稀に迫る。性命は無情なり。喜懼《きぐ》の情、懐う所は万端なり。反覆して計慮す。至乃は終夜瞑られず。死者は猶お緩《ゆる》むべし。生者は固より涯有り。庶《こいねが》うは其の生まるる日に及びて、邸中に就きて一小舎を得て、首を聚《あつ》め膝を対して、多年の積愁を破り、遅暮の歓顔を承ることを得ば、則ち妾の私願は足れり。是を以て区区の苦を陳べて以て執事に訴う。執事之を難とす。朝夕養う有りて義子在り。養家の一老母を以て、天涯の窮独に付す。義において未だ得るを為さずと。是れ固より常義なり。政府の議なり。然らざるを得ず。唯妾少しく読書す。略《ほ》ぼ義理を識る。而して妄《みだ》りに常義を犯し、瀆《とく》を請いて已まざる所の者なり。抑《そもそも》亦故有るなり。妾固より人に嫁さず。独立経営す。為す所有らんと欲す。亦唯だ父母の為なり。則ち其の母を養うは、義子と親子は敻《はる》かに別なり。乃ち母の情在り。則ち親子を安んずるや、義子を安んずるや。故に妾の請うなり。義子を以て母を養う能わざると為すか。亦唯だ情を以てするのみ。唯だ明主の能く人の情を体し、常格を冀《き》破《は》し、其私情を憐むなり。情の在る所、聖人も之を非とせず。故に曰く、骨肉の間、恩を以て義を掩《おお》うと。又云う、親しむに父子の親に親しむ莫れ。楽しむに父子の楽しみを楽しむ莫れと。些《さ》些《さ》たる一己の私にして、児女の情、唯だ其れ一なるを知る。而して其二なるを知らず。情は中に発し、言は擇《えら》ぶ所無し。既に命を獲ず。他に告訴する所なし。苟《いやし》くも君父の前にて求哀し号泣するにあらず。唯肯へて窮独を憐む者。伏して希う閣下少しく憐察を加えんことを。幸い赤子の心を体保す。妾は其生の日に及びて、養い終えるを得せしめんや。尊厳を瀆《けが》し、万死是に甘んず。誠惶誠恐。叩首叩首。謹言。

原氏采蘋斂衽《れんじん》上書

天保十四年發卯六月朔

内容は家族の不幸にさいなまれた状況を説明し、藩主の同情に訴えている。山田氏によれば、「此文を読んで泣かざる者は人に非ず」と采蘋は豪語したとあるように、名文をもって藩主の好情に訴えかけたのであったが、この願いも聞き届けられなかった。

江戸に住み始めてから既に十七年の歳月が過ぎたが、望んでいた父の遺稿を上木できず、故郷に住む母にも孝を尽くせないと悩み続けた結果の勇断であったが、藩の規則に打つ手はなかった。

この上書から数年後、采蘋は母親が病気であるとの知らせを受けた。江戸で目的を達成できないうちに帰郷することは本意ではなかったが、母に対する孝を優先するために帰郷を決心する。その決心は、弘化三年（一八四六）の新年に詠んだ詩に「慈恩に報ゆるを欲して、願は辰に及ぶ」とあることから窺うことができる。

帰郷を決心した采蘋は、翌年旅費を得るために、また房総の旅に出かけたのであった。

第六章　房総遊歴

幕末房総地方の文化的状況

採蘋が房総を遊歴したのは、江戸に到着した直後の文政十一年から翌年の十二年にかけてと、その十九年後の弘化四年〜五年にかけての二回である。

前章で取り上げたように、『五山堂詩話』にみられるような一般人の漢詩に対する関心の高まりは、房総地方も例外ではなかった。このため江戸から近い房総には多くの儒者や漢詩人が訪れて、名主や医者などの裕福な家に滞在し、詩の添削や漢学の講義をしながら遊歴を繰り返していた。

特に天保期には次々と著名な漢詩人が訪れている。まず天保八年には大沼枕山《おおぬまちんざん》が訪れ、枕山はその後毎年房総を訪れている。枕山の師である梁川星巌《やながわせいがん》も妻の紅蘭を連れて天保十二年に房総に遊んでいる。このほかにも天保八年から十年あたりには、梁川星巌の門人である遠山雲如《とおやまうんじょ》、嶺田楓江《みねたふうこう》、小野湖山《おのこざん》らが遊歴している。

これとは逆に、房総在住の儒者や漢詩人が学問を学ぶために江戸に留学して、学業を終えた後に帰郷し、塾を開いたり、あるいは藩の儒者になったケースもある。

房総から梁川星巌の門人となったのは加藤霞石《かとうかせき》、鈴木《すずき》（鱸）松塘《しょうとう》がおり、特に松塘は明治の詩壇で活躍した人で、浅草で「七曲吟社」を開いて女弟子を多く教授したことで知られている。

採蘋の人脈

採蘋が江戸に来てから二回の房総遊歴を可能としたのは、一体どんな人脈をたどったのであろうか。

采蘋の房総遊歴の記録が残されているのは、二回目の弘化四年（一八四七）に実施された遊歴のみである。一回目の遊歴の記録がないため、どのような人物を頼ったのか、どのような場所に滞在したのかよくわからないが、二回目の記録から推測できることもあり、それによって一回目の滞在先をわずかに知ることができる。ただこの一回目の旅は下総から入り、房州を廻って江戸に帰るコースであり、二回目のコースは逆を辿っている。

一回目の旅が下総からスタートした理由として考えられるのは、佐原の清宮秀堅《せいみやひでかた》を中心とした文人サークルを頼った可能性である。このなかには昌平黌教授安井息軒《やすいそっけん》、佐藤一斎の門人である大橋《おおはし》訥庵《とつあん》、幕臣であった大沼枕山・塩谷宕陰《しおのやとういん》、吉田藩儒の小野湖山、土浦藩儒の藤森天山《ふじもりてんざん》、安房の鱸松塘らがそのメンバーとして名を連ねていた。

佐原には久保木清淵《くぼきせいえん》や伊能頴則《いのうひでのり》らの漢詩人がおり、久保木清淵は伊能忠敬《いのうただたか》と親しく、忠敬は第七次測量の際、備後神辺の菅茶山にも会っている。大沼枕山との交流があった采蘋が、このサークルを紹介されたことも十分考えられる。

いずれにせよ、二回目の房総遊歴には一回目の遊歴の人脈が生かされていたことが、『東遊漫草』の詩からわかる。また房総には梁川星巌の門人が多く訪れていることからも、采蘋がこれらの人たちから情報を得ていたことも考えられる。さらに星巌の塾には、房総文人の子弟も多く集まってきていた。彼らは学業を終えると郷里に帰り、そこで私塾を開き、地元の子弟の教育に当たっていた。

采蘋が二回目の房総遊歴で訪ねた人々のなかには、房総出身の星巌の弟子たちの存在が大きかったといえよう。

また采蘋が訪れた幕末の房総半島には、各藩の陣屋が設けられ、海岸防備の役割を担っていた。これらの人々とも交流していたことは『金蘭簿』に見られるとおりである。このように多くの人脈に支えられながら、房総遊歴を成功させたのである。

『東遊漫草』の詩と訪問先

『東遊漫草』は采蘋の二回目の房総遊歴の日記である。日記といっても漢詩で綴られたもので、散文は含まれていない。朝倉市秋月博物館に保存される自筆本には九十四首の詩が書かれているが、清書されていないため読み取れない詩も含まれている。日記の最後には旅先で知り合った人名が記録されており、どこで誰にあったのかがこの人名録によってわかるようになっている。『東遊漫草』に書かれた詩を読み解くことで、一年近くに及んだ房総遊歴の全貌が明らかになる。

ここですべての詩を取り上げることはできないが、旅程に沿って詩を紹介することで、なるべく旅の全貌を損なわないように見ていきたい。ここで取り上げる詩は原則自筆本に拠った。

二回目の房総遊歴の目的は、帰郷を決心し、そのために必要な旅費を得るためでもあった。そのため、郷里の母を案じながらの旅であることが詩に表れている。しかし同時に、もともと旅が好きな采蘋は、行く先々で出会った若者たちと酒を酌み交わし、詩論を戦わせながら、若者の相談に乗り、その将来に期待を寄せている。

この日記には、十九年ぶりになる再会の喜びや、やさしさがにじみ出ている。また長期滞在したのちの別れの悲しさが胸を打つ。このとき采蘋はすでに五十歳になっていたこともあり、旅路を雨に阻まれたりすると、郷愁にさいなまれる姿も度々見せている。

しかし、九十四首の詩からは、幕末の房総半島の文化的状況と、美しい田園風景の描写が、采蘋の目を通して伝わってくる。感受性の豊かな女性の目を通した、貴重な幕末の風景描写である。

弘化四年の房総遊歴―木更津

□□（題名は解読不能）

海岸灣環數十程　　海岸《かいがん》　湾は環《めぐ》る　数十の程
狂濤激怒奔雷鳴　　狂涛《きょうとう》　激怒して　雷鳴を奔《はし》らす
不防迂路紅楓逕　　迂路《うろ》を防げず　紅楓《こうふう》の径
恰似山陰道上行　　恰《あたか》も山陰道《さんいんどう》の上行するに似たり

海岸線は湾をぐるりと回って数十里の道のりです。狂った波が怒ったように雷を落とします。紅葉の道は遠回りの道も苦にはなりません。このあたりはまるで山陰道を上る道によく似ています。

『東遊漫草』はこの詩から始まっている。采蘋は弘化四年の秋、江戸から海路を木更津まで進み、ここからは陸路をたどったようである。この詩は木更津から富津に至る海岸線を歩いたときの様子を詠んだもので、ここの風景が山陰道に似ていると詠じている。

百ケ岡

巖邑水郷觸眼清
如何勝地欠詩盟
燈窓寂寂唯要睡
辜負風流百首名

巌邑《いわむら》の水郷《すいきょう》　眼に触れて清し
勝地《しょうち》　詩盟《しめい》を欠くは如何《いかん》せん
燈窓寂寂《とうそうじゃくじゃく》として　唯だ睡りを要《もと》むのみ
辜負《こふ》す　風流　百首《ひゃくしゅ》の名

岩山の切り立った水辺の村は目にもすがすがしいのですが、景勝の地に詩人の仲間がいないのをどうすることもできません。窓辺の明かりはさびしげで、ただ眠気を誘うしかありません。風流な百首《ひゃくしゅが》岡《おか》という地名に背いています。

百首岡は現在の竹岡（千葉県富津市）であり、ここにはかつて竹ヶ岡陣屋が置かれていた。羽倉簡堂は房総の代官を務めていたとき、ここで海防の任にあたっていた。梁川星巌が妻を同伴して房総を遊歴した際にここを訪ね、羽倉簡堂に一詩を贈っていることが星巌の詩集に見えることから、采蘋もここを訪ねたと思われる。百首岡という風流な名前に背いて、ここはさびれて詩人もいないと嘆いている。

続いて竹岡から鋸南《きょなん》町に歩を進め、名主の岩崎樫斎《いわさきていさい》を訪ねた。采蘋は一回目の遊歴でこの近くまで来たが、樫斎には会わなかった。今回会うことができたが、出会うのが遅かったと悔やんでいる。

樫斎は名を泰輔といい、医者であったが、この地域の知識階級の例にもれず漢学や書にも造詣が深く、自宅を「蘭園書屋」と称し、塾を開いて近隣の子弟を教えていた。鱸松塘も十二歳のときにここで学んでいる。また、亀田鵬斎《かめだぼうさい》や梁川星巌夫妻もここを訪れている。

勝山～平群（平久里）

勝山に入った采蘋は平井又右衛門《ひらいまたえもん》を訪ねたが、病気を理由に泊めてもらえず、旅宿となった。しかし夜になって平（井）氏門人と名乗る人が訪ねてきて、主人にあなたの詩を見せたいと詩を求められた。采蘋はこれによって自分の名声がこの地まで広まっていることを知ったとある。

平井家は勝山村（現鋸南町）の大名主であり、采蘋が訪ねた又右衛門は九代目。梁川星巌夫妻もここを訪れている。平井家には三男六女があり、女子にも教育を惜しまない家柄であったため、采蘋や紅蘭の訪問は大いに歓迎されたことであろう。

勝山村の次は平群《へぐり》村（現南房総市）の医者、加藤霞石を訪ねた。霞石は掬靄《きくあい》山人とも号し、長崎にも遊学しており、『掬靄山房詩』一冊を残している。次の詩にみえる蓑丘は加藤霞石の号である。梁川星巌もここを訪れていることは、星巌の書いた額書や「掬靄山房詩碑」という書を残していることからもわかる。ここも文人たちの滞在拠点となっていたようである。掬靄山房を最初に訪れたのは大沼枕山であり、星巌を通じて采蘋もここを訪ねたことが知られる。

蓑丘招隠

居元爽塏事咸宜
四面山環怪石欹
笑我顔強噉名客
對君心醉解頣詩
雲烟變滅乾坤別
松竹幽深日月遲
自有清音洋滿耳
何煩急管與繁絲

元より爽塏《そうがい》に居れば　事咸宜《みなよろ》し
四面の山環《さんかん》　怪石欹《かいせきそばだ》つ
我が強顔《きょうがん》を笑う　噉名《たんめい》の客
君に対して　心酔し　頣《しん》を解《と》く詩あり
雲烟《うんえん》　変滅《へんめつ》して　乾坤《けんこん》別れ
松竹《しょうちく》　幽深《ゆうしん》して　日月《じつげつ》遅し
自ら清音《せいおん》有り　洋として耳に満つ
何んぞ煩《わずら》わされん　急管《きゅうかん》と繁絲《はんし》とに

家はもともと高地で湿気の少ないところにあり、日常はすべて順調である。四面の山には怪石がそそり立っている。客は厚かましさや名聞をむさぼる自分を笑いながら、あなたに心から感服して、心を開いてのびのびとした詩ができました。雲や霧が姿を変えて、それによって天地が分かれるのが見えます。ここは松や竹におおわれた深遠な場所で、時間がたつのもゆっくりとしています。自然と澄んだ音色が聞こえてきて、耳の中に満ちてくるので、どうして人の演奏する急管や繁絃に煩わされることなどありましょうか。

谷向〜園村

国府村谷向（現南房総市）を訪れた采蘋は、鱸《すずき》（鈴木）松塘を訪ねた。松塘の書斎名は懐人詩屋といった。かつてここを訪れた大沼枕山は、松塘の詩才を認め、梁川星巌に弟子入りを勧めたという。松塘は後に江戸で「七曲吟社」を結び、娘の采蘭《さいらん》や蕙畹《けいえん》と一緒に女弟子を多く教えた。そのため清の人兪曲園《ゆきよくえん》は七曲吟社を袁枚の随園のようだ、と言ったといわれる。

采蘋が懐人詩屋を訪れたとき、松塘は二十五歳であったが、残された詩からは年齢を超えて互いの才能を認めあい、詩人同士の交流を楽しむ采蘋の姿が見える。

次の詩は松塘との別れの詩である。この詩からは才能あふれる詩人松塘に巡り合えた歓びが伝わってくる。二十五歳も年の離れた、いわば息子のような松塘に接する采蘋の態度はまるで恋人のようである。優れた才能を持った詩人と詩酒を交わすことを最上の喜びとしていた采蘋にとって、松塘との別れは辛いものであった。

留別

累日將行雨意濃
遅留却是豁心胸
新知得子歡何限
遠別如吾情所鐘
落月屋梁應有夢
孤雲野隺本無蹤
今朝卜霽杳然逝
面顧空労山幾重

累日《るいじつ》　将《まさ》に行《ゆか》んとして　雨意《うい》濃し
遅留《ちりゅう》　却て是れ　心胸を豁《ひら》く
新たに知る　子《し》を得て　歓び何んぞ限あらんことを
遠く別るれば　吾が情　鐘うつ所の如し
落月《らくげつ》　屋梁《おくりょう》　応《まさ》に夢有るべし
孤雲《こうん》　野隺《やがく》　本《もと》より蹤《あと》無し
今朝《こんちょう》　霽《さい》を卜《うらな》いて　杳然《ようぜん》として逝く
面《おもて》を顧みれば　空は労《はる》か　山は幾重《いくえ》

幾日も旅立とうと思いながら、出発しようとしていた矢先、雨が降り出しそうになりました。ためらっているうちにかえってお互いに胸中を打ち明けることができました。あなたと知り合えたことはこの上ない歓びであると初めて知りました。遠くに別れてしまえば、私の気持ちはまるで鐘をうつようにあなたのことを思い出すでしょう。月が屋根に沈むときにはあなたのことを夢見ることでしょう。空に浮かぶ一片の雲や野山に生息する鶴は、もとより行方を知ることができません。今朝、晴れを占って遙か遠くに旅立っていきます。振り返ってみれば、空ははるかに広がり、山は幾重にも重なって見えます。

弘化四年の十一月四日には風雨の中を名主の景山氏を訪ねた。ここにも梁川星巌や大沼枕山が訪ねた足跡が残っているという。ここも多くの文人が逗留するところであり、采蘋も同じルートをたどったことがわかる。

館山・鏡浦

次に采蘋が訪ねたのは、二子村（現館山市）の医者谷崎栗園《たにざきりつえん》であった。ここにも星巌の詩書が残されていることから、やはり星巌の紹介によるものであったろう。栗園は自ら手打ちそばを作り、新酒をふるまってもてなしてくれたので、采蘋は書をしたためて感謝の気持ちを表したという。

栗園招飲　　栗園飲に招く

獨往煢然萬里身　　独り煢然《けいぜん》と　万里を往く身

浮遊何地不依人
前宵幸列佳賓席
今日來斟新醸醇
蕎麵多君經手製
毛錐代我謝情眞
相忘不厭盃行急
也是明朝清路塵

浮遊《ふゆう》 何の地か 人に依らざらん
前宵《ぜんしょう》 幸いに列す 佳賓《かひん》の席
今日 来りて斟《く》む 新醸《しんじょう》の醇《じゅん》
蕎麵《きょうめん》 君を多とす 手製を経るに
毛錐《もうすい》 我に代りて 情の真なるに謝す
相忘れて 厭《あ》かず 盃行《はいこう》急なり
也《ま》た是れ 明朝 清路《せいろ》の塵《じん》となる

単身、さみしく長旅をする身です。あてどのない旅はどこでも人に頼らないわけにはいきません。前の晩は幸いにも賓客として迎えられました。今日は私をねぎらって、新酒を酌いでくださり、あなたはそばを手打ちして振る舞ってくれました。その真心に対して、一筆書をしたためて感謝の気持ちを表したいと思います。お互いに時を忘れて、盃が急ピッチで進むことにも厭わず、楽しく過ごしました。明日はまたきれいな道の塵（旅人）となるのですから。

次の詩は池田屋琴嶺《きんりょう》に贈ったものである。琴嶺は号で、池田屋も代々名主の家系であり、詩歌を嗜む文人であったため、江戸から文人墨客の来訪者が多く、梁川星巌、藤森弘庵《ふじもりこうあん》、大沼枕山、春木《はるき》南溟《なんめい》（画家）、大嶋堯田《おおしまぎょうでん》（書家）らが訪れている。館山湾を見下ろす城山にはかつて里見城があったことから、結句にそのことを詠みこんでいる。

贈琴嶺　琴嶺に贈る

江湖汗漫自由身　江湖《こうこ》　汗漫《かんまん》　自由の身
詩酒相忘情更親　詩酒　相忘れて　情は更に親し
天地與吾齋逆旅　天地　吾に　逆旅《ぎゃくりょ》を斎《さい》す
他郷何事恨離人　他郷　何事か　離人を恨む
樽前秉燭憐良夜　樽前　燭《しょく》を秉《と》りて　良夜を憐む
客裏聯吟縁宿因　客裏《かくり》　吟を聯《つら》ね　宿因《しゅくいん》に縁《よ》る
鷗社尋盟元有意　鷗社《おうしゃ》　盟を尋るは　元より意有り
殿山花月墨沱春　殿山の花月　墨沱《ぼくだ》の春

広い世間を気ままに自由に旅する身です。詩を作り酒を飲めば、悩みも忘れ、互いの心は親しみを増します。天地は私に宿所を恵んでくれます。異郷にいるとどうしたことか、去ってゆく人のことをとても残念に思うのです。ですから樽の前で、灯りをともして、素晴らしい夜を楽しむのです。旅の途中、吟を連ねることができるのは因縁によるものです。詩社の古い友を訪ねることは、もともと理由があってのことです。入江の春は、きっとお城の山では風流な遊びが繰り広げられていることでしょう。

池田屋のすぐ近くには、鏡浦が広がっている。次は、十八年前にも訪れた鏡浦（館山湾）に今回も足を延ばし、鏡のような海面を見ながら若かった昔の自分の姿を思い出し、白髪の混じった今の姿との差を嘆いている詩である。

鏡浦

十八年来夢一場
曾臨鏡面照容光
如今憔悴猶淪落
可耐鬔鬆鬢作霜

十八年来　夢一場《ゆめいちじょう》
曽《かつ》て鏡面に臨みて　容光を照らす
如今《じょこん》　憔悴《しょうすい》し　猶《な》お淪落《りんらく》す
耐う可けんや　鬔鬆《ほうしょう》として　鬢《びん》　霜と作《な》るに

十八年がたったが、ほんの夢の中の一瞬のようです。かつて鏡浦の海面に写る容姿は輝いていたのに、今は疲れ切って落ちぶれた姿になってしまった。髪は乱れ、びんには白髪が交じっていることに耐えなければならないのでしょうか。

次の詩は加藤玄章《かとうげんしょう》に次韻した詩である。玄章は平群の加藤霞石の次男で、鱸松塘の妹と結婚した。このときはわずか二十歳の青年であった。

采蘋は詩のなかで、玄章の未来を祝福している。また自らの身の上を打ち明け、女の身で旅を続けている理由を説明している。おそらく玄章が采蘋に「なぜこのような旅を続けているのか」と尋ねたことに対して答えた内容であったと考えられる。この旅でも行く先々で書画や詩文を求められ、一日中歩き回った様子が書かれている。また人々から引き留められて出発を延期している人気者の姿も見える。

次韻加藤玄章　　加藤玄章に次韻す

君是真男誰敢輕　　君是れ　真の男　誰れか敢て軽ぜん
曾入學舍爲諸生　　曽て学舎に入りて　諸生《しょせい》と為る
人間未見書萬卷　　人間《じんかん》　未だ見ず　万巻《ばんかん》の書
弱冠已期四海名　　弱冠《じゃっかん》　已に期す　四海《しかい》の名

胸中文海難為水
寧比豚犬守閭里
捷筆縦横巻波瀾
笑殺世上彫蟲伎
我亦學製裁羅袿
阿母目下坐幽閨
父兄倶逝家祚薄
不願執帚爲人妻
獨抱遺書辤陋屋
世路艱險嘗盡熟
那料天末得知己
特推赤心置人腹
周旋一日翰墨筵
豈唯三舎頻遷延

胸中《きようちゆう》　文海《ぶんかい》　水と為り難し
寧《いず》くんぞ豚犬《とんけん》に比《なら》いて閭里《りより》を守らん
捷筆《しようひつ》　縦横として　波瀾《はらん》を巻く
笑殺《しようさつ》す　世上　彫蟲《ちようちゆう》の伎《わざ》
我れも亦《ま》た　羅袿《らけい》を製裁《せいさい》するを学ぶ
阿母《あぼ》は　目下　幽閨《ゆうけい》に坐す
父兄は　倶《とも》に逝き　家祚《かそ》薄し
願わず　帚《ほうき》を執りて人妻と為るを
独り遺書を抱きて　陋屋《ろうおく》を辞す
世路《せろ》の艱険《かんけん》　嘗《な》め尽《つく》し熟《じゆく》す
那《なん》ぞ料《はか》らん　天末《てんまつ》　知己を得んことを
特に　赤心《せきしん》を推して　人の腹に置く
周旋《しゆうせん》す　一日　翰墨《かんぼく》の筵《えん》
豈《あに》　唯《た》だ　三舎《さんしや》　頻《しき》りに遷延《せんえん》せんや

今朝也是海東去

側身西望萬里天

今朝《こんちょう》　也《ま》た是れ　海東《かいとう》に去る

身を側《そば》めて　西のかた望めば　万里《ばんり》の天

あなたは真に男らしい人ですから、どうしてあなたを軽んじるような人がいるでしょう。あなたはかつて学校に入り、学生となりました。世間ではいまだに多くの書を学ぶ人は少ないのに、あなたは二十歳ですでに天下に名を成すことを考えています。胸中の書物の府は水となってしまうことはないでしょう。どうして豚や犬のまねをして故郷の村を守ってなどいられましょうか。縦横に素早く走る筆は変化に富んでいて、世間の文章の末節などを飾り立てる小技を笑いとばすほどです。私は薄衣のうちかけを裁縫する技術を学んでいます。母は目下、故郷の家で暮らしており、父と兄たちは共に亡くなり、家運は薄いです。私はと言えば、人の妻となって、家事を取り仕切ることは望まず、一人で遺書を胸に抱いて、我が家を後にしました。世の中の苦難にはもう十分慣れました。どうして空の果てに友人が出来ることなど想像ができましょうか。特に真心を大切にして心の中心に抱き続けています。宴会の席で書画を書き詩文を草して一日中歩き回りました。どうしてただ人に譲歩して、出発を延び延びにしていることがありましょうか。今朝は、また東に向かってここを去ります。身を傾けて西の方を見れば、天ははるか遠くに見えます。

采蘋の兄白圭は、采蘋が東遊中の文政十一年（一八二八）六月五日、療養先の豊前にて三十五歳で亡くなっている。次いで、弟の瑾次郎は天保三年（一八三二）八月三日に同じ豊前の香春で三十二歳で没した。このとき采蘋は既に江戸在住であった。おそらく采蘋は加藤玄章にもこのようなことを話したに違いない。

洲崎村

次の詩は、半島の先端、洲崎村に住む池田玄章を訪ねたときのものである。玄章は医者で号を関谷林といい、采蘋と同じ九州の人であった。次の留別の詩にあるように、同じ亀井門で学んだ懐かしい人と再会した喜びから、数か月も滞在したという。また同郷の言葉で会話もでき、旅の郷愁も忘れられたと喜んでいる。

洲崎村には洲崎砲台の松ヶ岡陣屋があり、白河藩士が詰めていた。藩主であった松平定信《まつだいらさだのぶ》もここを視察に訪れたという。采蘋はこれらの藩士たちとも交流をしたと思われる。かつて大沼枕山や梁川星巌もこのルートを遊歴しており、洲崎大明神の別当である吉祥院に泊まっていることから、采蘋もここを訪れたのであろう。

留別

学是同門國比隣
三千里外始相親
歓留累月難離別
不奈臨行涙瀑布

学ぶは是れ同門　国比隣す
三千里外　始めて相親しむ
歓びて　累月留むれば　離別すること難し
行くに臨みて　涙瀑布となるを奈《いかん》ともせず

あなたとは同じ亀井門で学び、また故郷も隣国の人です。故郷から遠いこの地で会って、初めて親しくなりました。その嬉しさから数か月も滞在したので、別れが辛くなりました。別れの時に臨んで、涙が滝のように流れるのをどうすることもできません。

根本〜青木村

半島を回り白浜町根本に到り、名主の森周蔵氏を訪ねた後、海潮寺（現海福寺）に宿泊した。尾浦山海福寺は山を背にした静かな場所にあり、采蘋はその情景をよく描写した詩を残している。

根本を後にした采蘋は、青木村で医者を開業していた鈴木東海《すずきとうかい》を訪ねた。東海は館山の医者の息子で、江戸で医学を学び、帰郷してからは母の生家のある青木村で医業の傍ら近隣の子弟に学問を教えていた。また詩も嗜み、『東海詩集』が残る。采蘋はここにしばらく滞在し、東海や彼の友人らとともに夜漁に興じたり、野島崎に遊んだり、若者たちとの外出を楽しんでいる詩が多く見られる。次の詩は、野島崎に遊んだときに詠んだ詩である。

遊野島　野島に遊ぶ

浪遊唯任閑人誘
坐是班荊勝綺莚
地盡東南天際水
春隣村落樹含烟
鼈身波黒鴻濛躍
帆影風収夕照鮮
興至一詩題複壁
朗吟敢向世人傳

浪遊《ろうゆう》して　唯だ閑人《かんじん》の誘うに任す
坐せば是れ　班荊《はんけい》　綺莚《きえん》に勝る
地は東南に尽き　天は水に際《あ》う
春は村落《そんらく》に隣して　樹は烟を含む
鼈身《べっしん》　波黒く　鴻濛《こうもう》躍る
帆影《ほえい》　風収まり　夕照《せきしょう》鮮やかなり
興至り　一詩　複壁《ふくへき》に題す
朗吟《ろうぎん》して　敢《あえ》て世人に向いて伝う

放浪の旅を続けている中で、ただ世俗を離れて暮らす友人が誘ってくれるに任せて野島に遊ぶ。荊《けい》を地に敷いて座り、故旧の情を話し合えば、華やかな宴席にも勝る。ここは東南の最先端にあり、海と天は隣り合っている。春は村のすぐそばまで来ていて、葉の落ちた木々はかすんで見える。オオガメが波間に黒く表れ、混沌の気が踊るように跳ねる。舟の帆は風が止んで穏やかに、夕日に美しく映えている。気持ちが高ぶり、詩を一首、前方の壁に書きつける。出来た詩をあえて声高く吟じて、世間の人に知らしめましょう。

弘化四年の除夜は、東海の母の実家である島崎村（現野島崎）の行方兵右衛門《なめかたひょうえもん》氏の本宅で迎えた。ここは十八年前にも訪れた場所であり、兵右衛門は采蘋の再訪を暖かく迎えてくれた。行方家はこの地域の庄屋で、来客が絶えなかったという。

野島崎で新年を迎える

弘化五年の新春も行方兵右衛門宅で迎え、三首の詩を詠んでいる。そのうちの一首では南房総の突端の村で迎えた正月に、兵右衛門は自分の書斎に貯えてあった伊丹産の銘酒をふるまってくれたとある。

次に、鈴木東海の詩に畳韻して詠んだ詩をあげる。東海は僅か二十七歳の青年であり、将来についても采蘋に相談していたと思われる。これに対し、母親のように助言や励ましの言葉をかけている。

畳韻和木東海　三首　　鈴木東海に畳韻して和す　三首のうちの一首

君是纔迎廿七春　　君是《きみこれ》　纔《わずか》に二十七の春を迎う
詩書双賞自清新　　詩書双賞《ししょそうしょう》　自ら清新
男兒處世非容易　　男児の処世　容易に非ず
只合嘐嘐期古人　　只だ　嘐嘐《こうこう》として合わせること　古人に期す

あなたはようやく二十七の春を迎えました。詩も書もどちらも楽しみ、その作品もすばらしいものです。男子の処世はなかなか容易ではありません。ただ志や発言を大きくして、互いに調和させることを昔の人に約束しなさい。

次の詩は出張教授を頼まれ、雨の中をくねくねとした山道を出かけて行ったときの詩である。采蘋の名声は房総半島にも広まり、神余《かなまり》の知識者から宴会に招かれたのである。このころは応接に忙殺されていたようで、いたる所で酒に酔いつぶれて我慢をしていたとある。

雨中遊神余

趣約何辭雨
春遊興更長
坂泥隨馬歩
山路繞羊腸
自笑虛名噪
殊教應接忙
隨處拚沈醉
詩債不遑償

雨中神余に遊ぶ

約に趣《おもむき》て　何んぞ雨に辞せんや
春遊《しゅんゆう》の興は更に長し
坂泥《はんでい》　馬の歩むに随いて
山路《さんろ》　羊腸《ようちよう》を繞《めぐ》る
自笑《じしょう》す　虚名《きよめい》の噪《さわが》しきを
殊《こと》に応接を忙しからしむ
随処《ずいしょ》　沈酔《ちんすい》を拚《べん》す
詩債《しさい》　償うに遑《いとま》なし

約束があって出かけてきたのに、どうして雨だからといって断ることができましょう。春遊の面白みはなおいっそう長いものです。泥の坂道を馬の歩みに後ろからついてゆくと、山道は羊のはらわたのようにくねくねと続いています。虚名の騒がしさから、応接が忙しくなったことを自ら笑っています。いたる所で酒に酔い潰れて我慢をしているので、詩の借りを償うのに時間が足りません。

東海たちとの別れ

采蘋は行方家を拠点にして、近隣の村に出張教授をしながら帰郷のための旅費を蓄えていたと思われる。長期の滞在が許されたのは、行方兵右衛門が大庄屋であったばかりではなく、その人柄によるものであったようだ。十八年前に知り合い、今回は二回目の滞在であったから、その別れは辛いものとなった。留別の詩にはその辛さがにじみ出ている。

留別行方氏　　行方氏に留別す

遠別已經十八年　　遠別《えんべつ》　已に　十八年を経《ふ》

相看悲喜涙潸然　　相看て　悲喜《ひき》　涙　潸然《さんぜん》たり

暫留明日還征路　　暫《しばら》く留りて　明日　征路《せいろ》に還《かえ》る

離恨茫茫水接天　　離恨《りこん》　茫茫《ぼうぼう》として　水　天に接す

遠く分かれ分かれになって、既に十八年が経ちました。あなたと面と向かうと悲喜相混ざって、涙も出てきません。しばらくここに留まって、あすはまた元の旅路に戻る予定です。別れのつらさはとりとめがなく、涙は天に届くほどです。

行方氏に別れを告げた後、東海、茝斎《さっさい》、観涛《かんとう》と白浜滞在中に共に遊び、また詩を取り交わした若者たちとも別れを惜しんだ。鈴木東海に贈った詩には、偶然に知り合い、一か月間彼とともに過ごし、唱和を繰り返し、また酒を酌み交わしたことが書かれている。その親切に感謝し、別れを惜しんでいる。

別木東海

萍水何邊無別離
偶縁奇遇故遅遅
若非君輩憐孤客
安得天涯有一知
唱和三旬重歳酔
東西明日負春之
数株楊柳微風岸
愁緒揺揺幾萬絲

（鈴）木東海に別る

萍水《へいすい》　何辺《なんぺん》　別離《べつり》無く
偶《たま》たま奇遇《きぐう》の縁ありて　故に遅遅《ちち》たり
若《も》し君輩《くんはい》　孤客《こかく》を憐れむにあらざれば
安《いず》くんぞ　天涯《てんがい》　一知《いっち》を有するを得んや
唱和三旬《しょうわさんしゅん》　歳を重ねて酔う
東西　明日　春を負いて之《ゆ》く
数株《すうかぶ》の楊柳《ようりゅう》　微風《びふう》の岸
愁緒《しゅうしょ》　揺揺《ようよう》として　幾万《いくまん》の糸《し》

流浪する身にはいずこにも別離はないのですが、たまたま不思議な縁で巡り合ったものですから、ゆっくりとしてしまいました。もしあなたが一人ぼっちの旅人を不憫に思わなかったならば、どうして異郷にあって、あなたを知ることができたでしょうか。おかげで一か月間唱和を繰り返し、歳を重ねてまた酔うことができました。西に東にと、明日はまた春を背にして出かけます。数株の柳の木が、うれえ悲しむように、そよ風の吹く岸辺に、ゆらゆらとたくさんの糸のような枝を垂らしています。

采蘋の送別の詩に対し、鈴木東海も送別の詩を采蘋に贈っている。采蘋とは性情が合ったとあるように、年齢には関係なく、詩人として旧友のような関係を結ぶことができたといっている。また采蘋は母親のように教え諭すことも忘れなかった。二人の出会いがお互いにとって貴重であったことが、両者の詩から伝わってくる。

送采蘋女史　　采蘋女史を送る

交在情性合　　交わりは情性《じょうせい》の合うに在り
不関舊與新　　旧と新に関わらず
烟霞同痼疾　　烟霞《えんか》の痼疾《こしつ》を同じくし
風月結清因　　風月《ふうげつ》清因《せいいん》を結ぶ

教戒真慈母　　教戒《きょうかい》は真の慈母《じぼ》

唱酬恰故人　　唱酬《しょうしゅう》は恰《あたか》も故人のごとし

何圖離別速　　何ぞ図《はか》らん　離別《りべつ》の速きを

愁殺百花春　　愁殺《しゅうさつ》す　百花の春

付き合いをするのは性情が合うからです。付き合いが長いか短いかは関係ありません。山水を極端に愛する性癖は同じで、風や月と清らかな関係を結ぶことができます。教え諭すことは実の母親のようで、詩の応酬はまるで旧友のようです。こんなにも早く別れが来るとはどうして予測できたでしょう。百花の春をひどく悲しくさせています。

次の詩は、十九年前に野島を訪れた時に詠んだ詩であると思われる。友人と連日酒樽を携え、山登りを楽しみ、皆で酔ってふざけ合う、若いころの采蘋の姿が描写されている。

予十九年前遊野島作　　予十九年前野島に遊びて作る

地盡東南日出邊　　地尽きる東南　日出る辺

微茫滄海水涵天　　微茫《びぼう》たる滄海《そうかい》　水は天を涵《ひた》す

風収鵬際帆如立
波穏鰲背山似眠
累日携樽移謝屐
同朋弄筆聳王肩
酔余笑我耽清賞
月下随行骨欲仙

風収まりて　鵬際《ほうさい》　帆立つが如し
波穏やかにして　鰲背《ごうはい》　山眠るに似たり
累日《るいじつ》　樽を携え　謝屐《しゃけき》を移し
同朋《どうほう》　筆を弄《ろう》して　王肩《おうけん》を聳《そび》やかす
酔余《すいよ》　我が清賞《せいしょう》に耽るを笑う
月下　随行して　骨　仙ならんと欲す

青海原はぼんやりとかすんで見え、水は天に連なっているかのように見えます。風が収まって、おおとりの翔る空は帆が立っているかのように見えます。波は穏やかで大がめの背中は山が眠っているかのようです。連日酒樽を携えて、山登り用の下駄の歯を入れ替える。友人は筆をもてあそんで、自尊して周囲をにらめつけ、勢いを示します。酒に酔ったあまり、私が清賞に耽るのを皆が笑います。月あかりの下、皆について歩きながら仙人になりたいと願う。

和田村～勝浦

野島崎を後にした采蘋は、歩を東に進め、途中千倉を経て、和田村に到着した。ここで医者の保田《やすだ》綉斎《しゅうさい》の家に宿った。保田綉斎は名を衡といい、医業の傍ら塾を開いて近隣の子供を教えていた。

采蘋は、保田綉斎に贈った詩のなかで、春雪を見て、才能は到底及ばないが、中国の有名な才女、謝道蘊の故事に準えて、柳の綿毛が舞っているようだと評しました、とおどけている。

春雪酬保田綉齋
気韵遠慚道蘊才
襟懐只是對君開
春風忽送簷前雪
好擬謝家評絮来

春雪に保田綉斎に酬ゆ
気韵《きいん》遠く　道蘊《どううん》の才に慚《は》づ
襟懐《きんかい》只《た》だ是れ　君に対して開く
春風《しゅんぷう》忽《たちま》ち送る　簷前《えんぜん》の雪
好んで謝家に擬し　絮《じょ》の来るを評す

気品の高い趣は、謝道蘊の才能に比べれば、ほど遠く恥ずかしいものですが、心はただあなたに対してのみ開いています。春風が吹いてたちまち簷《ひさし》の前の雪を吹き飛ばしてしまいました。私はわざと謝家の諺《ことわざ》を真似して、柳絮が風に乗って舞い飛ぶのに似ていると批評しています。

和田村から波太《なぶと》（現鴨川市太海）に至り、医者の阿部玄節《あべげんせつ》に宿った。玄節は杏林斎とも号したようで、杏林堂医院を営んでいた。平久里の医者加藤霞石に学んだことから、霞石の紹介であったのかもしれない。この時代の知識者の例にもれず、杏林斎も詩を嗜み、采蘋に詩の添削を頼んでいる。

雨に阻まれ外出できなかったと見え、采蘋もここで九首の詩を残している。

次は波太を訪れたときに詠んだ詩である。ここには観光名所の仁右衛門島《にえもんじま》があり、星巌夫妻もここを訪れ、詩を残している。源頼朝が安房に逃れてきて、平野仁右衛門の家に身を隠したといわれる仁右衛門島に、その館が今も保存されている。

波太の風景をよく描写した詩である。

波太

空洋一碧渺茫中
鵬際無邊何處通
人道鰌魚驅鰯至
長呼狂走促漁翁

空洋《くうよう》　一碧《いっぺき》　渺茫《びょうぼう》の中《うち》
鵬際《ほうさい》　辺無く　何れの処にか通ず
人は道《い》う　鰌魚《しゅうぎょ》　鰯《いわし》を駆りて至り
長呼《ちょうこ》　狂走《きょうそう》して　漁翁《ぎょおう》を促すと

青々と果てしなく広がる空と海。鵬の翔る空は区切りがなく、どこに通じているかわかりません。人がいうには、くじらがイワシを追って、長い間声を引いて誘い、イワシは狂ったように逃げ回り、漁師を駆り立てると。

続いて采蘋は小湊（現鴨川市内浦）から植野に至る山路を通って、花を見るために旅路を急いだが、あたりには花の姿も見えないと落胆している。小湊には日蓮聖人生誕の地があり、星巌もこのあたりを巡り歩いたようで、「小湊」「市坂」などの詩が残されている。
次は植野村（上野・現勝浦市）で蕨取りを楽しんだときの詩である。

新晴植野採蕨　二首　新晴、植野にて蕨を採る　二首（そのうちの一首）

一丘一壑弄春妍　一丘《いっきゅう》　一壑《いちがく》　春妍《しゅんけん》を弄《もてあそ》ぶ
何事東皇慳霽天　何事か　東皇《とうこう》　霽天《せいてん》を慳《お》しむ
微物猶嗔風雨暴　微物《びぶつ》　猶《な》お　風雨の暴を嗔《いか》る
満山柔蕨奮空拳　満山《まんざん》の柔蕨《じゅうけつ》　空拳《くうけん》を奮《ふる》う

あちこちの丘や谷はあでやかな春をもてあそんでいます。どうしたことか春を司る神は空の晴れるのを惜しんでいます。小さな植物はやはり風雨の激しさを怒って、山いっぱいのやわらかな蕨がこぶしをふり挙げて抗議しています。

勝浦では里正《りせい》の熊切弥左衛門《くまきりやざえもん》に宿り、雨に阻まれ逗留したものと思われる。勝浦では潮の音を聞いて天気を占うといい、明日は大雨になると村人は口々に言ったと詩に書いている。

山田村—鈴木謙斎

春の終わる前日（三月三十一日）、山田村（現勝浦市）の里正、鈴木謙斎《すずきけんさい》を訪ねた。謙斎は名を図書と言い、天然楼とも号し、詩を理解する人であった。春の長雨に外出を阻まれていたが、ようやく雨も上がり、春の終わりの美しい景色を満喫している様子を詠んだ一首を挙げる。

春尽二首（そのうちの一首）

積雨纔晴春又回
人生八九恨難裁
因風柳絮輕輕起
拂露藤花裊裊開
幸有新知論風雅
狂吟長句資嘲咍
群芳正是清和節

積雨《せきう》　纔《わず》かに晴れて　春は又回《めぐ》る
人生　八九《はちく》　恨み裁《さい》し難し
風に因りて　柳絮《りゅうじょ》　軽軽《けいけい》として起る
露を払いて　藤花《とうか》　裊裊《じょうじょう》として開く
幸い　新知有りて　風雅を論ず
狂いて長句を吟じて嘲咍《ちょうかい》を資《と》る
群芳《ぐんぽう》　正に是れ　清和《せいわ》の節

只恐啼鵑向客催　　只《ただ》恐る　啼鵑《ていけん》　客に向いて催《うなが》すを

連日の雨がやみ、やっと晴れて、春はまたもどってきました。人生八九割は恨みを断ち切るのが難しいものです。風が吹いて柳の綿毛がふわふわと舞いあがり、藤花は露を振り払い、細くしなやかに花を開いている。幸いに新しく知り合った友と風雅を論じて、正常心を失って長句を吟じて大いに笑いをとりました。花々が咲き誇り、まさに今日は四月一日、季節の変わり目です。ただホトトギスが遊客に向かって帰るのを促すことを恐れています。

次も鈴木謙斎に贈った詩である。十九年前にもここに泊まったときのことを思い出しながら、成長した相手との再会を喜んでいる。謙斎は塾を開いて子弟を教育していたようで、采蘋は優秀な生徒を育てることの大切さを説いている。

贈鈴木氏　　鈴木氏に贈る

少時難再得　　少時《しょうじ》　再び得難し
日月無停光　　日月《じつげつ》　光を停《とど》むこと無し
憶昨來遊日　　憶《おも》う　昨《さく》　来遊の日

寓君迎青陽
一別不相見
廿年亦已長
唯記別時顔
寧知鬢邊霜
恍如墜烟霧
往事洋茫茫
獨喜塤應篪
和樂有餘慶
階庭生蘭玉
振振自異常
珍重須培養
願流千里芳

君に寓して青陽《せいよう》を迎う
一別して　相見《まみ》えず
二十年　亦《また》　已に長ず
唯《た》だ記す　別時《べつじ》の顔
寧《いず》くんぞ知らん　鬢辺《びんぺん》の霜《しも》
恍《こう》として烟霧《えんむ》の墜つるが如し
往事《おうじ》　洋として　茫茫《ぼうぼう》たり
独り　塤《けん》は篪《ち》に応《こた》うを喜ぶ
和楽《わらく》　余慶《よけい》有り
階庭《かいてい》　蘭玉《らんぎょく》を生ず
振振《しんしん》として　自《おのずか》ら常と異《ことな》る
珍重《ちんちょう》して　須《すべか》らく培養《ばいよう》すべし
千里の芳　流るるを願う

幼少の時間は再び戻ってくることはなく、月日の光も滞ることはない。以前ここに来遊した時のことを思い出します。あなたのところに泊まって春の朝日を拝んだものです。別れて以来、一度もお会いしていませんが、二十年たってまた一段と成長されましたね。でも別れたときのお顔ははっきりと覚えています。まさか頬髭に霜（白髪）が交じっていることなど知ろうはずもありません。あたかも霧の中にいるようです。昔のことは海のようにとりとめなくぼんやりとしています。塤《つちぶえ》と篪《こ》が互いに調和するのを聞いて一人喜んでいます。和らぎ楽しむことは子孫にまで及ぶ幸福です。階段の前の庭には優秀な子弟が集まり、彼らは意気盛んで、おのずから他の人々とは異なっています。当然大切にして養い育てるべきです。長年の名誉は脈々と続くことを願っています。

采蘋は酒豪であったが、酒を題材にした詩は珍しい。この詩は旅先で雨に阻まれ、酒の勢いで作詩をしている様子が詠まれている。

呼酒　　酒を呼ぶ

酒唯人一口　　酒は唯《た》だ　人と一口《ひとくち》

戸銭不須多　　戸銭《こせん》　多くを須《もち》いず

詩思有時渇　　詩思《しし》　時に渇くこと有らば

呼盃酔裏哦　盃《はい》を呼びて　酔裏《すいり》に哦《うた》う

酒はただ一口飲めば、お金はたいして必要ありません。しかし、時に詩心が枯れることがあったなら、酒を求めて酔った勢いで詩を吟じるのです。

旅の終わり

旅も終わりに近づくにつれ、采蘋の郷愁はつのるばかりであった。五十歳になり異郷の旅を続けるなか、故郷の母を案じる気持ちがますます強くなって、すぐにでも飛んで帰りたい気持を詠んでいる詩があるが、その中から一首をあげる。

思郷

五十親猶健　五十　親　猶《な》お　健《すこや》かにして
餘慶抵萬金　余慶《よけい》　万金《ばんきん》に抵《あ》たる
豈云千里遠　豈《あ》に千里遠しと云わんや
浩浩有歸心　浩浩《こうこう》として帰心《きしん》有り

五十歳の私ですが、親はまだ健在で、親のおかげで得た幸福は万金にも相当します。どうして千里が遠いと言えましょうか。帰心は強くなるばかりです。

最後の訪問地四天木（山武郡大網白里町）では、斉藤四郎右衛門《さいとうしろうえもん》を訪ねた。ここで「五清堂席上」という詩を詠んでいる。五清堂は四郎右衛門のまたの名である。星巌もここに宿泊していることから紹介されたのであろう。五清堂は土豪でこのあたりの大網元でもあったことから、文人の逗留先であったと思われる。雨に阻まれて郷愁をつのらせていた采蘋も、五清堂の大洋庵に招かれて酒をふるまわれ、すっかり故郷を忘れてしまったと詩にある。

季節は既に夏となり、江戸に向けて帰路を急いだと思われる。『東遊漫草』にはこの後さらに三首の詩が載っているが、人名録は四天木が最後となっている。

人名録について

采蘋は一年近くのこの旅で多くの人たちに出会っており、その人名録を『東遊漫草』の後部に記録している。したがって詩と照らし合わせてみることで、采蘋がどこで誰と会ったのかがよくわかり、またその人物についても詳しく知ることができる。また詩には登場しない人物も多く記録されている。これらの人物は地元の有力者や医者であり、裕福な知識層であったと思われ、幕末の房総地域の歴史を知るうえで有力な資料となるはずである。またこの頃の房総半島は異国船をみはるための台場が設けられており、白河藩、会津藩、忍《おし》藩がその任務にあたっていた。これらの人々との交流があったことも人名録には見えている。以下にその人名録を表にし、訪問地は地図上に示した。

旅程図：筆者作成

訪問地	**通称**
木更津	遠山元水
	近藤兼吉
	生澤良仙
富津	織本嘉右衛門
	糟谷直輔
	磯崎永助
	小松貞吉
	稲次作左衛門
天神山湊	井上宗旦（宗瑞）
百首	乃木文迪
元名村	岩崎泰輔
保田	川崎温平
勝山	旅宿
市部	小澤政右衛門
平久里	加藤済
谷向	鈴木齢助
館山	宗真寺
長須賀	池田金七
園村	景山与左衛門
片岡村	小柴新右衛門
寶貝村	本橋次右衛門
安東村	相川十左衛門
	宮澤胖
	西村幸内
	水谷豊作
二子村	谷崎元益
鶴ヶ谷	塩野専蔵
洲崎村	渡邊仁右衛門
	池田玄章
	養老寺（眞識）
伊戸村	黒川隆圭
	吉祥院（海龍）
	圓光寺（通仙）
	黒川友次朗
坂田村	西方寺（仙峯）
	海老原市郎左衛門
川名村	飯田三郎兵衛
	飯田新兵衛
波左間	新兵衛
布良村	豊崎藤右衛門
	小谷吉右衛門
犬石村	嶋田理兵衛
根本	森周蔵
	海潮寺（尾浦山）
川下村	早川古右衛門
原田村	行方早人
青木村	鈴木才助
原村	佐野元治
	吉田茁齋
神余村	金丸六右衛門
	和貝大作
嶋崎村	行方兵右衛門
下澤	佐野真亮
白子	佐野弥助
南三原	佐々圭悦
和田村	保田綉斎
	庄司五朗左衛門
	嶋村弥助
	八代市兵衛
	泉林兵衛
	白川又八
天面	裕九郎

訪問地	**通称**
波太	安部玄節
磯村	佐野逸民
前村	木村周斎
東條	高階
	亀田元
内浦	渡邊喜内
植野村	市川左仲（篤徳、梧桐、宜仲）
	市川左仲（仲義、龍山、義生）
	紫水鼎
興津	相寿院（假稽）
	東光寺（天嶺）
勝浦	熊切弥左衛門
岩切	武岡泰充
六軒町	鶴澤勇吉
久保村	岩瀬五朗左衛門
山田村	鈴木図書
	鈴木慎兵衛
苅谷	鈴木伝右衛門
今関村	田丸健良
臼井	堀江東民
長者町	吉田崇軒
網田	高原五郎衛門
	長四郎
一ッ松	森権右衛門
四天木	斉藤四郎右衛門
	斉藤成憲

房総における采蘋の足跡

以上、人名録と地図でもわかるように、采蘋は一年近くをかけて房総半島を一周し、多くの場所を訪ね、多くの人びとに出会った。

その旅日記である『東遊漫草』には百首近い詩が残されている。帰郷の旅費を稼ぐための旅であったと思われがちであるが、漢詩人の業績としても十分な詩を残している。また行く先々で若い儒者を教育することも忘れていなかった。地元の青年が残した詩からは、采蘋のような詩人に出会えた喜びが伝わってくる。

江戸で二十年間活躍した采蘋の名声は、江戸で刊行された人名録によっても知ることができたが、江戸と房総を往来する文人たちによっても伝えられたと思われる。この名声によって行く先々で宴会に呼ばれ、席上で書画を頼まれ、酒に酔いつぶれたと詩にも書いている。有名な詩人を迎えることは、地元の知識階級にとっては名誉であり、また楽しみでもあったようである。

采蘋は、梁川星巌が房総を遊歴した際にたどったコースを、逆回りではあるがほぼ追随している。このことから、星巌による紹介状が采蘋を助けたと考えられる。房総には星巌の門人も多くいたことから、宿泊先の確保にも役立ったであろう。

采蘋の房総遊歴がもたらした足跡は、男子の教育だけでなく女子にも影響を与えていた。幕末の日本では女子も教育を受けられる寺子屋の存在があったが、多くは家庭で父親から教育を受けていた。采蘋が訪ねた家庭は裕福な家庭であったから、女子の教育にも熱心であった。鱸松塘の娘采蘭《さいらん》の名は、采蘋の一字を付けたものと思われる。采蘭が後に漢詩人として松塘の塾「七曲吟社」を助けたことからも、采蘋が女性として彼女たちに与えた影響は見逃すことができないと考える。

第七章　帰郷

采蘋は二十年間を江戸に拠点を置きながら、近隣の各地を遊歴し、儒者・漢詩人として活躍した。その間は、故郷の母を案じながらの生活であったため、嘉永元年（一八四八）に母の病の知らせを受けた采蘋は、いったん帰郷し、母に孝養を尽くす決心をする。

しかし、采蘋にとって江戸での生活はいまだ志半ばであり、父の遺命を成し遂げるために再び江戸に戻る心づもりであった。そのため荷物は友人の家に預け、再び戻る約束もしていたといわれる。当初の計画では、母に孝養を尽くし終えたのちに江戸に戻る考えであったが、結局采蘋が再び江戸を目指して出発したのは十年後であった。

江戸から九州までの帰郷の旅は、母に会いたい気持ちから最短の旅程であったと思われ、なんの記録も残していない。帰郷後の十年間は、母への孝養だけでなく、原家の墓碑の再建などのために九州各地を遊歴し、資金を集めて父の遺稿の出版の準備をするために費やされた。幸い九州遊歴の記録は、最も多くの詩が盛り込まれた『西遊日歴』として残されている。また日常の記録である『漫遊日歴』もあり、『西遊日歴』の詩と照らし合わせることで、二年間にわたる九州遊歴の実態を詳細に知ることができる。

本章では、二十年ぶりに戻った故郷での母との暮らしぶりと、母を看取ったあとの九州遊歴の旅の様子を『西遊日歴』と『漫遊日歴』を通してみていきたいと思う。

帰郷後の采蘋

采蘋が秋月に帰郷した翌年（嘉永二年）の春、戸原春坪《とはらしゅんぺい》（秋月藩医で戸原卯橘《うきつ》の長兄）ら親戚や友人が集まって「楽只亭」で歓迎会を開いてくれた。江戸で二十年もの間活躍し、名声を博した采蘋に戸原春坪は次の詩を贈った。

……
賢媛名士曾評品　賢媛名士《けんえんめいし》　かつて品を評す
借問当時得幾人　借問《しゃもん》す　当時幾人をか得ると
……

賢い女性や有名な人々は、かつて優劣を評論しあった。あなたは当時いったいどれほどの人に褒められましたか。

これに答えて采蘋は次の詩を贈った。

豈不思歸有老親　豈《あ》に帰るを思わざらんや　老親《ろうしん》有り
□□莫若故山春　□□故山の春に若《し》くは莫《な》し

東都文物皆繊巧　　東都《とうと》の文物　皆　繊巧《せんこう》
碧海掣鯨無一人　　碧海《へきかい》　鯨を掣するは　一人無し

老親がいるのに、どうして帰ることを思わないものがいるでしょうか。故郷の春に勝るものはありません。江戸の文物は皆繊細で巧みであるけれども、大海原で鯨を引っ張るような豪傑は一人もいません。

江戸ではさぞかし楽しい思いをしたでしょうと問いかけた戸原春坪に、「そんなことはありません。故郷に勝るところはありません。江戸には豪傑は一人もいませんでした」と答えている。

さて、七月になって采蘋は豊前《ぶぜん》行きを計画した。兄と弟の霊を弔うためであった。同行したのは親戚筋に当たる戸原卯橘と手塚律三郎《てづかりつさぶろう》であった。戸原卯橘はこの小旅行を『北豊紀行』として残しているため、それによって旅の道程を知ることができる。

采蘋はまず、親戚の佐谷昌才《さたにしようさい》を訪ね、二十三日には村上仏山《むらかみぶつざん》の家に到着した。仏山は秋月の古処の塾で学び、後に兄白圭が豊前で塾を開いたときに門人となっている。采蘋が訪れたときには仏山は水哉園《すいさいえん》(行橋市にある村上家には当時の建物がそのまま残され、采蘋の書なども子孫の方によって保存されている)という私塾を経営し、豊前での名声を得ていた。村上仏山の塾からは、明治の政治家として名をはせた末松謙澄《すえまつけんちょう》などが育っている。次の詩は采蘋が村上仏山に贈った詩である。

贈村上佛山子　　村上仏山子に贈る

久客遠歸自武蔵　　久しく客となりて　遠く武蔵より帰れば
故郷一變似他郷　　故郷　一変して他郷《たきょう》に似る
却來隣國尋相識　　却って隣国に来り　相識《そうしき》を尋ね
説至弟兄空斷腸　　説いて弟兄《ていけい》に至り　空しく断腸す
幸有斯文伝後死　　幸い斯文《しぶん》有り　後死に伝う
喜看家學及遐方　　喜び看る　家学《かがく》の遐方《かほう》に及ぶを
名聲千古無消盡　　名声は　千古消え尽くすこと無からん
夭寿人間何足傷　　夭寿《ようじゅ》は人間《じんかん》　何んぞ傷むに足らん

長い間旅をしていて、遠い関東から帰ってみれば、故郷は一変して、他郷のように感じます。しかし、隣の国に行って、知人を訪ねて話をすれば、話は兄弟に及び、いたずらに断腸の思いです。幸いに、詩文が後に残る人々に伝えられ、儒家としての家学が遠方にまで及んでいるのを見ることができて喜んでいます。原家の名声は永遠に消え尽きることはないでしょう。どうして人の短命を悲しむ必要がありましょうか。

詩のなかで采蘋は、「二十年ぶりの故郷はすっかり変わってしまったが、兄や弟が住んだ豊前を訪ねれば、話は兄弟に及び、悲しみに襲われた。しかし、仏山のおかげで、古処や白圭が教えていたことが確実にこの地に広まっていることを確認できたので、兄弟が早死にしたことも悲しむことはない」と自分に言い聞かせている。

この後、仏山の兄彦助や平石湯山《ひらいしとうざん》などの家を訪ねながら、八月四日になって桑野琳次郎の家を訪問した。琳次郎と兄の寿伯《じゅはく》は甘木の原古処の塾で学び、期待を寄せられた神童であったが、琳次郎は采蘋が江戸に滞在中、二十七歳の若さで病没した。このたびの訪問は琳次郎を弔うためであった。

母との二人暮らし

八月八日に秋月に戻ったあと、采蘋は母を引き取り、下座郡屋永村（福岡県朝倉市屋永）の専照寺で母子水入らずの生活を始めた。

次の詩は、徳堂村に住む倉富篤堂《くらとみとくどう》（広瀬淡窓門人で外交官倉富勇三郎の父）を訪ねたときに、その雅会の席上で篤堂の詩に答えたものである。

答篤堂雅兄　　篤堂雅兄に答う

自笑老衰心已蓬　　自ら笑う　老衰《ろうすい》　心は已に蓬《ほう》たり

精神索莫失家風
恵詩人是湘中客
處世身從塞上翁
鴻雁天高蘆荻冷
田園秋深稲粱豊
童蒙望我應如鶴
孤負霜楓二月紅

精神　索莫《さくばく》として　家風《かふう》を失う
詩を恵む人は　是れ　湘中《しょうちゅう》の客
処世　身は塞上《さいじょう》の翁に従う
鴻雁《こうがん》　天高く　蘆荻《ろてき》冷たし
田園　秋深く　稲粱《とうりょう》豊かなり
童蒙《どうもう》　我に望む　鶴の如く応ずるを
孤負《こふ》す　霜楓《そうふう》　二月の紅

年老いて心身は衰え、心はすでに蓬草のように乱れている自分を笑っています。心は孤独で物淋しく、原家の家風を失ってしまったようです。詩を私に教えてくれたのは湘中の旅人屈原《くつげん》です。世渡りのことは運を天に任せましょう。雁は天高く舞い、アシとオギは侘しげです。田園の秋は深まり、はぜに掛けた稲束がたくさん並んでいる。子供たちは私に、鶴のまねをしてくれるようにと頼んだ。霜で真っ赤に紅葉した楓は春の盛りの花に背いて赤々と誇っている。

季節は既に秋の終わりで、楓が紅葉している時期である。采蘋の心も季節を反映してか物淋しさが漂っている。

専照寺で母子水入らずの生活を始めたものの、生活は楽ではなかったと思われる。そのため嘉永三年七月に、山家宿《やまえしゅく》（福岡県筑紫野市大字山家）に居を移し、ここで私塾を開き近隣の子弟を教育することとなった。

采蘋の山家での生活については近藤典二氏の「近世末期の手習塾」、『筑紫野市史　下巻　近世・近現代』に詳しいので、参照されたい。それでは采蘋が暮らした幕末の山家は一体どんな状況であったのだろうか。以下に見ていくこととする。

山家での学文所の開設

幕末の山家駅は交通の要所で、九州各地の大名が参勤交代の際に宿泊する場所として栄えた。そのため薩摩屋、長崎屋、柳河屋などの旅館や、黒田家の別館お茶屋も立ち並び、宿場町として発展したため、寺院や豪商などもそれに伴って増えていった。

采蘋は帰郷後、約三年かけてようやく山家駅に居を構えることができた。現在、采蘋の塾跡は筑紫野市山家駅の近くの住宅地のなかにあり、「日本唯一閨秀詩人　原采蘋塾跡」と刻まれた石碑が建っている。

嘉永三年七月から山家に住み始めた采蘋は、薬種商を営む松尾屋の満生武四郎の家に借家住まいをはじめた。山家駅には既に、もと秋月藩士の司馬来助《しばらいすけ》が塾を営んでおり、満生武四郎の子供たちもそこで学んでいた。

采蘋が塾を始めたころは「学文所」と呼ばれていたことが、松尾屋の会計簿である「大福萬控帳」に書かれている。それ以来、大家である満生武四郎の子供たちは、司馬来助の塾と采蘋の「学文所」の両方に通うようになった。また「大福萬控帳」には采蘋の借屋契約が見られ、それには「女先生」と書かれている。しかし、嘉永五年になると「原先生」になり、嘉永六年以降は「学問所」と変わっている。

「宜宜堂」の開塾

采蘋の塾は近隣では「学文所」「学問所」などと呼ばれていたようであるが、采蘋自身は「宜宜《ぎぎ》堂《どう》」という額を掲げて私塾を開いていたことが、久留米藩士の井上直次郎《いのうえなおじろう》（号は知愚斎）の、「知愚斎先生詩集所記」によって知ることができる。直次郎は広瀬淡窓や原古処にも学んでおり、采蘋とは咸宜園で面会している。

直次郎が嘉永四年七月に山家駅を訪れた際、偶然采蘋が塾を開いていることを聞き、訪ねたときの様子を次のように記している。

……忽《たちま》ち女儒采蘋を思う。今山家に寓す。……既に到れば則ち窮民の家なり。寥として人無きが如し。采蘋其中央に界して居る。其厨内に酒肴を類蓄せず。然れども名誉の女なり。久しく上国に居る者、談話頗る美なり。……頭を挙ぐれば則ち壁上題して宜宜堂と曰う。因りて一首を賦して曰う。

思君昔日着紅裾
文壘相傳娘子軍
何料宜宜今在此
潜龍猶見吐奇雲

君を思う　昔日《せきじつ》　紅裾《こうくん》を着け
文塁《ぶんるい》相伝う娘子《じょうし》の軍
何んぞ料《はか》らん　宜宜《ぎぎ》として今此に在るを
潜龍《せんりゅう》猶お　奇雲《きうん》を吐くを見る

昔日、赤い裳裾を着けたあなたのことを思い出します。あなたは文壇の砦の中で女子としてよく戦ってきました。どうして都合よく今ここにいることを推測できたでしょう。まるで潜龍が、なお奇雲を吐くのを見るようです。

井上直次郎が赤い裳裾を着けた采蘋を思い出しているのは、采蘋が文政三年秋に、父に同伴して咸宜園を訪問したときのことであった。このとき采蘋は二十三歳、「その行事磊々落々男子に異ならず、又よく豪飲す」と淡窓が日記に記している采蘋を目の前で見たのが直次郎であった。その三十年の後に思いがけなく再会した感慨を詩に述べている。

井上直次郎は采蘋の山家の住居を「窮民の家」と表現しているが、春山育次郎氏の後の調査によれば、「采蘋の住宅は八畳二間、六畳二間より成り、庭園を隔てて別に長屋あり。一部は土塀を以て繞《めぐ》らされ、庭園の外、菜園あり。庭園にはあんずの大木あり、年々多く実を結べり」と立派なたたずまいであったことがわかる。

しかし直次郎が「其厨内に酒肴を類蓄せず」と書いているように、暮らしぶりは貧しかったようである。家賃の滞納も「大福萬控帳」によって知ることができる。次の詩はその状況をよく物語っている。

　　謝人贈魚　　人の魚を贈るに謝す

千里省親歸草廬　　千里　省親《せいしん》　草廬《そうろ》に帰る
山中供養只蔬菜　　山中の供養《くよう》　只　蔬菜《そさい》のみ
謝君情意深於海　　謝す　君が情意《じょうい》　海よりも深きを
忽使寒厨食有魚　　忽《たちま》ち寒厨《かんちゅう》の食　魚有らしむ

親を見舞うために、はるか遠くから草廬に帰ってきました。山の中の生活では供養するものはただ野菜のみです。あなたの情意の海よりも深いことに感謝します。たちまちにして貧しい厨房で魚を料理させていただきました。

この他にも采蘋の山家での生活の一端をうかがわせる詩に、戸原春坪が采蘋の訃報を聞いて詠んだ詩がある。

生理疎疎甑有塵
唯将詩酒託斯身
腔底原存丈夫気
奇言偉行屢驚人

生理《せいり》　疎疎《そそ》として甑《こしき》に塵《じん》有り
唯だ詩酒を将《も》って　斯の身を託す
腔底《くうてい》に原《もと》より存す　丈夫の気
奇言《きげん》　偉行《いこう》　屢《しばしば》人を驚かす

生活のことには疎くて料理の道具はほこりをかぶっていた。ただひたすら詩酒を頼りにして生活をしていた。もともと腹の底には男子の心が存していたのであろう。度々奇抜な言葉や立派な行動でもって人を驚かせたものです。

戸原卯橘と采蘋の交流

戸原卯橘（継明）（一八三四 - 一八六三）は、秋月藩の藩医である戸原一伸の四男に生まれた。卯橘は嘉永六年正月十八日、秋月藩校稽古館を首席で卒業、福岡の青木某に入門、続いて赤坂の田《た》中元立《なかげんりつ》に入門して医学の修業中であった。

『戸原卯橘日記』の嘉永四年から安政二年までの記述には、山家に住む采蘋との交流が頻繁に記録されている。以下日記に従って二人の交流を追ってみたい。

嘉永四年の日記には、正月二十七日太宰府天満宮参詣のため秋月を出発し、途中秋月藩士に出会ったので茶店で談話中、雨が激しく降ってきたので山家に引き返し、采蘋居に泊まったとある。その後八月までの記述がなく、八月十三日に山家の原女史を訪ねるとある。酒を携えて観音山に登り大酔、恍惚として下山、諸子と連れだって天山村西方寺に講法を聞きに行き、五更に帰宅した。八月はその後、十四日、十五日、十六日、十七日と連日のように会っている。采蘋、釈《しゃく》義《ぎ》龍《りゅう》と連れだって三奈木村の荷原に行って儒医の熊本幼柔《くまもとようじゅう》宅に泊まり、翌日酒を携え、一里ほど先の帝釈坂まで登る、などとある。

次に日記に采蘋が登場するのは十月十六日、山家の原女史の家に泊まり、翌日太宰府天満宮に参詣する、とある。卯橘がしばしば太宰府天満宮に参詣していることがこの日記からわかる。

卯橘は、采蘋と会えば必ず酒を飲み、大酔している様子が書かれている。当然酒を飲みながら詩を賦したであろう。日記には卯橘が「夢蝶小巻」という詩集を采蘋に見せたことが書かれており、詩を添削してもらったのであろう。この後日記には安政二年まで采蘋との交流が書かれている。

戸原家は原古処の実母の最初の嫁ぎ先であったため、卯橘と采蘋は親しく交際していたことがこの日記からも窺われる。卯橘は采蘋の最も傑出した弟子とも言われているが、二人の交流は嘉永元年の采蘋が帰郷したときから、安政三年正月の卯橘の江戸遊学までの期間であったと思われる。卯橋は詩文の添削を采蘋に頼んでいたといい、卯橋の『北豊紀行』の詩稿部分は采蘋の批点が加えられているとのことである。

この日記の詳細については『筑紫野市史　下巻　近世・近現代』「第五章　教育と文化」、一九九九年三月を参照されたい。

なお卯橋については采蘋の死後、熊本に医術修業のため旅立ったが、後を追って熊本に来た同志海賀宮門《かいがみやと》とともに尊王攘夷運動に身を投じる。文久三年（一八六三）の生野の変に澤宣嘉《さわのぶよし》や平野国臣《ひらのくにおみ》らと共に参加し、十月十四日自刃した。

母の死

采蘋が山家で塾を営んでいたのは嘉永三年七月から安政三年四月、肥薩遊歴に出発する前までであった。采蘋の門弟の多くは近隣のお寺の子弟であり、また代官などの役人の子弟や庄屋、豪商などの子弟も含まれていた。

宜宜堂では『孝経』『論語』など漢学の基礎の授業をはじめ、習字も教えていたようである。采蘋は内職の機織りをしながら子供たちを監督し、怠けた子を見つけると機織りの木片で叩きながら教えていたといわれる。また采蘋が用事で授業ができないときは、塾長の和田玄遵《わだげんしゅん》に代講を頼んでいる。このように采蘋は門弟に対して厳しく、また責任をもって指導にあたっていたことが伝えられている。父古処の私塾を手伝っていた経験から、父を見習ったものと考えられる。

山家に移り、母子水入らずで母に孝養を尽くしてきた采蘋であったが、その母雪は嘉永五年（一八五二）六月十二日、七十七歳で亡くなった。三年間の喪に服した後、采蘋は肥薩遊歴を決行する。そのための準備としてまず、宜宜堂の門弟を豊前の村上仏山の塾水哉園に紹介し、安政二年から安政三年にかけて徐々に入門させている。こうして安心して宜宜堂を閉じて肥薩遊歴に出かけたのである。

肥薩遊歴の決心

采蘋は父の遺稿の上木を宿願としており、帰郷してからも事あるごとに知人に話していたことが知られているが、母の面倒や塾の経営などで忙しく、なかなかその資金が集められなかったようである。采蘋が資金を集めるために肥薩遊歴に出かけるきっかけを作ったのは、ある唖僧の言葉であった。

あるときこの僧が、采蘋も親しくしている西福寺に一週間滞在し、筆談によって采蘋と詩の応酬を楽しんだ。僧は帰るときに、采蘋の相を見て「十五年以内の寿なり。今にして名をあげざれば、終生の恨事たるべし」といったという。これに対し采蘋は、「これより感奮するところあり、蹶起《けっき》して上木の費を獲むことを期し、かくて南遊の途に上りたり」と言ったと伝えられている。

『西遊日歴』および『漫遊日歴』について

『西遊日歴』は肥薩遊歴中に詠んだ詩をまとめた詩集である。安政三年（一八五六）四月二十三日に山家を出発してから同五年の夏に帰るまでの二年超の九州遊歴を漢詩で綴っている。

このほかにも、山家を出発した四月二十三日から五月二十三日までの日記と、天草滞在中に鹿児島に出かけたときと熊本を旅行したときの日記『漫遊日歴』がある。上記の日記は、詩は含まれない日常の記録である。『西遊日歴』が漢詩のみで綴られた日記であるため、両者を突き合わせてみることで旅の道程を詳しく知ることができる。

『西遊日歴』には三百八十一首の漢詩が収録されており、采蘋最晩年の詩集であるため、漢詩人としての采蘋の業績を知るうえで貴重な資料となっている。現在この詩集は東北大学附属図書館狩野文庫に本人自筆の写本が所蔵されている。ここで取り上げる詩は原則的にこの写本に依拠するものとする。

肥薩遊歴出発時の状況

『西遊日歴』は五月九日、若津港（現福岡県大川市）で詠んだ詩から始まっているので、山家を出発したときの状況や若津港までの道程はわからない。幸い采蘋は出発してからの約一か月間の旅の記録を残していた。この日記はなぜか房総遊歴の日記『東遊漫草』の後部に附録のように記されており、タイトルもついていないため、注意してみなければ見逃してしまいそうな日記である。

それでは出発時の様子を見ていきたい。

四月二十三日、山家を出発した采蘋は見送りに来た二十人あまりの者と共に、まず中牟田茶店で小酌し、次に境界を越えてさらに別の店で別れの盃を交わし、大いに飲んだという。この後多くの人たちは帰ったが、平嶋春航《ひらしましゅんこう》、釋玄遵《しゃくげんしゅん》、大勇道成《だいゆうどうせい》、曽平《そうへい》夫婦および完蔵《かんぞう》はこの日一緒に泊まり、翌日には帰った。

采蘋はこの後、いよいよ一人旅となり、順光寺に泊まりながら広瀬淡窓の門人で甘木詩社でも学んだ和田廉叔《わだれんじゅく》と旧交を温めている。

五月に入り柳川に遊び、田尻《たじり》氏、平野幸右エ門《ひらのこうえもん》宅に滞在している。

五月九日、和田廉叔と雲集《うんしゅう》に見送られて若津港より舟で肥前島原に渡り、和光院に滞在しながらひと夏を送った。

『西遊日歴』の詩

秋月を出発してから二週間、友人知人を訪ね歩いたが、ようやく北風が吹き、島原行きには好都合と告げられたので、和田廉叔に別れを惜しんで若津港から乗船した。『西遊日歴』はこの詩から始まっている。

若津別廉叔　　若津にて（和田）廉叔に別る

徒惜解携到海灣　　徒《いたず》らに惜む　携《けい》を解きて　海湾に到るを
相看無語別顔酸　　相看て語無く　別顔《べつがん》の酸
欲繡斯文豈容易　　斯文《しぶん》を繡《ぬ》わんと欲すは、豈に容易ならんや
獨泛扁舟渡碧瀾　　独り扁舟《へんしゅう》を泛《うか》べて　碧瀾《へきらん》を渡る

別れの挨拶をして港に至れば、訳もなく名残惜しさが募る。顔を見合わせて言葉もなく、顔には別れの辛さがにじみ出ている。詩を綴りたいと願うのは何と難しいことか。一人小舟を浮かべて青い海を渡る。

島原滞在の詩

若津港から一日かけて長崎の島原港に到達した采蘋は、島原港の沖に浮かぶ島々を臨みながら、島の歴史に思いを馳せ、次の詩を残している。寛政四年に普賢岳の噴火が起こり、眉山の東面は海中になだれ込んで、たくさんの島ができたという。

湊

六十年前是海寰
即今人屋列沙灣
天公曽役愚公力
一夜移来無数山

六十年前　是《これ》海寰《かいかん》
即ち今　人屋《じんおく》沙湾《さわん》に列す
天公《てんこう》曽《かつ》て　愚公《ぐこう》の力に役す
一夜移し来す　無数の山

六十年前ここは大海原であった。今は人家が砂の入江に並んで建っています。それは、天はかつて愚公の働きに感心して、一晩のうちに無数の山を湾に移動させたのです。

湊から和光院に到り、ここを拠点として島原の名士や神社仏閣を訪ねている。和光院は島原市加美町にあるお寺で、現在も存在する。かつて城主松平《まつだいら》家の寵愛を受けたお寺で、江戸時代には隆盛を極めたという。広大な敷地を有していたそうだが、現在ではその規模はかなり縮小されている。

采蘋は島原の多比良村に滞在しているときに、里正の村里《むらさと》氏から永世田巻物を見せられて題を求められた。同じ内容の詩が『多比良町郷土誌』に「永制田応里正村里氏需」という題で載っている。島原では政治を題材にした詩を多く残している。民のために私財をなげうって「永世田」という制度を作り出した名主を褒めたたえている。

題永制田巻後

上有賢明主
贊天化育仁
雖歳有凶豐
要無菜色民
里正村里氏
奉揚得其眞
諷諭集富豪
同志五六人
各捐私田資
經營永制田
儲蓄及百世
悠久萬斯年
大道君能行

永制田巻後に題す

上に賢明《けんめい》の主有り
天を賛《たす》けて　仁を化育《かいく》す
歳に凶豊《きょうほう》有りと雖《いえど》も
菜色《さいしょく》の民《たみ》無きを要《もと》む
里正《りせい》　村里氏《むらさとし》
奉揚《ほうよう》して　其の真を得る
諷諭《ふうゆ》して　富豪を集む
同志　五六人
各《おの》おの　私田《しでん》の資《し》を捐《す》て
経営《けいえい》す　永制田《えいせいでん》
儲蓄《ちょちく》　百世《ひゃくせい》に及び
悠久《ゆうきゅう》　万斯《ばんし》の年
大道《だいどう》　君能《よ》く行かん

誰謂如青天　誰か青天の如きと謂《い》わん

人の上に賢明な名主がいて、天地・自然が万物を生み育てるのを補助しています。その年年が不作であったとしても、飢えた人びとのないことを求めます。里正の村里氏は人々を救済するために、世の中にはっきりと示して、正しい策を施しました。遠回りにそれとなく諭して富豪を集めて、同士五・六人、それぞれが私田の財産をなげうって永世田を経営した。その蓄えは百世に及び、永久に万年続くことでしょう。人の踏み行うべき正しい道をあなた方はよく実行できた。だれか青天のごときといわない人がいるでしょうか。

次の詩はメキシコ漂流人島原《しまばら》太吉《たきち》についての詩である。一七九九年、島原市片町に生まれた太吉は、樽廻船「永住丸」に乗って犬吠埼で漂流し、スペイン密貿易船に救助され、メキシコに漂到したが、六年後に島原に帰った。

采蘋は島原滞在中にこの話を耳にして、弘化三年に書かれた「島原漂流人太吉物語」か、または島原藩医の賀来佐之《かくすけゆき》が記述した「墨是可新話《めしこ》」を読む機会があったと考えられる。好奇心の強かった采蘋は、太吉について二首の詩を残している。うち一首を挙げる。

贈漂流人太吉　　漂流人太吉に贈る

小少離郷好旅遊　　小少《しょうしょう》　郷を離れて　旅遊《りょゆう》を好む

行窮東海海窮頭　　行きて窮《きわま》る　東海　海窮《かいきゅう》の頭《ほとり》

石尤風起候波戰　　石尤風《せきゆうふう》起ち　波に候《うかが》いて戦う

攝汝揺投亞墨州　　汝を摂《と》りて　揺かに投ず亜墨州《あぼくしゅう》

あなたは年少のころから故郷を離れて旅をするのを好んだ。東海のはて、海の極まる先端まで行きつき、そこで、向かい風が起こったので、波を待ち受けて戦った。しかし漂流してあなたは助けられて、はるかアメリカ大陸に身を寄せることとなった。

島原で送ったひと夏の様子が残された詩から知られるが、地元の有力者に招待され、また祝賀会にもたびたび招かれて、その席上で主人に贈った詩などが多数みられる。ここでも采蘋の名声が広まっていたことが知られる。

また、采蘋が素直な気持ちで自然や人々に接している姿が詩を通して感じられる。これは母親を看取り、後悔の念に駆られることもなくなった安心感からかもしれないが、広く歴史や経済にも目を向ける余裕さえ感じられる。

孝の呵責から解放された采蘋は、このあと肥薩遊歴で訪れる場所場所で持ち前の好奇心を発揮し、多くの素晴らしい詩を残している。

天草に到着、長逗留となる

島原から船で天草島に渡った采蘋は、志柿《しかき》（現在の志柿町）の里正永野九郎兵衛《ながのくろうべえ》の家や別荘に滞在しながら、途中長崎、鹿児島にも足を延ばしつつ、約一年間を過ごした。

永野九郎兵衛は広瀬淡窓の門人で、自らも漢学塾を開いていたが、風流を愛する文人であったため、対岳楼という別荘を持ち、そこには江戸や各地から著名な文人が訪ねてきて滞在するところとなっていた。九郎兵衛の二男が大嶋子村の大地主、三好屋宮崎《みやざき》家に養子にいっていた関係で、雲仙岳と対峙した絶景の三好屋（大島子村の銀主で金貸し業などをしていた天草の豪農。また九郎兵衛の母の実家でもあった）の敷地内に対岳楼を立てたのであった。

采蘋は江戸に住んでいたときから既に対岳楼の評判を聞いており、「曽て江都に在り、已に耳を傾かす」と詩にも書いている。草場珮川《くさばはいせん》、頼三樹三郎《らいみきさぶろう》、斉藤拙堂《さいとうせつどう》らの一流の文人・儒者がここを訪れている。

現在も跡地にはアコウの木が往時のまま残され、その場に立つとかつての対岳楼の風情が偲ばれる。当時の面影を伝える対岳楼水墨画（岸峻《きししゅん》作）が現存し、文人たちで賑わった在りし日の対岳楼の姿を見ることができる。

采蘋は、対岳楼の居心地のよさに身をゆだねながら、島原・天草の乱に思いをはせている。

対岳楼

對岳岑楼遊觀美
曽在江都已傾耳
歸寧事遂事勝遊
況於處聞情何已
……
正北乃是稱不二
獨立霽間冠筑紫
嶺頭常餘太古雪
六月鑿氷冷徹髓
夕照西沈海門閉
千皺漁火星相似

対岳《たいがく》の岑楼《しんろう》　遊観《ゆうかん》の美
曽《かつ》て江都《こうと》に在りて　已に耳を傾かす
帰寧《きねい》し　事　遂に　勝遊《しょうゆう》を事とす
況《いわ》んや　聞く処　情何んぞ已《や》まんをや
正北《せいほく》　乃ち是れ　不二《ふじ》と称す
独り霽間《さいかん》に立ちて　筑紫《ちくし》に冠たり
嶺頭《れいとう》　常に余る　太古の雪
六月　氷を鑿《うが》てば　冷は髄を徹《とお》す
夕照《せきしょう》　西に沈み　海門閉づ
千皺《せんしゅう》の漁火《いさりび》　星相似たり

……
憶昨両虎闘争地
英雄一去不可起
又不見寛永妖賊乱
援兵遅疑故懈怠
兄弟軽死如鴻毛
名誉泰山傳千載
……
杜鵑聲中春杳矣
……
倏忽放晴日亦暮
多少歸帆聞欸乃
四時奇觀趣不凡
使人耽楽忘郷里

憶《おも》う昨《さく》　両虎《りょうこ》　闘争の地
英雄一たび去りて起《た》つ可《べ》からず
又　寛永妖賊《かんえいようぞく》の乱を見ず
援兵《えんぺい》　遅疑《ちぎ》して　故に懈怠《けたい》す
兄弟の軽き死は　鴻毛《こうもう》の如し
名誉は泰山《たいざん》のごとく　千載《せんざい》に伝う
杜鵑《ほととぎす》　声中《せいちゅう》　春は杳《はるか》
倏忽《しゅくこつ》として　放晴《ほうせい》　日亦《ま》た暮《く》る
多少の帰帆《きはん》　欸乃《あいだい》を聞く
四時の奇観《きかん》　趣不凡《ふぼん》なり
人をして　耽楽《たんらく》して　郷里を忘れしむ

主人責余以詩文
諸彦言之已有斐
菲才固辞不能得
執筆瞌睡憑烏几
應接多多難爲懐
精衛喚醒水之涘

主人　余を責むるに詩文を以てす
諸彦《しょげん》の言　已に斐《あや》有り
菲才《ひさい》　固辞《こじ》するも　得るあたわず
執筆《しっぴつ》　瞌睡《こうすい》　烏几《うき》に憑《よ》る
応接　多多《たた》　懐を為し難し
精衛《せいえい》　喚《よ》びて醒《さま》す　水の涘《きし》

対岳の高く聳えている山は遊覧するのに最も美しいところです。私がかつて江戸に住んでいたころからその名を聞いていました。家に帰り、喪に服したあと、ついに遊覧に出かけることを実行しました。いうまでもなくその景色は聞いた通りのものでした。……北の正面に見えるのを不二と呼び、晴れ間に一つだけ聳え立つ筑紫の山の最高峰です。頂上には太古からの雪が常に積もっており、六月に、氷に穴をあけると、その冷たさは髄にまで達するほどです。夕日は西に沈み、海峡が暗くなると、たくさんの漁火がまるで星のように輝いています。……昔、ここは二頭の虎のような猛将が戦った土地であることに思いをはせます。英雄は一度敗れ去ると、再び立ち上がることはできなかった。寛永年間の島原の乱も見ることはなかった。援兵はぐずぐずしていて故意に助けを怠ったのです。そのため信者兄弟たちの死は軽いこと鴻毛のようでしたが、しかし、その勇敢な名誉は泰山のように尊敬されて永遠に伝わっています。……ホトトギスの鳴き声の中にいると、春はすでに遠くに行ったようです。……たちまちのうちに晴れ渡り、日はまた暮れていく。いくつもの船が港に帰ってきて船頭の歌声が聞こえる。年中の素晴らしい景観は非凡であり、人を楽しみに夢中にさせ、郷里を忘れさせてしまうほどです。主人は詩文を求めて私を責めますが、多くの賢人たちの言葉はすでに美しい色どりを放っています。自分は非才だと言って固辞したのですが、なかなか聞かず、執筆して疲れて眠くなり、小机にうつ伏しました。人と応接するのに忙しく、なかなか心の内を述べることは難しい。精衛（伝説上の鳥）が私を水辺で呼んで努力を促すので、目を覚ましました。

その他の天草での詩

采蘋は島原滞在中に一回、天草滞在中にも閏五月六日から十一日まで長崎に旅行している。次の詩は天草に戻り、旅宿で長崎の友人を懐かしんで詠んだ詩である。采蘋は二十六歳のとき半年ほど長崎に滞在した。そのときに知り合った名流を懐かしみ、今回の旅の合間にも二度ほど長崎を訪れている。

天草客舎寄長崎長川小曽根二子　　天草客舎にて、長崎の長川、小曽根二子に寄す

忽向西風感舊遊　　忽《こつ》として西風《せいふう》に向いて旧遊を感ず

重來瓊浦訪名流　重ねて瓊浦《けいほ》に来って名流を訪う
逢時一瞥如春夢　逢時《ほうじ》　一瞥《いちべつ》　春夢《しゅんむ》の如し
別後幾多兼旅愁　別後《べつご》　幾多　旅愁《りょしゅう》を兼《か》ぬ
萍水無根流寓夜　萍水《へいすい》　根無し　流寓《りゅうぐう》の夜
屋梁有影月明秋　屋梁《おくりょう》　影有り　月明の秋
人生為女君憐取　人生　女と為りて　君の憐れみを取る
咫尺烟波憚去留　咫尺《しせき》たり　烟波《えんぱ》　去留《きょりゅう》を憚《はばか》る

突然に吹いた秋風に向かうと、かつて遊んだ長崎のことを思い出します。再び長崎に来てかつての名流を訪ねました。すると逢う時は一瞥して、まるで春夢のように感じますが、別れた後は何回も旅愁を感じています。流浪して旅先の宿で、夜になると屋根に月影が映って、外は月明かりがきれいな秋です。人生女と生まれて、あなたの憐れみを受けました。煙浪が近くまで迫って、私の帰るのを立ちふさいでいるようです。

采蘋は、志柿滞在中に火島《ひのしま》（天草上島龍ヶ岳町樋島《ひのしま》）の里正藤田天府《ふじたてんぷ》の管窺亭《かんきてい》に招かれた。そのときに藤田天府の求めに応じて詠んだ詩も残っており、この島の歴史や政治、また美しさを詠んでいる。
また采蘋は歳暮にあたり、南宋の代表的な詩人である陸游《りくゆう》の韻を用いて四首の詩に心中の思いを述べた。次に挙げた詩では、兄に託された父の遺稿の上木をいまだ果たしていないことを悔やんでいるが、儒者の子孫であることを肝に銘じてしっかりと生きようと誓っている。

歳暮感懐用陸放翁韻四首　歳暮、陸放翁の韻を用いて感懐す。四首（そのうちの一首）

欲梳飛蓬首　飛蓬《ひほう》の首《こうべ》を梳《くしけず》らんと欲し
獨坐明鏡前　独り坐す　明鏡《めいきょう》の前
絲絲難遮老　糸糸《しし》　老を遮《さえぎ》り難し
多愁六十年　多愁《たしゅう》　六十年
心事似蒸沙　心事《しんじ》　蒸沙《じょうさ》に似て
灰死何時然　灰死《かいし》　何の時にか然《も》えん
乖違伯氏託　乖違《かいい》す　伯氏《はくし》の託せるに
空嗟日月遷　空しく日月《じつげつ》の遷《うつ》るを嗟《なげ》く
倒行且逆施　倒行《とうこう》し　且《か》つ逆施《ぎゃくし》す

暮年愈狂顛
清白吏子孫
敢忘窮益堅

暮年《ぼねん》　愈狂顛《いよいよきようてん》なり
清白なる　吏《り》の子孫
敢《あえ》て忘れんや　窮して益《ます》ます堅《けん》なるを

乱れた髪を梳かしたいと思い、一人鏡の前に座る。髪は細くなり、老いを防ぎとめることは難しい。憂い多き六十年。心に思うことと実際に行うことは、蒸した沙で飯をつくるように不可能なことで、火の気のない灰はいつまた燃えることがありましょうか。兄の伯氏に託されたことを成し遂げられず、むなしく月日の過ぎるのを嘆いています。道理に反したことを行ってきましたが、年を取ってからますます常軌を逸するようになりました。清廉な官吏であった古処の子である私たちは、困窮してもますます志を堅固にすることを決して忘れてはならないと誓います。

以上、天草で詠まれた詩の一部を紹介してきた。
采蘋は安政四年の三月末まで天草に滞在したのだが、この長期滞在の理由は「経歴して苓州《れいしゅう》（天草）を愛す、境幽にして風景殊にするも、質朴として人情厚し」という詩句からも伝わってくるように、天草の風景と人情をこよなく愛したからであった。

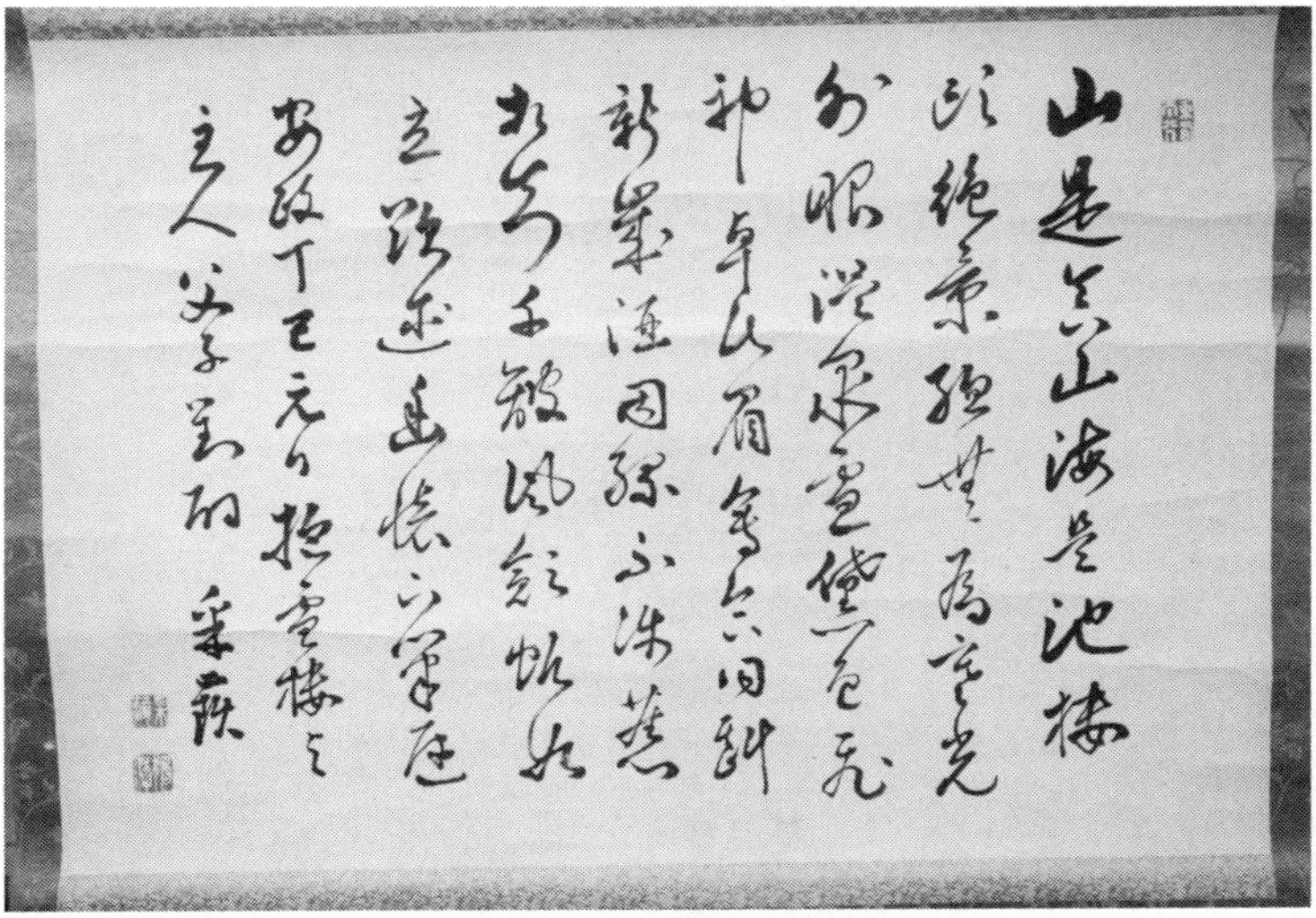

（天草市立本渡歴史民俗資料館蔵）

上の書は、天草市立本渡歴史民俗資料館に所蔵される采蘋自筆の書である。

安政四年の元旦を永野九郎兵衛の抱雪楼で迎えたときに詠んだものである。しかし現在の天草では采蘋の名を知る人はほとんどおらず、この書についても作者に関する情報がないまま保存されていたようである。

おそらく采蘋の書はまだまだ発見されないまま、各地に眠っている可能性が高い。

元日宴于抱雪樓

山是眞山海是池
樓頭絶景總無爲
寒光射眼溫泉雪
黛色飛神卓氏眉
會合同斟新歳酒
因縁不淺舊相知
千皴風歛帆如立
欲述幽懷下筆遲

元日　抱雪楼にて宴

山　是れ真に山　海　是れ池
楼頭《ろうとう》の絶景《ぜつけい》　総《すべ》て為す無し
寒光《かんこう》　眼を射る　温泉《うんぜん》の雪
黛色《たいしょく》　神を飛ばす　卓氏《たくし》の眉《び》
会合　同《とも》に斟《く》む　新歳《しんさい》の酒
因縁　浅からず　旧《きゅう》より相知る
千皴《せんしゅん》の風歛《をさ》まりて　帆立つが如し
幽懐《ゆうかい》を述べんと欲するも　下筆《かひつ》遅し

山はこれ真の山で、海は池のようである。楼の上の絶景は手を加えることは何もない。雲仙の雪の寒々とした光が目にまぶしい。黛色に見える遠くの山は、神をも飛ばしてしまいそうな卓文君の「遠山の眉」に匹敵するものです。ここに会合して皆で一緒に新歳の酒を斟《く》む。あなたとは因縁は深く、古くより相知っています。海を波立たせていた風が止んで、舟は帆を立て始めたようです。心の奥深くに抱いている思いを述べたいと思っても、詩文を作るのは遅いのです。

この詩に「因縁浅からず、旧より相知る」とあるように、永野九郎兵衛とは旧知の間柄であったことがわかる。このほかにも九州には頼山陽が天草、熊本、鹿児島と遊歴しており、山陽から情報を得ていた可能性も考えられる。采蘋は永野九郎兵衛の世話で、結局一年間滞在することができた。その間、三月には鹿児島に移動し、約一か月間滞在してまた志柿に戻った。

在鹿児島

安政四年三月十七日、采蘋は舟で天草を出発して鹿児島に向かった。しかし風雨に阻まれ数日間は早崎で足止めされている。二十日には薬店の人に招待され、そこで酒をふるまわれたようである。二十一日には雨の中、広瀬淡窓門人の宮崎八幡祠官田代隼人《たしろはやと》を訪ねている。二十三日になってようやく雨も止み、阿久根に着いたが、覧察は鹿児島入りを許可しなかったので、また脇元に戻り、陸行を余儀なくされて、仙台、市来《いちき》を経て、山や川を越えて二十九日ようやく伊集院にたどり着いた。「疲甚《はなはだ》し。高山甚左衛（門）に宿る」と日記にはある。

四月一日、伊集院を出発し、鹿児島に入り、和田直次郎《わだなおじろう》の家に投宿した。夜には直次郎と酒を酌み交わしたとある。二日にはまだ疲れが残っていたが詩を賦した。

四日には鮫島白鶴《さめじまはっかく》が訪ねてきて一緒に酒を交わし、夜になって琵琶を聴いたとある。五日には「袷《あわせ》を縫う」とあり、旅先でも裁縫をする余裕を見せている。翌日は島名伊右衛門《しまないえもん》を訪ね、七日には柳田来鳳《やなぎだらいほう》が来て、来鳳の主人である種子島蔵屋敷に連れて行ってくれた。夜になって帰り、琉球人三名が来て、鼓、三味線を披露したが上手ではなかったのですぐにやめたとある。

三月から四月の日記にはこのようにあり、采蘋は鹿児島滞在中、鹿児島藩儒で画家・書家の鮫島白鶴、同じく鹿児島藩儒の宮内維清《みやうちいせい》、貿易商の次男で書画・彫刻・華道などに優れた柳田来鳳らの文人と交流している。他にも島津家・種子島家の家臣との交流があったことがわかる。種子島家の家臣は鮫島・宮内・柳田らの門人であったようで、采蘋は種子島家を中心とした文人たちと約一か月間の交流を楽しんだと思われる。

またこのころの種子島家を仕切っていたのは「女殿様」といわれた松寿院《しょうじゅいん》（種子島家二十四代当主久珍《ひさみち》の養母）である。柳田来鳳は松寿院に厚遇されていたこともあり、采蘋は柳田来鳳に連れられて種子島屋敷に赴いていることから、同年代の松寿院とも面会した可能性がある。しかし日記にはそれについては書かれていない。

こうした文人たちとの交流の合間には、「十一日　陰雨。十五、六枚書く」「十二日　雨。書十枚、西村覚一郎招飲し、書画を展玩《ぐ》す」「十三日　雨。午後加藤氏三五男来りて書を乞う」などの記事が日記に見えるように、あちこちで書を乞われていた状況を知ることができる。

日記には他にも采蘋が交流した人物として、種子島家臣か島津藩の家臣であったと思われる加藤氏、西村覚一郎、山内清之進、前田氏らの名前が見られる。前田氏は、名は譲蔵、種子島家家臣であった。

鹿児島での詩

次の詩は鹿児島城を訪れたときに詠んだ詩である。島津斉彬《しまづなりあきら》が藩主となってからの薩摩藩は富国強兵に努め、西洋式の造船、反射炉・溶鉱炉などの建設が進んでいた。采蘋は詩のなかで、そのころの薩摩藩の状況をよく伝えている。

麑城《げいじょう》（鹿児島城）

北接朝鮮西滿州　　北は朝鮮に接して　西は満州
封連三國到琉球　　封は三国に連なりて　琉球に到る
金甌鐵壁無傷缺　　金甌鐵壁《きんおうてつぺき》　傷欠《しょうけつ》無し
虎視耽耽萬古秋　　虎視耽耽《こしたんたん》たり　万古《ばんこ》の秋

北には朝鮮、西には満州を控え、三国を封じ連ねて、さらに琉球に至る。鹿児島城は外侮を受けたことがない完全無欠の状態であり、この薩摩の国は一万年にもわたり鋭い目で外敵を睨んでいる。

次の詩は、鹿児島藩士の歌人八田知紀《はったとものり》が、かつて古処の和歌を褒めたことを采蘋は人づてに聞いて、感激して一絶を賦して八田知紀に贈ったものである。これに対して八田知紀は和歌で答えている。『漫遊日歴』五月の日記に「二日　晴。水車場に遊び、歌人に会う」と見えるのが、このときのことと思われる。

聞八田知紀見賞先人和歌。有感。因賦一絶。却以奉呈　　八田知紀先人の和歌を賞むらるを聞く。感有りて因て一絶を賦す。却て以て奉呈す

糊口四方歳月深　　四方に糊口《ここう》して　歳月深し
千山萬水幾升沈　　千山万水《せんざんばんすい》　幾《いくばく》か升沈《しょうちん》
此行有喜君知否　　此の行に喜び有り　君知るや否や
始爲先巌得賞音　　始めて先巌《せんげん》の為に賞音《しょうおん》を得たり

諸国を歩き、暮らしを立てて、長年が過ぎた。多くの山と多くの川を渡ったが、幾回か浮き沈みを経験した。あなたはご存知かどうかわかりませんが、この旅ではうれしいことがありました。初めて父のために褒め言葉をいただいたからです。

みちぬしに始て見まいらせし日、から歌つくりて贈られしかば　　知紀
かくはしきかきりならすや橘の花さへ実さへ見ゆることの葉

五月に入り、来鳳と連れ立って玉龍山福昌寺、桂山大乗院、松峰山浄光明寺などに遊んだあと、来鳳宅で飲んだりして、相変わらず来鳳との交流を楽しんでいたが、いよいよ五月六日には鹿児島を離れることにした采蘋は、加藤、桐野、河南、島名、柳田諸子を相尋ねて別れの盃を交わした。そのうちに雨が降り出し、皆に強く止められたので、その日は桐野氏の処に留まり、また飲んだ。七日にも雨が止まなかったので伊集院に宿った。

その後、市来、仙台、阿久根と陸路を行き、十二日には船に乗って天草島に戻り、翌日志柿に帰った。

天草に帰る

志柿では再び対岳楼に滞在しながら、抱雪楼や衆芳亭で友人と飲む日々を送っている。

この後、五月十六日、十七日は雨のため女工物断縫（薩摩カスリ）、女工物琉球紬断と日記にあるように、薩摩の旅で求めた薩摩カスリや琉球紬を裁断し、着物を作るなど余有のある時間を過ごしている。

五月二十九日には船で富岡にわたり、大矢《おおや》氏に宿った。この後、閏五月六日には大矢氏に従い十日まで長崎に遊んだ。長崎では小曾根《おぞね》六郎《ろくろう》、鐵禅師、長川貞十郎《ながかわさだじゅうろう》を訪ね、八日には「亜国航海日記」を書写し、夜には丸山遊郭に遊んでいる。九日には天草に帰ろうとして乗船するが、丸山女郎の小竹という者が来て「風浪強く帰るべからず」というので里正宅に留まった。

十一日には天草島下島の富岡に帰り、富岡海岸では高台に登って次の詩を賦して、遠く西海を眺めながらアヘン戦争に思いを馳せている。

天草遊中登高望西洋　　天草遊中　登高して西洋を望む

扶桑地盡頭　　扶桑《ふそう》　地尽くる頭《ほとり》
登高極遠望　　登高《とうこう》　遠望《えんぼう》を極《きわ》む
眼界無物遮　　眼界《がんかい》　物の遮《さえぎ》る無く
落日在空洋　　落日《らくじつ》　空洋《くうよう》に在り
遐想神聖國　　遐《はる》かに想う　神聖《しんせい》の国
葵心傾夕陽　　葵心《ぎしん》　夕陽《せきよう》に傾き
滿清一猾夏　　満清《まんしん》　一たび夏を猾《みだ》す
文物非舊章　　文物　旧章《きゆうしよう》に非ず
加之英夷暴　　加之《しかのみならず》　英夷《えいい》の暴
荼毒及三殤　　荼毒《とどく》　三殤《さんしよう》に及ぶ
防禦無男子　　防禦《ぼうぎよ》　男子無く

貞烈纔劉娘
髡頭辮髪客
畏犬如虎狼
人生僅知字
慷慨憂難忘
此是海外事
徒労九回腸

貞烈《ていれつ》　纔《わず》かに劉娘《りゅうじょう》あるのみ
髡頭《こんとう》　辮髪《べんぱつ》の客
犬を畏《おそ》るること　虎狼《ころう》の如し
人生　僅かに字を知れば
慷慨《こうがい》して　憂い忘れ難し
此《こ》れは是《こ》れ　海外の事
徒《いたずら》らに労す　九回の腸

日本の地が尽きるところ。高く登ればはるか遠くまで見渡すことができる。視界を遮るものもなく、夕日が空と海の間にある。はるか遠くに思う神聖の国。人を仰ぎ慕う気持ちは夕日とともに傾き、満州人による清国がひとたび中夏を脅かしてからは、文化はそれまでのものとは変わってしまった。それに加えてイギリスの暴掠。その非常に大きな苦痛と悲しみは十九歳の若者から八歳までの未成年者にも及んだ。かれらの暴掠を防ぐ男子はおらず、貞烈を守ったのはわずかに劉娘のみであった。髡頭辮髪の清国の人々は、犬のような西洋人を虎狼のごとくに恐れている。人はわずかにでも字を知れば物事の理解が深まり、かえって心配や悩みが多くなる。これはこれ、外国の出来事であるが、無益にも悶々ともだえ苦しむのである。

この後しばらく富岡に滞在し、六月四日ごろ志柿に戻ったと考えられる。

六月七日には頼山陽の『日本外史』を読み始め、二十四日には読み終えた。その後漸《ようや》く洗髪したとあるから、その集中度は大したものである。

七月に入り、四日に熊本に向かうつもりでいたが、主人の永野九郎兵衛がお盆過ぎには涼しくなるからそのころに出発しなさいというので、留まった。その後も暑さは続き、衆芳亭で遊び・飲むを繰り返し、また書を認めながら涼しくなるのを待っていたが、二十八日、遂に衆芳亭に別れを告げた。

采蘋は、一年間滞在した天草を去るときの気持ちを五首の絶句に込めている。人々のやさしさ、風景の美しさにほれ込んだ采蘋は、永野九郎兵衛の別荘でゆったりとした時間を送り、その間に長崎、鹿児島と小旅行を楽しんだ。天草では数多くの長詩を残しているのも、時間や生活に余裕があったことを示している。

熊本着、阿蘇山に登る

八月一日、乗船し下津浦まで行き、三日には島原南津川に達し、四日に熊本に着いて町野《まちの》氏を訪ねるが不在であった。仕方なく旅宿を探したが、二軒とも断られた。豆腐屋で休憩しているところに町野氏の舎弟が来て米屋幾平宅に連れていかれ、そこに泊まることとなった。

熊本では浄行寺を本拠としながら、旧知の町野氏、沢村氏、辛島氏などと交流し、一年間滞在した。その間女工などの仕事も頼まれ、急ぎの仕事を仕上げている様子も日記に見える。九月に入り、沢村氏を訪ねたときに玉琴《ぎょくきん》女史に出会った。以後玉琴女史とは気の合った女友達として頻繁に交際を続けている。

九月には阿蘇山登山の計画を立て、二十二日ついに登山に成功した。

上阿蘇山、用朱陵韻　阿蘇山に上り、朱陵の韻を用う

蘇山崚嶒峻極天　蘇山《そざん》　崚嶒《りょうそう》　峻《たか》く天を極《きわ》む
雲梯石棧斷又連　雲梯《うんてい》　石桟《せきさん》　断えて又連なる
風生両腋雲生脚　風　両腋《りょうえき》に生じて　雲　脚に生ず
飄飄欲逐歩虚仙　飄飄《ひょうひょう》として　逐《お》わんと欲す　歩虚《ほきょ》の仙
回看諸峯如子姪　回り看れば　諸峯《しょほう》　子姪《してつ》の如し
……
移杖徘徊踏焦石　杖を移して　徘徊《はいかい》し　焦石《しょうせき》を踏む
山靈不怒著塵跡　山霊《さんれい》怒らず　塵跡《じんせき》を著《つ》くるを
短日西傾歸路遥　短日《たんじつ》　西に傾くも　帰路《きろ》遥なり

魚貫山下人影奕
請見宮地前宵雨
山間已凝殘雪白
此行若非縁村郎
老脚安得勝情長
有石天然可磨墨
揮毫且書登山章

魚貫《ぎょかん》　山下《さんか》　人影《じんえい》奕《えき》たり
請う　見よ宮地《みやじ》　前宵《ぜんしょう》の雨
山間《さんかん》　已に凝りて　残雪白し
此の行　若《も》し村郎《そんろう》に縁《よ》るに非《あらず》んば
老脚《ろうきゃく》　安《いず》くんぞ勝情《しょうじょう》の長を得んや
石有り　天然《てんねん》の墨を磨《す》る可し
揮毫《きごう》し　且《まさ》に登山の章を書せんとす

阿蘇山は高く聳えて、天に達するかのようです。雲に達する程の高いはしごと岩場の中腹に、桟のようにつけた道は途中で途絶えたりまたつながったりしている。風が両脇より吹いてきて、雲は足元より湧き出してくる。ふわふわと漂い、空中を歩く仙人を追いかけようとしている。ぐるりと見渡せば、山々が子や姪のように親しそうに連なっている。……杖を移して、焦げた石を踏みながら、あちこちと歩き回ったが、山の神様は私が足跡をつけても怒ることはない。短い日はすでに西に傾きかけているが、帰る道のりははるか遠く、山下には一列に並んで進む人影が重なり合って見える。見てください、前の晩に宮地に降った雨が、山間ではすでに凍って、残雪かと思うほど白く輝いているのを。この登山は、もし村郎（村井氏）の子息との縁がなければ、老いた足では素晴らしい景色を楽しむことはできなかったでしょう。たまたま墨を摺るのにちょうどいい天然の石があったので、筆を振るって登山の記録を書きとめることとしましょう。

采蘋は念願であった阿蘇山の登山を六十歳にしてようやく成し遂げることができた。「此の行若し村郎に縁るに非ずんば、老脚安んぞ勝情の長を得んや」と詩にもあるように、二人の若者のおかげで登ることができたと感謝している。秋月で生まれ育った采蘋が、隣国（熊本県）に聳える阿蘇山にいつか登ってみたいと思い続けていた夢が、ようやくかなったのである。雄大な阿蘇山を足で踏みしめた実感を長詩に表している。

采蘋はこの後、三十日ごろまで大津に留まったようである。

十月六日に熊本に帰り、熊本に落ち着いた采蘋は、たびたび町野氏を訪ねたり、水前寺にも遊んでいる。また篆刻《てんこく》を見たり、女工をしたりと我が家にいるような日常の生活が日記から伝わってくる。

熊本での交遊

熊本では藩士沢村西陂《さわむらせいは》、藩医の町野鳳陽《ほうよう》、木下犀潭《きのしたせいたん》、村井洞雲《むらいどううん》、阿部壺山《あべこざん》、岡松甕谷《おかまつおうこく》、小野蘇堂《おのそどう》らとの交流があったことが日記からわかる。また女性では唯一人、玉琴女史との出会いを楽しんでいる。玉琴女史は原古処の書いた「読源語五十四首」を大変気に入ったので、十月十九日に采蘋はこれを書写し、二十一日にそれを彼女に贈った。

残念ながら玉琴女史については、沢村翁の所で初めて出会ってから親交を深めたこと以外の詳しい情報はないが、「右題玉琴女史墨竹」と題する詩が『西遊日歴』に見えることから、画が得意な女性であったようである。

采蘋の交友録を見ると、圧倒的に男性の名前が多い。そのなかで、広島で琴を習った阿箓という女性と、浅草の文鳳女史、熊本の玉琴女史は采蘋が心を通わせた数少ない女性の友人であったと思われる。

一年間の熊本滞在は、天草と同様ゆったりと日々を過ごしている様子が日記から伝わってくる。二十二日には按摩《あんま》を頼んで、その合間に玉琴女史との会話を楽しんでいる。

十七日には細川《ほそかわ》侯より書を求められたので、その日のうちに書きあげ献上した。その結果、二十一日には細川侯より酒瓶及肴料が届けられた。采蘋は「何を以てか此の寵光《ちようこう》を蒙《こうむ》らんや」と思いがけない栄光に戸惑いながらも、六十歳になってようやく藩主から認められた喜びを七言絶句に詠み、自らを祝福している。

町野国手が内々の命令を藩主から頂き、浪華酒皐之鶴《さつきのつる》を賜った。これは私にとって身に余る光栄であり、恥ずかしく呆然としている間に、たまたま二、三人の友人が来て、このことを聞いていうことには「あなたはこの世で一人カゲロウのように生きています。どうしてこの恩寵の栄誉を受けないことがありましょうか」と。幸運にも私のために喜びを分かち合ってくれた。そうでなかったら私は嫌になって死のうと思ったかもしれません。私は恐れかしこまって、身の引き締まる思いであった。急いで宴会を開いて、集まった皆とともに祝杯を挙げた。酒に酔った後、一絶を賦して自らを祝った。

銀燭青烟客満堂
厭厭不識九皐霜
戛然忽有長鳴鶴
載到一州知是揚

銀燭青烟《ぎんしよくせいえん》　客は堂に満つ
厭厭《えんえん》として識《し》らず　九皐《きゆうこう》の霜
戛然《かつぜん》として　忽《たちま》ち有り　長鳴《ちようめい》の鶴
載《すなわ》ち到る　一州《いつしゆう》　是れを揚《あ》ぐるを知るに

銀の燭台の光輝く明かりと、青白い煙の中、客は表座敷いっぱいに集まった。静かな奥深い沢の霜のことなど考えも及びません。鶴の長く澄んだ鳴き声が突然聞こえて、国中がこれを賞賛して広く伝わっていることを知ることになりました。

十一月に入り、玉琴女史が来たのでしばらく話し、その後一緒に酒楼で飲み、帰ってからまた飲んだとある。このころは浄行寺と沢村氏の家を拠点にして行動していたようである。十七日には「島縮緬《ちりめん》を買い裁縫す」とあるから、新しい着物でも作ったのであろうか。十八日も女工をして過ごしたとある。

酔って足を踏み外す

十一月二十二日、佐藤一斎門人の沢村西坡の餞鳳軒に寓居しているとき、町野氏が訪ねてきたので一緒に飲み、飲みすぎて急に勢いよくとび出し、天上板を突き抜けて落ちたという事件があった。

安政四年仲秋、余餞鳳軒に寓在す。廿二の夜、酔余突《にわ》かに奔《はし》りて天井より陥《おちい》る。起坐し、痛みに疾《や》む。気息奄奄《えんえん》(息が今にもたえそうなさま)とすること累日なり。幸い鳳陽老国手に因りて治療せらる。鬼録を免《まぬが》るを得る。欣然として一絶を賦して謝して呈す。

未得冷然御風去　未だ　冷然として　風を御し去るを得ず
無端失脚墜楼人　端無くも　脚を失い　楼を墜《お》つる人
喜君能換塵凡骨　君能く　塵凡《じんぼん》の骨を換《か》うるを喜ぶ

教我再生迎幾春　我をして再生し　幾たびか春を迎え教《し》む

いまだに軽妙に風を切って飛ぶことができなくて、図らずも、楼から落ちて足を骨折してしまいました。あなたが、私のような凡人の骨を直してくれ、再び春を迎えられるようにしてくれたことを喜んでいます。

采蘋は山家に住んでいたときにも飲みすぎて転んで足を痛めたことがあったが、今回の場合は骨折して、痛みに息も絶え絶えの重傷であった。幸い町野国手が居合わせたので、一命を取り留めることができた。采蘋は詩を賦してその感謝の気持ちを表している。

しばらく沢村西坡の家で療養していたが、十二月三日には痛みをおして浄行寺に帰り、翌日はまた沢村氏を訪ねた。

二十一日には玉琴女史と会い、ともに小野蘇堂（亀巒《きらん》）を訪ねている。暮れの二十五日には沢村氏の忘年会に招待され、二十七日に浄行寺に帰った。

日記は十二月で終わっているが、『西遊日歴』にはその後の詩が綴られており、安政五年の正月も沢村西坡の餞鳳軒で迎えたときの詩が載っている。沢村西坡の詩に次韻した次の詩には、六十一歳の正月を旅先で迎えた心境が綴られている。

安政戊午春王正月元旦次韻澤村詩盟　　安政五年春王正月元旦沢村詩盟に次韻す

兩度春風兩處年　　両度の春風　両処の年
迎新送舊各陶然　　新を迎え旧を送り　各《おのおの》陶然たり
單身不結鴛鴦夢　　単身結ばず　鴛鴦《えんおう》の夢
淡淡生涯地上仙　　淡淡《たんたん》たる生涯　地上の仙

二度の春風を経験し、二か所に滞在する年。旧を送り、新年を迎えて、皆、気持ちよく酔ってうっとりとしています。私は結婚もせず、独身で、淡々とした生涯を地上の仙人のように送っています。

正月六日には沢村家を後にし、肥前（佐賀県）に向かった。ここで草場佩川に邂逅し、二首の詩を寄せている。

肥前行きの目的ははっきりしないが、幸い偶然にも草場佩川に会うことができた。それも病気が治った直後であり、采蘋の喜びはひとしおであったろう。再会を望んだが、それもかなうはずもないことは承知のうえであり、別れの辛さを詩で紛らわしていると詠んでいる。

数日間肥前に滞在し、再び熊本に戻った采蘋は、四月には宇土、八代に足を延ばしている。五月三日には浄行寺で送別の会があり、ようやく帰路についた采蘋は植木、山鹿等の諸士を訪ねながら山鹿駅では日輪寺にも立ち寄り、詩を残している。この詩を最後に二年間に及ぶ肥薩の旅に終止符を打ち、熊本を後にした。

肥薩遊歴の旅程図

『漫遊日歴』や『西遊日歴』を元に肥薩遊歴の旅程図を作製し、次ページに示した。

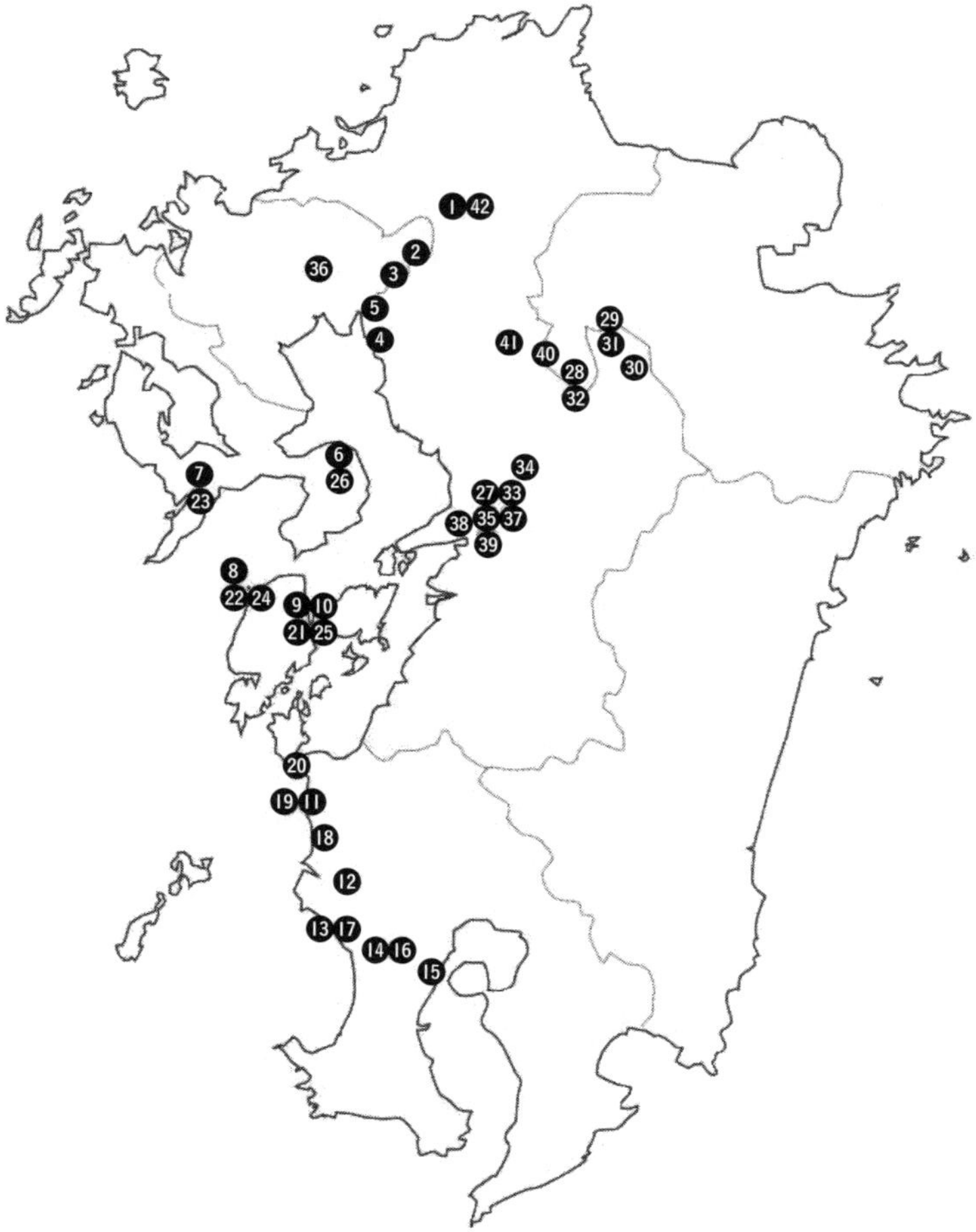
1
42
2
36
3
5
4
29
31
41
40
28
30
32
6
26
7
23
34
27
33
35
37
38
39
8
22
24
9
10
21
25
20
19
11
18
12
13
17
14
16
15

旅程図：筆者作成

訪問先	訪問した人物・場所
①山家	安政三／四／二三出発
②久留米	
③大善寺	
④柳川	田尻氏、平野幸右エ門
⑤若津	
⑥島原	和光院
⑦長崎	
⑧富岡	
⑨志柿	永野九郎兵衛
⑩志柿	安政四年三月一七日鹿児島に出発
⑪阿久根	藤本林助
⑫仙台	岩屋松兵衛
⑬市来	松屋平左衛門
⑭伊集院	高山甚左衛門
⑮鹿児島	和田直次郎、柳田来鳳、鮫島吉左衛門、宮内維清、島名伊右衛門、加藤平八、西村覚一郎、紀伊野孫太郎、山内清之進、桐野氏
⑯伊集院	高山甚左衛門

訪問先	訪問した人物・場所
⑰市来	松屋平左衛門
⑱西方	松屋平左衛門
⑲阿久根	薩州後宮
⑳黒之瀬	
㉑志柿	衆芳亭、対岳楼
㉒富岡	大矢氏、香村、八十島又橋
㉓長崎	大矢氏同伴、小曾根六郎、鐵禅師、長川貞十郎
㉔富岡	大矢氏、小松氏、飯村氏、脇谷氏、亀恋、宮崎氏
㉕志柿	大矢氏、小松氏、飯村氏、脇谷氏、亀恋、宮崎氏
㉖島原	和光院
㉗熊本	浄行寺、町野鳳陽、沢村氏、田中司馬、玉琴女史、玄叔、壷山、東海
㉘大津	大矢野格次
㉙内牧	犬原里正
㉚阿蘇山	
㉛内牧	日隈氏

訪問先	訪問した人物・場所
㉜大津	西岡次郎衛門
㉝熊本	田中司馬
㉞水前寺	沢村氏、町野氏
㉟熊本	安政五年正月は沢村西陂の餞鳳軒で迎える
㊱佐賀	草場佩川
㊲熊本	浄行寺、村井洞雲
㊳宇土	清光精舎
㊴熊本	百花園（浄行寺）、五／二に送別の会あり
㊵隈府	城野氏・木下氏
㊶山鹿	伊藤氏・日輪寺
㊷山家	夏ごろ帰る

第八章　終焉

山家に戻る

採蘋が二年以上にわたる肥薩遊歴から山家に戻ったのは安政五年（一八五八）の夏であった。帰る早々、戸原春坪《とはらしゅんぺい》(戸原卯橘の兄)は歓迎の詩を採蘋に贈った。採蘋は次韻した詩を春坪に贈っているが、その詩には、「二年以上も優雅な旅を続けて意気揚々と山家に帰ってみたら、書斎はひっそりとして本を読む声も聞こえない。隣の老婆に尋ねて、ようやく親戚の死を知らされた。卯橘の兄春坪の痛み悲しむ情を知り、世の無常を思い知らされた」とある。

山家に戻った採蘋は、前に住んでいた家は借家であったため、おそらく親しくしていた桶屋職人の曽平《そうへい》の処に寄寓していたと思われる。

曽平の仲人

曽平は親孝行で母を養うために三十歳を過ぎるまで結婚せず、酒も飲まずにひたすらまじめに暮らしていた。これを見かねた採蘋は、庄屋の水城正蔵と相談して福岡藩に曽平の孝行ぶりを推薦した。そのとき採蘋が曽平に贈った詩である。

孝子曽平に贈る。曽平山家駅の一傭工なり。天性至孝。年三十三にて未だ娵《めと》らず。且つ私財無し。酒中の趣を解さざる者に非ず。老母在る有るを以て、敢えて飲まざるなり。予深く其の志に感じ、故に第三これに及ぶ。

原氏採蘋女史

靄然教化及農工
苦體動身供養豊
感汝事親三不惑
看他錫類一無窮
反哺烏噪庭前木
鼓吹蛙喧秧抄風
世運一波溺妻子
安將孝道醒昏蒙

靄然《あいぜん》たる教化《きようか》　農工《のうこう》に及ぶ
苦体《くたい》身を動かして　供養《きようよう》豊かなり
感ず　汝親に事《つか》えて　三たび惑わず
看る　他の類を錫《たま》わる　一として窮《きわま》る無し
反哺烏噪《はんぽうそう》　庭前《ていぜん》の木
鼓吹蛙喧《こすいあけん》　秧抄《ようしよう》の風
世運一波《せいうんいつぱ》　妻子《さいし》に溺《おぼ》る
安んぞ孝道《こうどう》を将《も》って　昏蒙《こんもう》を醒《さ》まさんや

和気あいあいとした藩侯の教えは農夫や職工に及び、身体を苦しめ身を動かし、父母への供養は豊かである。あなたが親に仕えて迷わないことに、感心しました。一方他の人々には、天は同類の伴侶を与えて誰一人として困窮することがない。庭の前の木には、カラスが親を養うために哺を口に移して騒がしく鳴き、風は稲穂をわたって吹き、田んぼではカエルが互いに励ましあうように鳴いています。世の人の運命は妻子を養い機嫌をとることに汲々しているので、孝道をもって、愚かさから目を覚まさせてあげましょう。

この結果、曽平は黒田家より青銅三貫文を授けられた。この翌年、曽平三十四歳のとき、采蘋の世話で秋月より妻を娶ることができた。この後采蘋は肥薩遊歴に出かけたが、二年後に帰ってから曽平夫妻に子供が生まれた。采蘋はわが子のようにかわいがり、養子にしたいと願い出たという。曽平は、采蘋が東遊から帰ったときにその願いを聞き届けましょうといったというが、それは叶うことがなかった。また采蘋は最後に旅立つときに、書棚や筆洗いなどの品を曽平の家に預けていったという。

采蘋は肥薩遊歴から帰って一段落してから、安政五年の暮れごろに福岡の諸氏を訪ねたと思われる。『西遊日歴』の末尾には「博多遊草」として三十三首の詩が載せられているからである。肥薩遊歴の報告を兼ねて、父の遺稿の上木を目的とした最後の出郷に際し、博多の有力者に挨拶をして廻ったと思われる。

博多では富豪大賀氏や福岡藩医の鶴原道室《つるはらどうしつ》等を訪ね、たまたま福岡に来遊していた徳島藩儒の柴《しば》秋村《しゅうそん》にも邂逅し、詩の応酬を楽しんでいる。博多を訪れたのは十二月であったと思われる。

博多から戻った采蘋は、六十二回目の正月を山家で迎えた。次の詩はそのとき詠んだ詩である。采蘋はこれまでの人生を振り返り、まるで修行する僧のように旅を続けたといっている。その結果、儒者として儒を重んじて生きてきた采蘋も、晩年には厭世的な傾向が強まり「儒仏是れ同倫」という境地に達したようである。

巳未元旦　安政六年元旦

生來六十二回春　生来　六十二回の春

半在頭陀逢歳新　半ば頭陀《ずだ》に在りて　歳新に逢う

搔首踟躕世途険　首《こうべ》を搔《か》きて　踟躕《ちちゅう》す　世途《せいと》の険《けん》

乃知儒佛是同倫　乃ち知る　儒仏《じゅぶつ》　是れ同倫《どうりん》

生まれてからすでに六十二回の春を迎えました。人生の大半は、修行をする僧のように送り、新年を迎えました。人生の道程の厳しさに、頭をかきながら、ゆっくりと旅をしていると、儒仏はすなわち同じ仲間であることに気付きました。

最後の出郷

山家に帰ってからの采蘋は、以前から気にかけていた父の墓碑を建て替える作業を開始した。肥薩遊歴で得た資金で「原古処先生之墓」と刻んだ自然石の立派な墓碑を建立し、秋月藩儒としての業績を残した父にふさわしいものとしたのである。さらに母や兄弟の墓も整備して石灯籠も建てて供養した。

これに対して秋月藩は身分不相応であると苦言を呈したといわれるが、「自力で親に孝行をいたすのに何の不都合があるか」と一喝したという。こうして親兄弟に孝を尽くし、残された孝ただ一つ、父の遺稿の上木を成し遂げるため最後の旅に出発した。

この年（安政六年）の二月、采蘋の再出発を聞いた親戚一同・友人は送別の雅会を開いてくれた。秋月の楽只亭に集まった人々は「君すでに老いたり。まさにいずくにか行かん」と引き留めたというが、戸原卯橋は送別の序で「先生孝の純なるものなり。而して此の行や。孝の尤も大なる者なり」とこの旅の目的を充分に理解して最後の旅に送り出した。

采蘋は千日を期してこの難事業を終える覚悟で、楽只亭に集まってくれた皆に最後の別れを告げた。

楽只亭留別

偶来巴子舊山荘　偶来《たまたま》る　巴子旧山荘《はしきゅうさんそう》

且對金蘭飛羽觴　且《か》つ　金蘭《きんらん》に対して羽觴《うしょう》を飛ばす

少女風寒灞橋雨　少女風は寒し　灞橋《はきょう》の雨

負花明日發家郷　花に負《そむ》きて　明日家郷を発せん

たまたま故郷秋月の長谷山にある旧山荘にやってきて、親しい友と一緒に杯を飛ばす。かつて若いときに故郷を出たときも、風は冷たく、雨のふる中、人々は眼鏡橋のたもとまで見送りに来てくれました。明日はまた桜の開花を待たずに故郷を出発します。

秋月から山家に戻って、まさに明日出発しようとする采蘋を、舅《おじ》の佐谷松窓《さたにしょうそう》が別れの挨拶にやってきた。采蘋はその厚意に対し、次の詩を贈った。再び旅に出ることを喜んでいる姪を見て、反対に心配げに名残を惜しんでいる舅の心情を詠んでいる。

山家駅　佐谷松窓来訪す。賦して贈る。明日将に東遊せんとす　故に及ぶ。

一従吟杖出山行　　一たび　吟杖《ぎんじょう》に従いて　山を出づるの行
蕙帳徒看猿鶴驚　　蕙帳《けいちょう》　徒《いたず》らに看る　猿鶴《えんかく》の驚くを
欣子遠將倦遊客　　欣《きん》す　子《し》　遠く　将に倦遊《けんゆう》の客たらんとす
依依獨有渭陽情　　依依《いい》として　独り　渭陽《いよう》の情有り

杖を携えてまた旅に出てゆきます。麗しいとばりから、かいもなく君子の方々が驚き心配してくださるのを眺めるばかりです。姪は遠く旅に出て、倦遊の客となろうとしていることを喜んでいるのを見て、名残惜しそうに一人佇む舅の情を感じます。

萩での二か月

安政六年二月に佐谷松窓に別れを告げて山家を出発した采蘋が萩に到着したのは、八月半ばごろであった。この間の六か月間は史料がないため采蘋の消息はつかめていない。しかし、萩に到着してからの采蘋の動向は、幸い朝倉市秋月博物館に残された資料によって詳しく知ることができる。またこれらの資料から、晩年の采蘋が萩の知識階級の間でその名を高く評価されていたことも知ることができる。

萩に着いたばかりの采蘋を、旅館に尋ねてきた一人の青年がいた。硯海坂譲《けんかいはんじょう》という十七歳の青年で、父から采蘋が萩へ来たという情報を得て、このような立派な先生に会わないことはないと早速面会にきたという。そのときの青年が采蘋に贈った詩と序文は秋月資料館に所蔵されている。

それによると坂譲少年は、采蘋先生の噂は聞いているけれども、まだ面会したことがないので、うれしくなり、未熟ではあるけれども、先生のような方にはぜひお会いしたいと、采蘋が滞在していた萩城瓦坊《かわらぼう》の松村《まつむら》氏宅を訪ねた。坂譲は「先生は私に一、二の詩を見せて下さった。詩意は素晴らしく、筆力も力強く、ますます自分の未熟さを恥じた」といっている。しかし、坂譲少年は自分の知識の浅いのも忘れて詩を賦して先生に贈ったとある。それが次の詩である。

……

余訪先生來
僥倖得相陪
年老語稜々
竦然覚心開
書詩使余閲
閲此恥余拙
詩是言意志
意志甚俊傑
先生問余年
今茲甫十七
先生六十餘
抵今未定室
漂游元何心
畢竟爲余輩

余先生を訪ね来る
僥倖《ぎようこう》にして相陪《あいばい》するを得たり
年老いても語は稜々《りようりよう》たり
竦然《しようぜん》として心開くを覚ゆ
詩を書して　余をして閲せしむ
此を閲して余の拙なるを恥ず
詩は是れ意志を言う
意志甚だ俊傑《しゆんけつ》なり
先生余の年を問う
今茲《ことし》　甫《はじ》めて十七
先生六十余
今に抵《いた》りて未だ室を定めず
漂游《ひようゆう》元《はじ》めは何なる心ぞ
畢竟《ひつきよう》余輩《よはい》が為なり

〈後略〉

……私は寓居に先生を訪ね、思いがけなくお会いすることができた。先生の言葉は年老いても力強く、緊張して気が引き締まるのを感じた。先生は書詩を見せて下さったが、これを見て自分の未熟さを恥じた。詩は意思を表すものである。先生の意思はとても素晴らしいものである。先生が私の歳を聞いたので、今年ようやく十七歳になりましたと答えた。先生は六十歳を過ぎていらっしゃるのにいまだに結婚をしていない。漂游を始めたのはどのような理由からか。結局は私のような者のためであろう。

（後略）

僅《わず》か十七歳の硯海坂譲は、かつてからその評判を聞いていた原采蘋が、萩に来ているのを聞いて「先生の如きは一としては拝せざるべからず」と思い、面会に走ったという。このことからも萩における采蘋の名声の高さを知るには十分である。

青年は、采蘋が六十二歳まで嫁がず遊歴を続けているのはどのような理由があったのかと素直に疑問を抱いたが、「結局は自分のような未熟な若者に教えるためだったのだろう」と納得している。坂譲は采蘋と談酬して終日楽しく過ごしたとある。

土屋蕭海との交遊

采蘋は萩に着いてから瓦街三笠屋に宿泊していたことが、硯海坂譲の文章によってわかったが、采蘋が萩で頼りにした人物は萩藩士土屋蕭海《つちやしょうかい》であった。土屋蕭海は名を棖《とう》、通称矢之介、号を蕭海といい、安芸の坂井百太郎《さかいももたろう》に師事し、後江戸に出て羽倉簡堂について学んでいる。帰国してからは数百人に及ぶ門弟を抱えるほどに出世して、藩校明倫館助教、藩主の侍講、藩の政事堂記録方を兼務した。

采蘋は人を介して蕭海に面会し、父の遺稿の上木を頼んだとみられる。そのため土屋蕭海は、藩の上司である前田陸山《まえだりくざん》に相談して、遺稿を見てもらいたいと考え、次の手紙を陸山に送った。

土屋蕭海、前田陸山に与うる書

采蘋という者は、原古処の娘である。来萩して瓦街三笠屋に宿る。人を介して面会を求めてきたので会ってみたら、年齢は六十二歳、才気は旺盛で詩を得意としている。文章も素晴らしい。また直接自分の思いを述べる。まさしく日本の司馬相如《しばしょうじょ》というべきである。采蘋は「父の遺稿がまだ上木できないので、これが心痛となっており、皆さんと協力してこれを成し遂げたいと思います」と語った。……幼い時よりその名は聞こえるところとなり、近頃の女子で才能あるものは、美濃の細香、京都の紅蘭、江戸の文鳳、筑前の少琴と采蘋が、最も優れている。……しかし今は采蘋一人が健在である。歯や髪はまだ衰えず、しかし、恨むは顔に白粉の気なく、髪も梳かしていないことです。今、父親の旧稿を二巻借りて、あなた様に委嘱いたします。明日の朝にこれを持参していただき、藩の諸公に回し読みしていただければ、当面の悩みを解決するに十分です。

前田陸山は通称岩助、名は利済、号を陸山といった。萩藩の郡奉行兼用談役を務め、百七十三石取りの上級武士であった。尊王攘夷思想の吉田松蔭《よしだしょういん》を擁護し、後、「蛤御門の変」で斬罪に処せられた。享年四十七歳であった。蕭海も吉田松蔭、妙円寺の僧月性《げっしょう》と交際をしていたことから、同じく蛤御門の変で職を解任させられ蟄居《ちっきょ》した。間もなく三十六歳でこの世を去った。

そのため、采蘋が蕭海に頼んだ父の遺稿の上木は結局果たされないままとなった。

蕭海の手紙の中で興味深いのは、幕末に活躍した女性漢詩人に美濃の細香、京都の紅蘭、江戸の文鳳、筑前の少琴・采蘋を挙げていることである。蕭海の言うように、当時名が知られていた女性漢詩人はこの五人であったことがわかる。その中で、「独り采蘋健在なり」という蕭海の言葉からは、采蘋に対する評価の高さが窺われる。

采蘋はこれまで蕭海との面識はなかったと思われるが、萩には以前にも父母に同行して滞在していた経験があり、父古処の旧知が多い土地であった。また蕭海は羽倉簡堂や坂井百太郎に学んだことがあるなどの理由から、采蘋は萩での拠り所として土屋蕭海を頼ったと考えられる。

萩における終焉

采蘋は二か月近くを萩で過ごしたが、途中で流感に罹り、目的地に到着することなく、この地で終焉を迎えた。萩における生活の様子や、またもちろん終焉の様子については、本人による記録は残されていない。

采蘋がどのようにして萩で終焉を迎えたのかを知る手がかりとして、朝倉市秋月博物館に保存されている土屋蕭海が采蘋の死後秋月藩に送った手紙と、秋月の原家の親戚からの返書、さらに土屋蕭海が手塚来助《てづからいすけ》・戸原養甫《とはらようほ》に宛てた第二信によって、この間の采蘋の様子をある程度詳しく知ることができる。

次の手紙は蕭海が秋月藩の役人に送った手紙である。采蘋の看病の様子から臨終に至った経緯、そのときの采蘋の遺言などを記し、さらには墓の世話から初度の法要まで、蕭海が親族に代わって執り行った行事が細かく報告されている。

……萩に到着されたことはご本人より聞きました。……段々と薬の効果も見え、気力もよくなり、重陽前日には同伴遊行などもできるようになりました。しかし、その後再発し、遂に病床に伏してしまいました。……日夜怠りなく看病しましたが、長病のため、腸胃の衰弱がはなはだしく、終に当月朔日朝に没去されました。……只心残りは、先父の詩稿がいまだ上木できずにいるので、あなたにお願いする次第です。機会がありましたらこの願いを聞き届けてくださるよう、是のみ頼みますとのことでした。さらに、当人の詩文稿は取るには足らないものですが、先父の後に附刻し、なお墓銘等も相調えていただければ、望外です。と申されました。……

しかし、この手紙は前半が欠損のため、病床に至った経緯ははっきりしない。それが判明するのは、采蘋の親戚が萩の土屋蕭海に送った返書によってである。

それによれば、萩に到着した采蘋は体調を崩し、その後流感に罹《かか》り、病床に就いたようである。蕭海の手紙にあるように、重陽前日には同伴遊行できるまでにいったんは回復したようであるが、その後は再発し、長く病に伏していたことで腸胃が衰弱して、安政六年（一八五九）十月一日、土屋蕭海の看護もむなしく異郷でその生涯を閉じたのである。享年六十二。二十八歳で父の願望を胸に単身故郷を旅立ってから、三十五年間の遊歴の人生であった。

江戸時代の後半といえども、女性が漢詩人として自立することは珍しく、しかも独身で旅を続けたのは原采蘋ただ一人と思われる。漢詩人という職業が男性の仕事であった時代に、それを遺言に託した父の願望もさることながら、実行に移し、その名を全国に知らしめるまで努力を続けた原采蘋という女性の終焉としてはあまりにも寂静とした最期であった。

采蘋の死を聞いて戸原春坪が詠んだ輓詩《ばんし》が残っている。

聞原采蘋女史訃　　原采蘋女史の訃を聞く

懐抱灕然不受塵　　懐抱《かいほう》　灕然《しょうぜん》として塵を受けず

名山勝水独遊身　　名山　勝水　独遊の身

不愁仙骨他洲瘞　　愁えず　仙骨　他洲に瘞《うず》まるを

原是東西南北人　　原《も》と是れ　東西南北人

あなたの胸中の思いは清らかで、俗に感化されず、一人で名山や美しい湖水を訪ね歩いた。他郷に骨を埋めることになっても、寂しく感じたりはしない。もともとあなたは東西南北に縦遊する人ですから。

土屋蕭海の懇志

采蘋は病気が再発したとき、旅館では迷惑がかかると思い、文武修行者のために建てられた宿舎に移りたいと願い出た。采蘋は女性であるが、貴重な人物ということで願い通りに聞き届けられたという。

また、蕭海は、病気中の采蘋に再三親類などに連絡をしたほうがいいと申し出たが、天涯独遊の身であるから、万が一のことがあれば、あなたの檀家である光善寺に土葬して下さいと頼んでいる。臨終にあたっての采蘋の願いは父の遺稿の上木と、できれば自分の詩稿も附録として上木したいと伝えている。その他、墓碑銘等のことも頼んでいる。

これに対し、実際に土屋蕭海が執り行ったことは、葬義、初七日の法事、墓碑銘等の調達であったが、念願の古処と采蘋の詩稿の上木は果たすことができなかった。このことの詳細については後に示す土屋蕭海の第二信に説明されている。

また蕭海は秋月藩あてに「采蘋女史雑費扣《ひかえ》」を出しており、萩に滞在中の諸費用の明細を記録している。それによれば、病気中、医者五人に掛り、按摩一人を呼んでいることがわかる。

蕭海は采蘋から親戚筋について聞き出せなかったので、直接秋月藩に手紙を出したのである。上記の報告に対して、秋月藩は原家に連絡したが、当主の原正助《はらしょうすけ》はたまたま参勤交代の御供で留守中ということで、親類の者が代わりに返事を送っている。

……原采蘋は、八月中旬頃より貴藩へ参り、あなた様に御便り申し上げてから、いろいろとお世話下されたとの事、途中から具合が悪くなって、其末流行の病に懸り、それについては療用等一方ならずお世話くださり、大変感謝申し上げます。その後は病症も次第に危篤に相迫り、終に死去に及び、遺骸は御寺へ土葬下され、またいろいろとお世話下され、そのうえ仏事の御営まで御計り下されたとのこと、……また采蘋が臨終に申したことは、当方に支障も無く、墓碑等御建立も下されたとのこと、重ねて御懇切の程感銘する次第です。当藩采蘋家元、原正助と申す者、この度主人参勤の供にて旅行中につき、留守でございますので、何もできませんので、親類が申し合せて、一応書中の御礼答を申し上げる次第です。……（後略）

原正助が留守中であったとはいえ、土屋蕭海に対する返書が親類中から出されたことについては、采蘋が病床にあるときに蕭海が原家の連絡先を問い質した際、一切采蘋が応じなかったことからも、采蘋と実家との関係が良好ではなかったこともあながち無関係ではないと思われる。

次の手紙は、蕭海が采蘋の親戚である手塚来助と戸原養甫に宛てた第二信である。

過日は飛脚のものが帰り、貴藩からの書状と、あなた様のお手紙をいただき、拝読いたしました。お手紙のご厚情のみならずお国の産物の帯地、紫金苔の両品を御恵いただき、恐縮ですが、せっかくの御心遣い、かたじけなくお受けいたします。……さて、古処先生遺稿上木の件ですが、同人にはさほどの手当も見られず、没後に所持品を調べたところ、手箱に金子十両の包みが一つ、三両の包が一つ、財布中に一両と国札二十目ばかりございましたので、幸い此度の一件の雑用に使わせていただきました。委細は別紙の書を御覧下さい。……この度は、父子稿本は先ず留置にいたしますので、そのようにご承知おきください。荷物は相改め御来萩の際にお渡しいたしますので、別紙を御照しに成られ御受取下さるようお願いいたします。……墓碣《ぼけつ》は此節彫刻の最中にて、当月中には出来ると思います。「孝愍《びん》女史原采蘋君墓」と表に金字彫りにする予定でおります。……委細はお使者のかたにお聞きくださるようお願いいたします。一応の御答まではこのようになっております。時下冷寒にて御自愛なされますよう。不一。……(後略)

蕭海の第二信には、手塚来助と戸原養甫が本家の原正助に代わってお礼の手紙と、秋月の産物である帯地と紫金苔《しきんたい》を送って、蕭海の親切に報いたことが書かれている。

蕭海は、采蘋の遺言である古処の遺稿の上木に関して、采蘋の所持金は僅かに十三両ほどしかなく、それもこのたびの葬儀などに使ってしまったため、とても遺稿の上木には足りないこと、そのため自分の知り合いの大坂書林《おおさかしょりん》に頼んで、友人からも出資を募り出版にこぎつけたいと考えているので、とりあえずは父子の稿本は預かっておくと書いている。

また蕭海は、所持金の使い道については別紙「采蘋女史雑費扣」に詳しく報告し、遺品の後始末についても事細かに報告している。

これとは別に秋月では、采蘋は三百両を持参していたはずであり、毒殺説やその他の奇妙な風評が流れたとのことである。また、采蘋の持参した古処の遺稿と采蘋の遺稿についても、その行き先は不明のままであった。

墓碣についてはただいま彫刻最中であると手紙にも書かれているように、采蘋が遺言で希望した通り、土屋家の菩提寺である光善寺の墓所に土葬し、烏帽子型の自然石に「孝愍《びん》女史原采蘋君墓」

と刻んで、いかにも采蘋らしい墓石を建立した。

光善寺は明治の中期に廃寺となったため、現在は三千坊という寺に合併されている。采蘋の墓は萩の住宅地に囲まれた三千坊の墓所に現存する。筑前・秋月から遠く離れて、長州・萩の地に采蘋の遺骸は葬られている。

最後に、舅の佐谷松窓が采蘋の遺品の筐《かご》の底から発見したという詩、「孤負」を挙げる。この遺品の筐は萩で見つかったものか山家に残したものかわからないが、詩はおそらく山家を出発する前に書いたものであろう。

親類や友人が止めるのも聞かず再び旅に出て、たとえ遠方で命を落とすことがあろうとも、父の遺言である「不許無名入故城」を果たさなければならないという決死の覚悟が表れた詩である。

孤負

孤負恩師與父兄
雲栖水宿不留行
但吾縦作山阿骨
不許無名入故城

孤負《こふ》す　恩師と父兄とに
雲栖《うんせい》　水宿《すいしゆく》　行を留めず
但《ただ》　吾れ縦《たと》え　山阿の骨と作《な》るも
許さず　名無くして故城に入るを

恩師と父兄の遺言をいまだに達成せずに、世俗を脱して一か所に止まることなく旅を続けます。そうして気ままな生活を続けて、たとえ山阿に骨を埋めることになったとしても、父の遺命である「名を成さずに故郷に帰ることは許さない」という言葉は決して忘れてはいません。

主要参考文献

山田新一郎編『原古処・白圭・采蘋小伝及詩鈔』秋月公民館、一九五一年
春山育次郎『日本唯一閨秀詩人　原采蘋女史』原采蘋先生顕彰会、一九五八年
原采蘋先生顕彰会編『原采蘋女史』原采蘋先生顕彰会、一九五八年
鶴岡節雄『房総文人散歩・梁川星巌篇』千秋社、一九七七年
庄野寿人『閨秀　亀井少琹伝』亀陽文庫・能古博物館、一九九二年
宮崎修多「四　漢詩文」『福岡県史　通史編　福岡藩文化（下）』西日本文化協会、一九九四年
福島理子『江戸漢詩選3　女流』岩波書店、一九九五年
福岡地方史研究会編『近世に生きる女たち』海鳥社、一九九五年
前田淑『江戸時代女流文芸史　俳諧・和歌・漢詩編』笠間書院、一九九九年
『千葉県の歴史　通史編　近世2』千葉県、二〇〇八年
徳田武増訂『原采蘋伝―日本唯一の閨秀詩人―』コプレス、二〇一三年

ま

や

人名索引

※原采蘋は本書を通して頻出するため、索引には非掲載。